青年
文学粤军
丛书

爱的朝圣

张传奇

——著

SPM
南方传媒　花城出版社

中国·广州

图书在版编目（CIP）数据

爱的朝圣 / 张传奇著. -- 广州 ：花城出版社，
2024. 8. --（青年文学粤军丛书）. -- ISBN 978-7-
5749-0171-1

Ⅰ. Ⅰ247.5

中国国家版本馆CIP数据核字第2024G5P537号

出 版 人：张 懿
责任编辑：李 谓 曹玛丽
技术编辑：林佳莹
责任校对：汤 迪
封面供图：包图网
封面设计：吴丹娜

书　　名　爱的朝圣
　　　　　AI DE CHAOSHENG
出版发行　花城出版社
　　　　　（广州市环市东路水荫路 11 号）
经　　销　全国新华书店
印　　刷　佛山市浩文彩色印刷有限公司
　　　　　（广东省佛山市南海区狮山科技工业园 A 区）
开　　本　880 毫米 × 1230 毫米　32 开
印　　张　10.625　1 插页
字　　数　235，000 字
版　　次　2024 年 8 月第 1 版　2024 年 8 月第 1 次印刷
定　　价　62.80 元

如发现印装质量问题，请直接与印刷厂联系调换。
购书热线：020-37604658　37602954
花城出版社网站：http：//www.fcph.com.cn

在这趟朝圣的旅途中，或许，你就是故事的主角。

目　录

第一章　情感白痴

我从不否认，我是个情感白痴。

在我读初中三年级时，一只漂亮的白蝴蝶，就曾这样对我说过："方丁，你什么都不懂。"

当时的我，懵懵懂懂，只是看着她傻笑，不清楚她所指为何。

后来，我参军了，政委李正说："方丁，在情感上，你真该向三爷学习。"

三爷是谁，向他学什么，我都不知道。直到退伍两年后，我在全国各地游历时，才弄明白政委所指。

一个重庆女孩，用热情又直接的话语，点醒了我。

她说："方丁，你就是个情感白痴！"

她说这话时，咬牙切齿，好像我是个十足的大坏蛋，做了很对不起她的事。

可我不是大坏蛋。我承认自己沉闷无趣，不讨女生喜欢，但自认从没做过伤害别人的事。

她生气，主要因为我是个情感白痴。

从明白这一点至今，已过去十多年，情况没有任何改变。

明天，我将迎来第三个本命年生日。叫人难为情的是，我非但单着身，连个长期交往的女朋友也没有。

我是一名畅销书作家，出版了七本小说，最近两本大卖，使我快速拥有了不少读者。出版方组织的巡回签售，更让我像个当红明星，走在大街上，也会被人认出。

在接受记者采访时，我多次被问："你是个受欢迎的畅销书作家，女粉丝也不少，为何至今还单身？你是否在隐瞒已婚的事实？"

我如实回答：我是个情感白痴，沉闷而又无趣。

每一次，三爷看到报道后，总会打电话给我。

"丁哥，你还是没有一点儿长进！"

而总跟着他的金有余，则会大声嚷道："丁哥，咱俩半斤八两，都属于不讨女人喜欢的类型！"

我的"不争气"，让三爷颇感脸上无光，所以，策划了这场"朝圣之旅"，以期让我领会爱情的法门。

他是在一个星期前，打电话给我确定的这次计划。

今年初，我出版的《白痴之恋》，写了一个情感白痴觉醒后终获爱情的故事，市场反响热烈，不到半年时间便加印四次，创下我作品销售新高。京城的一位导演看上了这部作品，有意拍成电影。我用了一个半月，进京与导演一起打磨剧本。

"剧本进行得如何了？"三爷在电话里问我。

"还有最后一点，估计还得一两天。"

"完成后，会回深圳吗？"

"会，订了两天后的机票。"

"回来后，咱们一起出去走走，"三爷说，"有段时间没见你了。"

"怎么个走法？"

"自驾。一天的行程，两天走，边走边玩。往返一个星期。有余开车，你、我，一共三人。"

金有余是三爷的内弟，是某街道办的雇员，闲暇时，兼职给他开车。而我忙碌一个半月，也的确需要休息。可眼下正是暑假，旅游旺季，我担心外出只能看人后脑勺。

"放心，咱们的行程，完全避开人海。"三爷似乎清楚我的犹豫，继续说，"这是你的大日子，我肯定会充分考虑你的想法。"

所谓大日子，说的是即将到来的火星大冲日，这一天和我的生日重合。火星大冲日的周期，是十五至十七年，和本命年生日重合的比例极低，几千万人未必有一人能赶上。

"我有信心让这个日子成为你生命中重要的一天。"三爷又说，"我给这次出行定了个主题：朝圣。"

我的心被击中了。这个带有神圣光环的词，猝不及防地出现了。

三爷接着说："你会喜欢目的地的。那是个新景点，听说了你的大名，景点管理方愿意支付旅行所有的费用。"

我有点儿心动了。

并非费用问题。三爷是个成功商人，他的文化公司，是深圳文化领域的一张名片，无人不知。与他在一起，我从不担心费用。他常说，年轻时沾了文学的光，赚下"三爷"这个名号，对文学青年比较关照。这些年，常有初来深圳的文学青年受他关照。

这次，他亲自为"大日子"安排行程，我自然无异议。

况且，我本职工作是报社旅游周刊主编，景点，是我工作要关注的内容。他说，这是个新景点，会有意外之喜，我相信他。

按照计划，一大早，我们从明光城出发。

明光城是一家四星级酒楼。这让它在合水镇傲视所有同行。

合水镇在深圳原关外，远离市中心，偏安一隅。而明光城，就像皇宫一般，居于它的中心区。

和明光城一墙之隔的，是占地六万平方米的文体馆，内设有十三万册藏书的图书馆；沿明城路往左，开车十分钟，就是合水镇政府，它与人流量最大的合水公园面对面；沿明城路往右，步行八分钟，是镇中心学校，与它一墙之隔的，是镇上最大的住宅小区合熙园。

我就住在合熙园。

受火星大冲影响，早上八点刚过，太阳已经很高很大，异常炎热，不足十分钟的路，让我走得大汗淋漓，T恤的后背，全部湿透，黏糊糊地粘在身上，极不舒服。但一靠近明光城中餐厅的旋转玻璃门，空调的凉意猛地扑来，我还是不自觉地打了个冷噤。

"不就吃个早餐嘛，有必要来这儿？"站在餐厅入口，我嘀咕道。

在中间偏里的一张餐桌旁，我看到三爷在朝我招手。接着，一个身穿深蓝色西装，胸前戴着"大堂经理"铭牌的女人，朝我走过来。

"您好，欢迎光临，"女经理声音甜美，但目光与我相遇时，猛地住了口，用略带迟疑的语气问，"您是方丁先生？"

"是的，我就是方丁。"

"我是您的粉丝，非常喜欢您的作品。"女经理欢快地说，"您出的每本书，我都读了好几遍。"

年初，我的新书《白痴之恋》出版，首发式就在这里办的。那天，活动比较成功，来了十几位文坛大佬，媒体记者也足有三十人。整个首发过程，闪光灯从没中止过闪烁。

"谢谢，"我对女经理说，"我很高兴有你这么漂亮的女粉丝。"

"我可以和您拍张照吗？"女经理掏出手机，在我面前晃了晃，"不会占用您太长时间。我实在是太高兴了。"

"可以。"

我下意识随手撩了撩长发——那是自然卷曲的波浪式鬈发，长及肩膀——把身子站直了。

女经理手一挥，招来了在餐厅入口的检票服务员，将手机递给她："来，帮我们拍张照片。"

我身高一米八五，女经理站在我身旁，小鸟依人。

"我可以抱着您的胳膊吗？我实在是太高兴了。"

我将胳膊叉开，让她抱着。她将我的胳膊肘子，紧紧地贴在她柔软的胸上。

拍完照，她又说："前不久，我看到新闻说，您的作品《白痴之恋》，将要改编成电影了？"

"是的，"我没隐瞒，"剧本刚改编完成，过几天，就投拍了。"

"恭喜您，"女经理发出惊喜的声音，"上映后，在深圳也能看到吧？"

"应该可以。"

"那真的太值得期待了。"她说，"说不定，我还能在影院里碰到您呢。"

"有可能。"

"想想就很开心。不过，话说回来，您从来就没让人失望过。您是咱们合水镇的骄傲。每一位来这里吃饭的年轻女士，我都推荐过您的书。"

十多年前，深圳推进特区一体化，将原特区二线关外的镇，改设为街道，但多数本地人，仍习惯以前的称呼。

"谢谢。"我说，"我得纠正你，我不是合水镇人。我来自中原，只是在这里工作。"

"那并不影响您为合水镇的文化事业做出贡献。"

区里分管宣传工作的领导曾握着我的手说过类似的话。我耸肩笑了。我笑的是，被女经理认可，颇为不易。

十五年前，我一来深圳，到的就是合水镇，跟随李正来这里参加接待，次数多得数不过来。但被女经理记住，这还是第一次。

服务员给我们拍好照片，将手机还给她。

女经理边看照片，边对我说："期待您出版更多优秀的作品！"说完，她看了一眼服务员，"他是十八桌客人。"接着，把我引向三爷所在的那张餐桌，"祝您用餐愉快！"

职业性的笑容在她脸上浮现，她扭着腰肢离开了。

"哟，看不出来，丁哥，艳遇不浅呢！"三爷调侃道。

"可别乱说，她是女粉丝，不能坏了人家的名声！"我冲三爷身旁的金有余点点头，坐了下来。

"我以为，只有那些小女生才会去读那些骗人眼泪的爱情小说。"三爷继续调侃我，"没想到，丁哥连中年妇女也一并收割了。"

"三爷，你这样说，她听到会生气的。"

"哈，那我最好闭嘴。"在女人面前，三爷是出了名的好脾气，从不让女人生气，他指着我面前堆成小山似的食物，说，"你看看，合不合胃口，不中意，就再去弄点。"

"够了，早餐我向来吃的就不多。"我拿起一张纸巾，迅速擦了擦额头上的汗水。

简短的客套后，餐厅里重又恢复平静。这是上档次的餐厅，独有的场景，所有人的交谈，都用极低的声音，就是吃饭，也非常小心地不让刀叉发出和碟子碰击的声音。

我边慢慢地享用面前的食物，边环视餐厅里的食客们。他们都身着简单却又高档的休闲服，像电影里十九世纪国外的千金小姐一样，用叉子小心翼翼地往口中送着食物。

吃完早餐的人，都低头看手机，没人读报或看书。在最里面的一张餐桌旁，坐着几个年轻的女郎，从她们的衣着打扮上可以猜测，她们从事的应该是夜晚的工作。此时，她们暮气沉沉地往嘴里递送食物，宛若这早餐是她们结束一天工作的最后一道工序。

我受到感染，声音不自觉地压低了："吃早餐，真没必要来这种地方。看看这里的人，这氛围也压抑得要死。食物更没什么特点。选择这种地方，可不像三爷你呢。你该跟我出去，吃点儿合水镇特色。"

"丁哥，你就别抱怨了，"三爷说，"我也不想来这里。我常说，真正的美食，往往在小吃店。可有余这家伙，你是知道的，好吃却不解其味，宁吃贵的，不吃对的。他一听说，这次外出要让他当司机，就给我提条件了，好吃好喝自然免不了……真拿他没办法。"

正在往嘴里风卷残云般塞食物的金有余，嘿嘿笑了笑，用含糊不清的话语说："特色，昨晚三爷就吃过了。"

"昨晚，三爷就住这里了？"我十分惊讶，"你怎么不给我电话？到了这里，怎么着，我也该尽一下地主之谊。"

"三爷与人有约，怕你当电灯泡。"金有余又一次抢先道，"再说，你名气再大，粉丝再多，又能赚几个钱？与三爷相比，不过是九牛一毛，三爷又怎能让你破费？"

"有余，不要乱说！"三爷呵斥金有余道，"这些年，我若选择丁哥这条路，肯定不如他。他的才华，非你我能比。他创造的是精神产品，又岂是金钱能衡量的？那是无价的！"

金有余五大三粗，能抵得上两个三爷。但他小三爷七岁，又是三爷的内弟，三爷一开口，他马上就不再说话，不住地往嘴里塞食物，活像个饿死鬼托生。

"你别听他胡说。"三爷解释说，"昨晚，我确实有事，也清楚，你刚回来，马上又要外出，肯定有一大堆工作要处理，就没打扰你。"

我张嘴打了个哈欠："不错，截至今早四点，我才编好今天要出版的周刊。"

"那待会儿在路上，你先好好休息。"三爷看了一眼我的背包，又道，"你没有行李？"

"全在这儿了。"我拍了拍背包，里面只有两套换洗衣服，一本书。这是我退伍后寻觅诗和远方那两年养成的习惯。"我喜欢轻装上阵。"

"必须得轻装上阵，"金有余咕哝道。说话从不影响吃饭，是他的本领之一。他边说，边往嘴里塞食物："否则，自缚手脚，对不起三爷一路上的安排。"

二十分钟后，我和三爷在餐厅外吸烟。

烟还没点着，汗水已像泉水从身体的各个毛孔冒了出来。这种酷热难耐，就好似在八月酷暑待在苞米地里。

汗水浸湿长发，从发梢滴下来。我用湿纸巾擦了擦发梢，叼着烟卷道："这天气，热得还真离谱。老金怎么还没把车开过来？"

金有余的驾驶技术，是出奇的好。不管是自动挡，还是手动挡汽车，在他手里，都能开得又快又稳。在停车方面，只要他看准了停车位，哪怕位置只能勉强停下一辆车，他也总能顺利把车停进去，并且全过程只需要一次。

三爷常说，开车这种事，交给擅长的人去做。

他开车，不仅是三爷放心，我也有同感。坐在车上，我能够安心地放飞思维，而毫不担心会遇到安全方面的问题。

"他车技不错，就是性子有点儿磨叽。"三爷吸了一口烟，道。

"谨小慎微惯了，毕竟，在单位当领导久了。"

"狗屁领导，"三爷纠正我道，"他只是个雇员，编制外员工。你在机关干过，很清楚那一套。"

初来深圳时，我在合水镇政府，当过三年临时工，清楚与公务员、职员不同，雇员是机关单位雇用的专门人才，不占用行政编制、不具有行政职务、不行使行政权力。只是，在不少基层单位，由于编制人员稀少，雇员也常被当成编制人员使用。

"领导有大有小。"我说，"老金虽是个小组长，但看他大腹便便的模样，以及讲话的劲头，至少也是科级干部的派头。"

除去长相，金有余还爱笑，一笑起来，活像弥勒佛，让你愿把心里话讲给他听。

"这倒是。所以，我才让他闲暇时，帮我开车。他撑场面，还是不错的。"

"老奸巨猾，说的该是你这样的老板吧！"

"不猾，别说生意做大，恐怕早就被人弄死几回了！"

三爷说的事，我曾有耳闻。

多年前，三爷退伍后来深圳打拼，刚开始，在一家港资制衣厂当保安队长。制衣厂共三层，底层是仓库，二、三层是生产车间和样板间。一天，仓库起火，员工们慌作一团，由于消防门以防盗为由封闭，百余人挤在一个楼梯口逃生，最终造成了人员伤亡。

事发后，香港老板特地跑过来，想将责任推到保安员身上，说是他们关闭了消防门，且没及时组织人员疏散。老板暗中拿出一笔钱，指使三爷安排个替罪羊。老板还拍着胸口保证，这事花钱绝对能摆平，替罪羊最多只会被关上一年半载。

如此大事故，三爷不相信花钱就能摆平。他多了个心眼，一边收下钱，假意答应老板，一边暗中收集保安员履职尽责的证据。最终，这些材料成为将老板送进牢狱的铁证。

这事对三爷影响很大，即便过去多年，仍如昨日之事，就在眼前。

"那老板，尖嘴猴腮，蓄着山羊胡，阴鸷得很，一看就不是好人。"三爷说，"办案人员给我说，若坐实了保安员失职之罪，我的连带责任也免不了……在监狱里，他还放出话来，做鬼也不放过我。但我打听过，他这辈子，就算出来也是个糟老头子，没什么危害了。"

我吸了一口烟："我还是不敢想象，一个曾经清纯的文学青年，会变得如此富有心机。"

"生意场，好人难行啊。"三爷自嘲地笑了。

"这也是我最敬佩你的地方。"我由衷地对他说，"当了老板，对下面的人，还像亲人那样。将情感管理与制度管理，进行融合，探索一套行之有效，有高度向心力的企业文化，纵然是在深圳，也没几人能做到这一点。"

三爷长吸一口烟："这二者，原本就是互补关系，只是大多管理者将其弄成了对立。"

"所以，只有三爷你白手起家，将生意做得如此之大。"

"深圳是创造奇迹的地方，像我这样的人，不计其数。这也正是这座城市最有魅力的地方。"

金有余还没将车开来。这时，坐在餐厅最里面的那几个女郎走了出来。她们像瘾君子一样，一走出旋转玻璃门，就赶紧掏出香烟、打火机，点燃后站在一旁，吞云吐雾起来。其中，一个身材丰满的女郎，长长地吐出一口烟雾之后，看了一会儿我们，走了过来。

在我面前，女郎盯着我的脸，打量了一番，悠悠开口道：

"是你呀，丁哥，没想到会在这里遇到你！"

我愣了一下，将惊讶的目光聚焦在她脸上。"初夏？"我试探着问。

她用力点点头。

一股海洋的气息席卷而至。我使劲吞咽了一下口水，声音响亮。

她是明珠夜总会的DJ，有着天使般的歌喉。

早些年，新区成立时，各报社派来的开荒牛记者都是单身汉。我原本就住这里，很自然被指派为驻站记者。繁忙之余，我们会去明珠喝酒聊天，互通及交流信息。偶尔，我们会叫几名陪唱，初夏便是其中一个。

那时的她，身材苗条，有一张古典美女的脸，异常安静。但她一展歌喉后，我立即被她折服了。

"你完全可以参加那些音乐类的真人秀节目，"我大着舌头对她说，"你的嗓音，许多选手都比不上你。"

在另几名记者的撺掇下，我和初夏出去消夜过几次。她喜欢吃沙井蚝，我们常跳上计程车，专程前往沙井去吃。她也曾带着新鲜的生蚝，去过几次我的公寓，亲自下厨，炒姜葱生蚝给我吃。

那些蚝肥美多汁，有浓郁的大海气息。我们吃完滚在床单上时，我常被这气息包围……后来，我决定全身心投入写作，就再也抽不出时间去夜总会，与她的联系也中断了。但没想到，事隔几年，会在如此场景下相遇。

"你变了——"

我的脸红了，有点儿发烫。

天越发热了，汗水在脖子里泛滥成灾，我边用纸巾擦汗，边迅速寻找合适的字句。但很快我放弃了，我的大脑空无一词。

初夏扑哧笑出声来，用自谑的口吻说："变肥了，老了，难看了。"

"不，不。"我连忙摇手，但我发现，以前与她相处时的自然，完全没了。事后，我猜想，或许，我们以前的相处完全没涉及情感。

等了一下，或许，没听到我接下去的话语，初夏轻叹了一声。但马上，她便笑了起来："你却一直没变，还是那么帅气。"

我不愿让她感到冒犯，问："你还在明珠吗？"

"是啊，还好嗓音没变，否则，连这份工作都要丢了。"她有点儿幽怨地看了我一眼，"你很久都没找过我了。"

我刚想解释，却见三爷的目光，猛地亮了："明珠，是明珠夜总会吗？"

"是明珠夜总会。"初夏说，"请问，怎么称呼您？"

"他呀，是郭总。"我介绍道，"但我们都叫他'三爷'，他常去明珠。"

初夏打量了一番三爷。他黑黑瘦瘦的，一副营养不良的样子。他身高一米七五，体重只有六十公斤，头顶上寸草未生。与头发截然不同的是，他胡须茂密，一天不刮，就会像膏药似的，紧紧地趴伏在他嘴唇周围。他眼窝深陷，目光深邃，盯着你看时，就像大漠的秃鹫在盯着即将到来的美食，让你在瞬间长满鸡皮疙瘩。总体来说，他给人的第一印象绝不舒服。

我担心初夏误会，赶紧解释："三爷是知名企业老总，也是我最好的朋友。"

"很高兴认识三爷。"初夏的笑容绽放成花，从小巧的手提包里，掏出名片，双手递到三爷面前，"我是那里的DJ。下次，三爷要是再去，提前给我说一声，我可以给您拿到最优惠的折扣。"

"那敢情好。"三爷把她的名片收下，"下次去，一定找你。"

在他们说话的时候，我注意到，初夏的同伴在打量着我，用的是面对琳琅满目的商品时挑剔的目光。

我对自己的容貌毫不担心，冲她们微微点了点头。

金有余开着车过来了，是加长版豪华越野车。三爷指着车说："我的车来了。现在，我们要去外地旅行，回来后联系你。"

"祝您愉快。"初夏声音甜美地说。她将目光转向我，"你的小说，还在写吗？"

我点点头："一直在坚持。"

"有时间，别忘了给我电话。"

"我会的。"我硬着头皮答应了。

"请等一等。"我准备离开时，初夏其中的一位同伴叫住了我。看起来，她像是初入社会的女生，但从她眼角的鱼尾纹，我推测她接近三十岁了，"我若没说错，你就是方丁吧？"

"是，是我。"我茫然地看着她，"请问——"

"无所谓我是谁。"她不无戏谑地说，"反正，我们这样的女人，也没人记得。"

我的脸发烫了。我确实不知道初夏的真实名字。初夏，只是艺名。我从没问过她的真名。

"呃，"我看了一眼三爷，他已坐在副驾驶位上，正等着我。我问，"你有什么事？"

"没事，你赶紧走吧。"初夏一把拉住了同伴，慌乱地对我说，"冬姐想说认识你很高兴。以后，你有时间就来明珠找我。"

"或许，你只是游戏，但初夏对你一直是认真的。"她的同伴，没再理会她的制止，对我说。

我愣了一下，有点儿慌乱，对初夏说："回来后，我联系你。"

我坐在后排。越野车驶上明城路之后，三爷从副驾驶位上回头对我说：

"我一直以为，《白痴之恋》有你的影子。你自诩情感白痴，三十五六岁了，还单着。但现在看来，完全不是那么回事。丁哥，你扮猪吃老虎呢，良家妇女、风尘女子，都被你征服了。"

"三爷，你又乱说了。"我说，"初夏是DJ，凭本事吃饭，怎能是风尘女子？"

"如此说来，她与日本艺伎一样，卖艺不卖身。"

的确如此。

三爷总结道："卖艺也是在风尘中。"

"若此，咱们都是风尘中人。"我回敬道。

"一点就通，孺子可教。"三爷点燃一支烟，毫不介意在自己的豪车内抽烟。

"你们说的，我怎么没听懂？"路口等红绿灯时，金有余问。

他这位雇员，从事的是文秘工作。长时间的公文写作，以及在官场的浸淫，使他对工作之外的任何事情有点儿漫不经心。

"你对周围的事，哪怕关心一点儿，就知道我们在说什么了。"三爷的语气，极不客气，"吃饭时，就只知道闷头吃饭，也不看看你都肥成什么样了！在餐厅时，丁哥被女粉丝拦着照相合影，那女粉丝还是餐厅大堂经理！要知道，有这层关系，你以后去那里吃饭，都能享受别人享受不到的折扣。"

"关心那有屁用，"金有余毫不在乎地说，"没你三爷在场，我也消费不起，折扣，对我一点儿吸引力都没有。"

"那丁哥的女粉丝，你该关注吧？"

金有余笑了，笑得很暧昧："说起女粉丝，当年我也有过……不少新入职的小女生听闻我的经历，把我当大神崇拜……那感觉，啧啧，别提多美了。"

"你就少臭美吧，"三爷白了一眼金有余，"我看，把你当成大神经还差不多！整日不思进取，就只活在过去……"

绿灯亮起，在挂挡起步时，金有余说："你少门缝里看人。"他一踩油门，超过前面的车，突然向左转去。我连呼走错了，但金有余不以为意。

"导航是这样提示的，不会有错。"

"你竟然相信导航，不信我，等会儿有你后悔的。"

"放心吧，"金有余信心十足地说，"你又不开车，不知道导航有多可靠。"

见他这样说，我也只有住口。

三爷一副完全与己无关的模样，安静地吸着烟。

但没过多久，越野车从明城路转上民生大道后，就停住了。毫无疑问，又是塞车。

在明城酒店旁那个路口，我原本想提醒金有余，沿明城路直行，到南环大道左转，再上圳合路，由此转外环高速，会快很多。

我以为，他曾来合水镇多次，应该轻车熟路，会避开这拥堵的路段。可谁能想到，他竟然选择相信导航，却不了解，任何电子产品都无法完全预估现实。事实是，民生大道这段路经常塞车，遇到上下班高峰期，塞上一两个小时几乎是常事。

此时，我们被堵在民生大道上。前面的车辆已排到合水商场了。

金有余拼命摁了一会儿喇叭，见前面的车辆纹丝未动，也就只好放弃，承认在道路选择上的失误。

"你真该听丁哥的话，"三爷吸了一口烟说，"他在这里住了这么多年，熟悉这里的每一条路。况且，职业使然，他会比任何人都清楚最优路线。"

十多年前，合水镇的房价还比较低，每平方米不足四千元。当时，我已在此打拼三年多，手里的积蓄也有十多万元，就又借了一点，一次性付清，在合熙园买了一套单身公寓。

后来，机缘巧合，我进了报社，在旅游周刊部任编辑。再后来，关外大发展，深圳先后增设四个功能区，报社在各新区筹划成立记者站，我做了这边的站长，负责社会新闻。

近几年，我的文学创作小有成绩，申请调回旅游周刊部，报社老总爽朗地答应了，将这边的记者站改为周刊编辑部，以便我就近办公，而记者站则另迁他处。

"是，是，三爷，我承认错了。"金有余忙不迭地道歉，"我犯了多数人都会犯的错误，过度依赖电子产品了。"

三爷缓缓地摇了摇头，道："你的错，比这严重得多。不信任丁哥，是你最大的错误！"

阳光从窗外射进来，照在金有余的脸上，油光满面的。前面的车辆纹丝不动，他把挡位挂在了空挡，回头对我说：

"丁哥，我向你道歉。你虽比我年轻五六岁，但你聪明睿智，所取得的成绩，以及拥有大量的女粉丝，都让我自愧不如。这次导航事件，让我更加认识到自己的错误和不足。以前，由于我思想上的意识问题，把你看轻了。但以后，我一定吸取教训，深刻反省，把你当成我人生中的指路明灯，百尺竿头，更进一步，争取向你看齐。"

我觉得身上鸡皮疙瘩都起来了。

"你看看，你看看，"三爷说，"你公文写久了，本领没什么提升，说大话套话的本领却日益见精。你要是务实起来，专心干事，就凭你的本事，也早就取得不俗的成绩了——"

"三爷，你别哪壶不开提哪壶。"金有余道，"相声艺人郭德纲说，一个人的成功，靠的是三分能耐，六分运气，一分贵人扶持。我是三样缺了两样，还谈什么干实事呢？我有自知之明。还不如老老实实地干好现在的这份虚差，然后，跟着你，混吃混喝。"

"你运气着实有点儿差，但能说，这些年，我没扶你？"

"你确实帮扶了不少。"金有余干咳一声，"但我这么个雇员，又无升迁机会，还谈什么不俗的成绩呢？"

没等三爷回答，金有余又满脸堆笑补充道："三爷，你说什么我都听，既然你要我务实，要我改变，这次逐爱之旅，就得把我的需求也考虑在内。"

"逐爱之旅？"我不解地问，"什么意思？"

"刚才吃饭时，我就说过，三爷安排了不少游戏。"金有余说，"这些游戏，当然就是逐爱了。"

"别听他胡说，是朝圣。"三爷说，"爱情，向来神圣，亵玩不得。"

"归根结底，都是欲望。"金有余说，"欲望越纯净，爱就越神圣。"

望着他们，我一头雾水，不知道，这一路上会有什么游戏。但听他们的对话，我隐隐有误上贼船之感。

"别想那么多了，有余向来口无遮拦，别被他带跑偏了。"三爷坚持要我先睡一会儿，"这车，不知道会塞多久，你先养好精神，接下来几天，有的是咱们说话的时间。"

"我要凌乱了，到底是朝圣，还是放纵？这可是俩方向！"我说。

"置之死地而后生，你别管了，相信我就对。"三爷说，"你又不是不知道他，最喜欢嘴上过瘾……赶紧睡吧。"

这是辆加长版越野车，长五米，宽两米一。我一米八五的大高个，不用蜷腿，也能很舒服地躺下。车已驶上高速。我调整躺姿，闭上了眼睛。

第二章　荧惑

在入睡之前，我满脑子都是初夏。

这非常奇怪。

我始终觉得，我们的关系，更多的是各取所需，所以，我连她的真实姓名也没问过。刚才，与她不经意的邂逅，我下意识想起的，也只是海洋的气息。

那连绵不绝的狂野！

此时，我想起了我们最后一次相见。

那是元旦假期的最后一天，在我公寓的厨房里，她边清洗生蚝，边对我说："报社的工作已让你很忙了，再写小说，我担心你身体吃不消。"

"我不知道能否坚持下去，但我想试试。不试，就永不可能知道结果。"

她有片刻没说话。她往洗干净的生蚝肉里挤了几个青柠。

"我妈又打来电话了，"在打开燃气灶时，她说，"问我什么时间结婚。"

我耸了耸肩，继续自己的话题："写小说后，可能我就没时间去明珠了。"

"我从没告诉过她，我在夜总会上班。她若知道真相，会打死我的。"她说，"你认为，女人就一定得结婚生孩子吗？"

我压根儿就没听她的话，或者，下意识在逃避这个话题。我说："以后，你再过来时，最好给我打个电话，我担心我没时间，会让你白跑一趟……"

"当然。"她愣愣地盯着我看了许久，才说出这两个字。

那天，我们像初尝禁果的亚当与夏娃，在大海的狂野中，几乎从没停止。而自那之后，我们就再没联系过，连条信息也没发过。直到今天……

随后，我又莫名地想起了这次出行的主题：朝圣。

这自然是因为明天的火星大冲而起。

火星冲日，是一种天文现象，指的是地球和火星与太阳在同一条直线上。一般每两年，它就会发生一次。火星如果恰好位于"近日点"附近，就称为"火星大冲"。

报道称，这一次的火星大冲，火星将行至十五年距离地球最近的位置，形成彻夜闪亮的"红星"。

只是，我忽略了一件事：火星也被称为罚星、执法。

我还没意识到，一切荒唐之事，只会加速酿成自己的业果，否则，我会坚定地叫停。

此刻，我的思绪不自觉地飞回上一次的火星大冲日。

十五年前，我寻觅诗和远方的脚步，抵达重庆。

我是十七岁以应届高中毕业生参的军，当时，兵役期刚由三年改为两年。两年后的冬季，我退伍回家，原打算见母亲一面，便马上找工作，赚钱贴补家用。可刚读大三的哥哥方昆从学校回来了。我们是孪生兄弟，他比我大一个小时。他搂着我的肩膀说：

"我在学校谋了份勤工俭学的差，还找了份家教的活儿。以后，不仅可以顾住自己，还能贴补家用。我可以为家里付出了，你就做你想做的事去吧。"

说完，他掏出一部手机。看到它，我笑了。那部诺基亚手机，是我参军后用头半年津贴买给他的。它待机时间长，可以编发中文短信，还不容易摔坏。

"你比我更需要它。"方昆说。

我总随身携带的《顾城新诗自选集》，是多年前，我班主任老师买下送给我的。其中有这样一首诗："黑夜给了我黑色的眼睛/我却用它寻找光明"有什么比诗和远方更有诱惑力？于是，我向方昆道了谢，带着手机，跳上了火车。

那时，火车还很慢，票价也便宜。坐在上面，能从容地欣赏路旁的风景，还能与邻座胡吹海聊。我个性沉闷，是个很好的聆听者，不少人喜欢同我聊天。

车上经常上来小贩。花两块钱，就能买一大网兜水果。在下一站之前，小贩把水果卖完了会找空位休息。我常向他们打听当地的景点。如果他们的介绍让我怦然心动，我就在下一站下车，在这个地方玩上几天。

我的旅途，就是如此无规律。

偶尔，我会联系当地的文友。

我是一名诗人，诗歌作品刊发过不少，各地都有笔友。刚过千禧年，人们还比较单纯，面对我的求助，总会伸出援手。

当然，我的所求也有限。常是一餐饭，一个住一晚的地方，或充当我在当地的导游。

与文友在一起，我们会吟诗唱和，对眼下热闹的诗坛发表看法和见解。末了，我前往下一站时，他们会花几块钱帮我买张车票，或塞给我几块钱，让我在路上花。

但更多时候，我会自己想办法解决费用问题。我年轻，身强力壮，还是一名退伍军人，在许多地方都能找一份临时活计，干上一两天，挣几十块钱。

我用这种方式走过许多地方，也写了不少关于旅行的作品。这些作品的稿酬，让我走向更远。

在旅途中，我常想起两个人：一个是三爷，一个是白蝴蝶。

三爷这个人，我没见过，却很熟悉。这归功于我的政委李正。

李正是东北汉子，性格爽朗。在部队时，我因写作方面的才能，被调到团部当文书，李正常这样对我说："你小子会写，是个好笔杆子，可你不会讨人欢心，否则，每人向你伸援手，做什么事都容易多了。"说到这里，他往往点上一支烟，"如果你早出生十年，或许，可以跟三爷学学。"

"三爷是谁？"政委挑起了我的好奇，"他很能写吗？"

"他的厉害，不是单一的。"李正故弄玄虚地说。

后来，他还是告诉了我：三爷和他是战友，一同参的军。

"他做事，总出人意料，"李正说，"站岗时，我们一组，他总要站夜班。"

我头皮凉了一下。夜班最难熬，尤其在冬天，零下十几摄氏度，漫长得很。

李正接着说："所以，我就纳闷，他脑子是不是有问题，要不，怎会喜欢夜班？他长得又黑又瘦，我真怀疑，他智力没发育完全。"

但没过多久，李正就发现了三爷的秘密：三爷喜欢舞文弄墨。夜晚站岗，没太多事，他可以在灯下，文思潮涌。

"我常笑他，不该把时间浪费在那些无聊的事上，可没多久，他就让我瞠目不已了。"李正说。

那时，国内文学大潮惊涛拍岸，稍微有点儿灵气的写作者，很快就能赢来一批忠诚的读者。三爷的名字，在不少刊物上出现后，每天都能收到一沓一沓的读者来信。

李正点燃一支烟，把先前的烟蒂扔在地上，用脚踩灭了。

"三爷更加来劲了，读书，写字，给读者回信，几乎占据了他训练外的全部时间。到了第三年，他回家探亲时，你知道他干了一件什么事？"

我摇了摇头。

"他提前给不少笔友写信，约在他的县城里见面。"李正说。

"肯定是同城，或是相邻城市的笔友。"

"没有一个不是千里赴约的！他在县城五天，约见了十位笔友，最多时，一天接待了三位。"李正咋了咋舌，"她们都是二十岁以内的美女呢！三爷的魅力，由此可见。"

我撇了撇嘴："您还真能吹，我差点儿就相信了。"

"好你个方丁，我怎么吹了？"李正在我脑门上，弹了一个爆栗，"我有骗你的必要吗？"

的确，没必要。

"他笔力这么好，留在部队，应该也有不错的发展吧？"我问。

"那家伙，志不在此。他的目标是娶漂亮老婆，当大老板。"李正说，"退伍后，他去深圳，在一个厂里当保安队长，后来又跳出来，当包工头，开公司，干装修工程，当了大老板……这家伙，做什么事，都目的明确。如果我不是被调到团部，留下来，跟着他干，怎么着现在也腰缠万贯了。"

李正是大学生参军，起点高，提干概率也大。

我问："三爷如此多情，没在部队谈一个？"

"怎么没谈呢？是炮兵连的，姓陈，单字名晓，一个云南女孩。"李正说，"三爷退伍时，陈晓还对他说，若将来不娶她，她会开着坦克，去他村里把他找出来。"

"虽是玩笑话，但他们爱得还真够轰烈的。后来，他们结婚了吗？"

"没。他退伍没多久，陈晓也退伍了，好像是因为怀孕。真是可惜了。依她的条件，转为志愿兵，再服役几年，肯定能提干。"

出现这样的结果，的确让人惋惜。我又问，三爷另一个目标如何了。

"对象是个顶漂亮的女娃，有个财迷的名字。叫什么，我想不起来了。"李正眯着眼说，"他寄过他们婚后的照片给我。你知道，他们是怎么认识的？"

"他回家探亲时，认识的？"

"不错，但不是他约见的那些女笔友，而是他同乡的一个女娃。"李正说，"假期最后几天，他回到镇上，去同学家里玩，一眼看中了她。那是他同学的邻居。这家伙，竟然相信一见钟情。"

"爱情，还真是玄妙。"我煞有介事地总结道。

在我的游历中，尽管常想起三爷，我却无法像他那样，游龙戏凤。我对每个文友都很珍惜，觉得这是上天赐予的缘分，不该糟践它。

直到遇到潘帅，在火星大冲日那天，我破了防。

我是在游历一年八个月后，于朝天门见的潘帅。

我虽有手机，但电话费较贵，和文友的联系，多是短信。为避免尴尬，我尽量避开那些女性化的名字，但没想到，潘帅却是女生。

"对不起，我以为你是男生。"我支支吾吾地说。面对女生，我总是如此，话还没说，脸就先红了。

"没见过我的人，大多都会将我当成男生。"潘帅笑道，"我这个名字，肯定迷惑了不少人。"

她是个美女，眼似秋水，眉若柳叶，嘴如樱桃，肌肤胜雪。她全身散发着迷人的光芒，笑起来，更是美艳夺目。

她上下打量我一番，直白地说："我欣赏你的才华，更喜欢你的样子。"

我的脸，红得更厉害了。

旅途中，由于条件限制，我的头发很长，长及肩膀，很是飘逸。我脸上，蒙了一层沧桑，呈古铜色，让我有种健硕之美。

潘帅上前一步，热情地拉起我的手："走，到了我的地盘，请你吃大餐！"

连续三天，她带我吃了五次火锅，三次麻辣烫，两次乌江鱼。啤酒多得数不过来。每次，我的肚子都吃得鼓胀胀的，像三四月身孕的女人。

最后一晚，仍是火锅，我俩喝了不少啤酒。

"今天这日子，专家说，五万年才有一次，咱们都得珍惜。"见我一脸茫然，她将嘴往外努了努，"火星大冲，我订了山顶酒店，房间里，可以看到红火星。"

窗外，橙红色的火星挂在东南天穹。我想起，书中记载：荧荧似火，离离乱惑。因此古人称火星为"荧惑"，又被指勃乱、残贼、疾、丧、饥、兵等恶象，也被称为罚星、执法，为大凶之兆。

但我没将这些说出来，自诩掌握了知识的人们，认为一切都可掌握。

潘帅突然抓住我的手："事到如今，我不能再忍着不说了。我喜欢你。自见到你第一眼，就已经喜欢了。"

她的突然表白把我吓了一跳。我转过头看她，嘴唇一下子吻在了她凑过来的嘴上。我这才明白，为何我俩吃饭，她选了个四人卡座，还与我并排坐……

那晚，在山顶酒店，在红火星的光亮中，当她身下也绽放一轮红火星时，对男女之事一点儿都不懂的我，不清楚到底发生了什么，紧张得心脏都跳出来了……

"我很清楚，你有许多心事，从你诗中，我能读出来。这几天的接触，更能感觉得到。"她偎在我怀里，声音坚定，"不管你受过什么伤，我都愿意用我的温柔，为你疗伤。"

第二天一早，她带我去了她家。

她家在涪陵一个县城内，开有宾馆，还承包了二百亩果园。见了她母亲，我才知道，她是家里唯一的孩子，父母的掌上明珠。

"我们家潘帅，中师毕业，心高气傲得很，"她母亲做了一桌子菜，脸上掩饰不住的笑意，"县里没哪个男孩子能入得了她眼。叫她交男朋友，比要她的命还难。"

我看了潘帅一眼，她笑意盈盈，没说话。

"你是潘帅带回来的第一个男生，"她母亲接着说，"我也希望，是最后一个。"

"阿姨，我也不愿来。"我连忙解释，"是潘帅非拉我来。她说，现在果园里的果实，可好吃了……"

阴影一闪而过，她母亲看了她一眼，问我："潘帅说，你是一个诗人？"

"喜欢看书，写东西，也发表了一些。"我如实回应。

"潘帅就中了诗的毒。"她母亲又看了女儿一眼，"天天五迷三道，有时连饭都不记得吃。"

我理解这种状态，笑了。

她母亲接着说："以后，要是一起过日子，你可不能……"

"妈，"潘帅打断了母亲的话，"咱们的香桃，今年还有人上门来收吗？"

"有人来收。"她母亲白了她一眼，叹息道，"你这妮子，都不让人把话说完。好了，不管你了，你自己的事，你自己做主……"

那餐饭，非常漫长。潘帅不断给我夹菜，满桌子的菜，我几乎吃掉了大半。

饭后，我鼓着胀胀的肚子去了果园。她给我摘了个香桃，我仍吃完了。它的果肉香甜脆嫩，内绿心红汁多，还带有浓郁的玫瑰香气。

在她家两天，我吃了数不清的香桃、水蜜桃。最后，我离开时，她摘了一大兜桃子，送我坐上前往下一站的车。

"你的沉闷无趣，在你的才华面前不值一提。"与我拥吻后，她说，"但再出众的才华，对女人的吸引也有限。方丁，你就是个情感白痴！但凡你懂一点儿风情，我就会抛弃这一切，跟你浪迹天涯……"

人啊，往往如此，越是自己办不到的事，越是向往。在接下来的旅途中，我更常想起李正的话："你要是能像三爷那样，就好了……"

当然，我清楚，我没留下与潘帅一起生活，还有一个原因——一个白蝴蝶式的女人。

想到她，我的心，就被一种温暖而痛苦的复杂情绪盈满了。

离开涪陵，我兜兜转转二十多天，来到了洱海。

这是个浪漫的地方，是无数痴男怨女心目中的爱情圣地。但我来这里，并非为朝圣，而是脚步引领。

洱海很大，一眼望不到边，尤其在阴天，湖面笼罩着一层薄雾，让人如置身仙景。只是，那绿油漆般的水藻，浮满水面，让人喉咙里卡着异物般难受。

走了许久，我坐在湖边的一张石凳上休息。

两个年轻的女孩，摆着各种各样的姿势，在湖边拍照留念。

雨落下来，裹挟着许多忧愁，铺天盖地，将我裹卷其中。

在湖边拍照的女子，不为所动，继续摆着这样那样的姿态。看着她们无所畏惧的模样，我又想起了潘帅，以及那只离我愈行愈远的白蝴蝶。

"方丁，你什么都不懂！"白蝴蝶说。

"方丁，你就是个情感白痴！"潘帅说。

她们的话，同时响起，真切，又充满哀愁。

我连忙四下查看，除了那两个拍照的女子，再也看不到别人。可以确定，那是我的幻听。我摇头苦笑道："我的爱情在哪儿呢？"

心中的悲伤，如雨水，绵密，悠长。

这时，我的手机响了，是政委打来的。虽说我已退伍两年，与他仍保持着联系。

"方丁，还在流浪吗？"摁下接听键，他的大嗓门把我的耳朵震得嗡嗡响。

"我不是流浪，是追求诗和远方。"

"别扯淡了。"李正说，"告诉你一个消息，我转业了，在深圳。你赶快结束流浪，过来吧，我这里紧缺人手。到时候，我介绍三爷给你认识。"

挂断电话，我没说去，也没说不去。

按理说，我游历两年，除西藏外，全国几乎走了一遍，差不多该结束了。只是，我还没做好参加工作的准备。我甚至都没考虑过这个问题：我该做什么，适合做什么？

最后，促使我下定决心的，是随后的又一通电话。方昆打来的，同样宣布了一个消息。

"国庆节，我要结婚了，你赶紧回来。"

我大吃一惊。我知道，这一天早晚会来，只是没想到会这么快。要知道，他大学毕业才两个月！

"她想见你一面。"方昆自顾自地说下去，"她让我转告你，不管以前发生了什么，你在外流浪，始终不是办法。你认真考虑一下。"

我没说话。我只觉得耳朵嗡嗡作响，方昆的声音，越来越远。我注意到，那两个在湖边照相的美女已经离开。她们临走时，认真地看了看我，窃窃私语了一番。好像我只身一人，很不该出现在这里。

"喂，喂，你还在听吗？"方昆的声音，再次响起。

"我在。"我淡淡地答道。

"你会不会回来？国庆节，我结婚，不到一星期了。"

"哦，我回不去了。"我说，"我已订了车票，前往深圳。以后，就留在那里了。哦，对了，这两年，我不是流浪，而是在游历。"

说完，我挂了电话。接着，回拨了李正的电话，说了我的决定。

"好，欢迎你！"李正说，"不过，你要再等几天，给你办好通行证后，我再派人去接你。"

我不知道要办什么通行证，不过，老领导的安排，我决定服从。

我来深圳第二天，是国庆节。

傍晚，在合欢农庄，李正组织了一场小型聚会。在场的共有七八人，从他们的言谈举止能够看出，他们同我一样，都是退伍军人。他们的年龄大小不一，我猜测，他们既有李正的战友，也有他带过的兵。

其中，一个黑瘦的中年男人，很快就引起了我的注意。

刚开始，看到他时，我只是皱了下眉头。不管从哪个角度看，他都不太像军人。但我转念一想，也就释然了：李正大小也是个领导，单位里下属陪同聚会，也是正常。

可在整个聚餐过程中，这个黑瘦的男人，似乎占据着主导地位。他的嗓门又粗又大，看起来不拘小节。他喝起酒来，谁也不服，有横扫千军的气势。

李正是个东北汉子，向来天不怕地不怕，可在黑瘦男人面前，就像是小学生见了班长一样。

"我说，你们可别以为我是运气好。当然，我的运气一直不差，"黑瘦男人刚把酒杯放下，就迫不及待地点燃一支烟，典型的离不开烟酒，"可做生意，不仅仅靠运气，眼光及人脉也很重要。打个比方，咱们都知道，在深圳，第一批炒股的人，个个都赚了个盆满钵满。很多人恨自己生不逢时，没赶上那个好时机。可问题是，当机遇真的来到咱面前时，咱能准确把握它吗？说实话，这就要看个人眼光了，看自己能否准确地判断出，它是机遇还是陷阱。"

他的话语，有一种说教的口吻，好像他是个成功人士，完全不符合他是李正下属的身份。我不自觉地蹙了蹙眉，不知道这到底是何方神圣了。

但那种说教的口吻，让我有点儿不习惯。我的目光不自觉地转向了外面的湖中。

农庄依山傍水。房间是一座座搭在湖边的遮篷，四周用竹帘阻隔着。面向湖水的竹帘开着，这样就可以一边就餐，一边欣赏湖面的景色。遮篷内，一台大功率风扇不停地转动着，把里面的高温和酷热吹干吹净。

或许，是因为假期，农庄里的客人，只有我们这些人。所以，竹帘大开，我的视线，完全没受遮挡。

"哦，对了，我给你介绍一下，"或许，意识到了我不自在的状态，李正对我说，"他就是郭侯。"

我摇了摇头，表示对这个名字，毫无印象。

李正提醒我说："你忘记了，以前，我常说的三爷？"

"他就是三爷？"我大跌眼镜。

"如假包换。"郭侯微笑道。

尽管听李正说过三爷样子，可在我潜意识中，还是将他当成肌肉硕美的男子，毕竟，那么讨女人喜欢，没有一点男子之美是断然不大可能的。但眼前的这个男人，太出乎我的意料了。

"感觉很失望？"三爷问我。

"有点。"我如实回答。

"你很诚实，我喜欢你。"三爷呵呵笑道，"现在太多口是心非的人了。"

我没回应。过了一会儿，我问："你名字叫郭侯，老爷子一定对你充满期待——"随即我意识到，这很不礼貌，赶紧住了口。

"你说得对。"一支烟抽完，郭侯又拿出烟盒，这次，递了我一支，"老爷子确实对我期望很高，希望我能够拜相封侯，光耀门楣。谁知道，我压根儿不是读书的料，高中一读完，就跑去当兵了。"

说到这里，他哈哈大笑起来，好像对老人的心愿别有一番嘲弄。

我透过缭绕的烟雾，看着他。刚才还高高在上，满口说教的男人，常被李正念叨的大老板，竟然说放下身段就放下身段，与我这么个落魄的人对话。

"还没给你介绍他呢。"李正说，"他叫方丁，和你一样，喜欢舞文弄墨。不过，他可比你单纯得多，从没想过用文字糊弄女人。他是有名气的诗人。"

"久仰久仰。"三爷边说，边一手执杯，站了起来。尽管他就坐在我身边，还是煞有介事地同我握了握手，"李处召集我们兄弟，说介绍一位厉害的兄弟给大伙，很高兴认识你。听李处多次谈起你，今天总算见到人了！"

他端起酒杯，跟我碰了一下，我们一饮而尽后，坐下了。

"方丁对文学的情怀，是咱们在座各位都无法相比的。"李正向大家介绍我，"退伍后，他用两年时间走遍全国，写出来的作品让人眼睛发亮。上星期，我读了他最新一组作品后，给他打了电话，叫他过来。这不，他昨晚刚到。"说着，他转头看向我，"依我看，你就留在深圳好了，正好我这里还需要一个人专门写材料。你文笔好，就留下来帮我吧。"

想起方昆的电话，我点头道："说实话，来这里，我也打算留下来。毕竟，游历两年，我也想安稳下来了。"

"就该这样！"李正大手一挥，"节后，我就安排人给你办理入职手续。"

李正话音刚落，三爷马上端起酒杯："祝贺李处将遇良才，觅得一个称心如意的大秘！恭喜才子，英雄有用武之地，风云会合，大展宏图！"

桌上的其他人，也纷纷端起酒杯。

尽管"大秘"这个词儿有点儿刺耳，但想到之后可能会相当长时间将与这个身份相伴，我还是端起酒杯接受大家的祝福。

一杯酒喝完，三爷一副不依不饶的样子，把酒杯斟满，又一次举起杯，说："领导最喜欢两个人，一是司机，二是秘书。"他看向大家，"各位，都举起杯子呀，以后，你们谁想再见李处，就要经过丁哥许可了。现在有机会，还不赶紧套套近乎，到时临时抱佛脚，可就晚了。"

桌上的人一听，马上都举起杯子："祝贺丁哥。好事成双，我们再敬你一个。"

我看了看在座的这些人，我是最年轻的一个，但在三爷的唆使下，这些人都喊起我"丁哥"来，这让我很是惶恐。我赶紧端起杯子，诚恳地说：

"各位，都太抬举小弟了。千万别叫我丁哥，我着实不敢当。你们可以叫我小方，或是阿丁，叫全名方丁也行。无论如何，既然各位这么看得起我，我只有先干为敬！"

那天，我喝了很多酒。一是因为席间，所有人的酒量都不错。二是那天，是方昆和她结婚的日子。

尽管我很努力不去想这件事，可心底，总有一个声音在大声地对我说："刚毕业就结婚，看来，他们是一刻都不能等了。"

我用更多的酒麻醉自己。无论是谁，只要举起杯同我喝酒，我一定会立即回敬过去。我的表现，连李正看我时，眼神都发生了变化。

"你小子酒量见长啊！"他若有所思地说。

下半场未开始前，方昆还是打来了电话。

"今天我结婚，你人不回来，连个道贺电话也不打吗？"

"我已来深圳了。"我答非所问，"刚刚答应政委，以后就跟着他干了，当他的秘书。现在，我们一帮战友在喝酒。"

方昆沉默了片刻："也好，也算落下脚跟了。等一下，你嫂子要跟你说话。"

"嫂子？"我的头一下子大了。感觉血瞬间涌上大脑，天地开始旋转起来。

"是我，"白蝴蝶说，"你——还好吧？"

"好——"我的舌头已经不听使唤了。

"你真的已经在深圳了？"

"真的。"

"你——"她停顿了一下，或许，是因为方昆在身旁，她的停顿极短，"你——什么都不懂。"

接着，她挂断了电话。

直到盲音响起，我才放下电话："懂，我什么都懂。"我在心里暗暗地回答她，端起面前的酒，一饮而尽。

那天晚上，三爷安排了个女人陪我。不知是酒精的作用，还是报复心理作祟，我没拒绝，而是坦然接受了……

这些年，我常想，我如今单身的现状，是我十五年前，火星大冲日的行为所造成，还是与我在洱海盘桓多日，却未行朝圣之事有关？

我更偏向于后者。来深圳三年后，我的工作与写作都陷入困境时，我用半年时间前往西藏，经历过一次朝圣。在那里，我找到了打开枷锁的办法，我的事业进入了快速发展阶段。

所以，今天的这次朝圣，我打心底有点儿期待。

　　渐渐地，我的眼皮开始沉重，大脑也混乱一团。初夏、潘帅、白蝴蝶，这三个被我尘封已久的女人，像放电影似的，一一映现……直到"情感白痴"那四个字，像一把匕首狠狠地刺痛了我，我一激灵醒了，睁开眼睛，看到三爷正似笑非笑地盯着我。

　　意识清醒过来，我明白了身在何处，问："怎么了？"

　　"梦到什么了？"三爷说，"不，先回答另一个问题，谁是潘帅？"

　　我的脸红了，但我坐起身来，顾左右而言他："我睡了多久，现在到哪儿了？"

　　"你睡了两个多小时，咱们刚刚驶过合水商场。"三爷说，"谁是潘帅？"

　　看到糊弄不过去，我只好如实回答："她是我的第一个女人。"

　　"哦，"三爷来劲了，抽出一支烟，递给我，"说说，那是个怎样的女人，我比较好奇。"

　　我只好复述了一遍与潘帅那短暂的交往。

　　"当年，你若留在重庆，至少会少奋斗十年。"三爷吸了一口烟说，"可若是那样，或许，就不会有畅销作家方丁了。"

　　"人生的事，谁又能说得准呢？"

　　"后来呢？就没再联系过？"

　　毫不掩饰地说，这是个让我羞于启齿的问题。潘帅的主动告白，她身体绽放的红火星，她那句"情感白痴"，都在我心底留下了深刻的印迹。然而，因为白蝴蝶，我不断地将她从我心中往角落里挤，直到彻底尘封，不再想起。

而今天，若非因为初夏，若非在我沉入睡眠之前，我突然记起的关于结婚的对话，或许，我压根儿就不会想起她。

当然，这些我没说出来。我只是假装随意地说："有些人，错过也就错过了……"

"她若矜持含蓄些，没马上带你回家，结局会不会不同？"三爷问。

我不知道。但不可否认，我当时被吓倒了，真切感受到了前所未有的狼狈。

"你后来真没见过她？"三爷说，"她家庭条件不错，不会因生活所累就放弃对诗歌的喜爱。这么多年过去，至少也该成名了……"

三爷就是如此心细。

不错，潘帅确实成了当地一位知名诗人。文学圈说大不大，重庆的同行与我交流时，偶尔会提起她，说她的酒店、果园是当地文学活动的聚集地，不少外地诗人常慕名前往，而她总会用果园里最好的水果招待他们。

"重庆有不少旅游景点，又是巴渝文化的发源地，工作原因，我去过几次。"我如实回答道，"但从没联系过她。既是过客，又何必再打扰呢？"

"她若在等你呢？"三爷问。

"不会。我打听过，她有个女儿，丈夫也很爱她，也是个诗人——"

三爷呵呵笑了。我突然意识到什么，脸红了起来。

"所谓放下，只是自我欺骗，自我麻痹的说辞。"三爷总结道。

"是，人生在世，何必要活那么累？"金有余插嘴道，"都该像我这样，该吃就吃，该喝就喝。"

三爷将烟蒂熄灭，扔进烟灰缸里。随后，他又问我："初夏也跟你谈过婚嫁？"

我不清楚他为何会这样问。

"咱们认识多年，从没听你谈过潘帅。"三爷说，"但今天，你不仅梦见她，还多次呼叫她的名字。可见，她在你生命中留下过很深的印迹。而初夏，就是你打开这印迹的钥匙。"

"我也多年没见过初夏了。"

三爷说："一对恋人，多年不见，大都是因为谈论婚嫁，而一方仓皇而逃。"

我败下阵来。三爷看待问题，总能直抵本质。我想，他没选择文学与此有很大关系。大多时候，作家都是在探索，而一目了然会让人失去探索的欲望。

"丁哥，"三爷说，眼睛直视着我，"难道你就不想结婚吗？"

"要说不想，那是骗人的。但有时候，我也会想，人一定要结婚吗？"我答道。

"不一定，"金有余抢答说，"若没有繁衍的任务，不结婚，会是更好的选择，尤其对你这样帅气的名人。"

"我从不认为自己是名人。"我说，"更不会用读者的喜爱干伤害她的事。"

"爱情神圣，怎会让人受伤呢？"金有余说，"但婚姻就不同了，它是吞金兽，多少好感与爱意，都能被消磨殆尽。"

"婚姻，是选择共同走过一生的人。任何人，都该慎重。"

三爷说，"但爱情，不需要那么多顾虑。先爱了再说。婚姻，是后面的事——"

"你说得对，我最喜欢先爱了。"金有余满脸堆笑，"三爷，你跟追姐说说，我的需求……你知道，我对红颜的要求，很简单……"

我惊愕地看了金有余一眼。不清楚，这个以往只喜欢吃的家伙，这次，怎么一反常态，对女人提出要求了？

三爷对他的话没理睬，重又抽出一支烟，点燃了。

第三章　共同的纪念

前面的车辆，依旧纹丝未动。

三爷把刚吸了两口的烟熄灭，扔进车载烟灰缸。接着，从手套箱里拿出槟榔，打开，拿出一枚槟榔递给我，我摇手拒绝了。它的味道，我受不了。

三爷塞了一枚在嘴里，大口嚼起来。

金有余也取了一枚，边嚼边回头问我："塞车这种事，不是你们记者该关注的吗？你这么个大牌记者，天天面对如此拥堵情况，竟然也无动于衷，着实令人费解。"

"你这样说，可就真冤枉我了。"我解释道，"就这条破路，不瞒你说，几乎每个驻新区的记者都写过新闻。可这条路上的车流，就是如此之多，又加上前面不远处就是高速出入口，所以，才会这么拥堵。"

密闭的空间内，烟味、槟榔味，混合在一起，极不好闻。我刚想打开车窗，里面的气味还没散出去，外面的热气就已趁机侵袭进来了。金有余连忙用主控开关将车窗全都严严实实地关上。

"这么热，可千万不能开窗！"他提醒道。

"去年，新区召开五年规划会议，提出要将新区打造成花园城市、旅游城市、宜居城市。我被邀参与了会议。我提出作为配套项目，务必要将这段路搞好。我说，别人连进都进不来，那还谈什么好感，更别提发展旅游了。"

尽管空调已开到了最低，汗水仍像无法拧紧的水龙头，不停地向外流淌。我不停地擦拭额头上、脖子里流淌的汗水，头发的发梢仍旧湿漉漉的，不时地滴下几滴汗水来。我边擦汗，接着说：

"我这个意见一说出来，不少人都附和，看来，民众受此路拥堵之苦，久矣。"

三爷点头："要想富，先修路。在以前，这不过是一句口号，但现在，一条畅通无阻的道路，却是一个地方发展的必要条件。"

"可是，你也看到了，这两旁都是住宅，要扩路，难呢。"我说。

三爷往外看了看，确实如此。路两旁，都是七八层的民宅。

"随着拆迁造就亿万富翁，人的胃口，变大了。"三爷道，"这给征地工作带来了更大的难度。要是李正还在位子上，或许有办法解决这个难题。"

"估计也难。"我沉思道，"李队的能力，着实很强，但毕竟只是基层领导。囿于政策和大环境，不少时候，个人能力并不容易体现。"

三爷点了点头："确实如此。"接着，他笑了，又说，"咱们因李正相识，我想，他可能也想不到，咱们的交情会如此之深。"

"我还记得，两天后，你介绍老金给我认识。咱们一起去登了梧桐山。这一眨眼，咱们都已经认识十五年了。"

金有余咋舌道："咱们认识竟如此之久了？真不敢想象，认识你的时间竟然比认识我家那口子还长。"

"我还记得，那次，咱们去梧桐山，开的是你的奔驰车。"

金有余长吁一声："谁能想到，那时就开奔驰的人，现在的车却只是一辆国产车，而且还是别人馈赠的？"

我有点儿哑然失笑了。他现在的车，是两年前换的，三爷帮他付的款。虽是国产车，价值也有三十万元呢！

金有余是千禧年毕业的大学生。来深圳前，在他们市报社，是一名编制内记者。那时的记者，还比较受人尊重，收入也高。他工作一年时间就买了奔驰车，足以说明了这一点。

那时，在他们那儿，地下六合彩是一大毒瘤，不少家庭为此倾家荡产。报社老总多次在选题会上叹息，谁要是深入挖掘，肯定能挖出一条大新闻来。老记者都明白，地下六合彩要形成规模，形成产业链，必然涉黑。所以，对老总的感叹充耳不闻。

可年轻气盛的金有余，是个愣头青，主动请缨，追踪这条线索。

经过半年跟踪，他把当地的地下六合彩产业链摸得清清楚楚，用了两个整版，在火星大冲日那天进行了报道。报道一出，市公安局立即展开了清理行动，一举击破各个非法售彩窝点，许多参与非法售彩的人，被抓了起来。

他断了别人的财路，别人肯定不会放过他。

许多小混混，三五成群，聚在报社和他家门口，等他出现。

他这才意识到问题的严重性，慌忙向老总求救，老总双手一摊，表示无能为力。他只好报警。但只要警察一出现，那些小混混便马上作鸟兽散。最后，一位好心的警察建议他，到外面去躲躲。

这时，三爷在深圳的装修工程事业已颇有起色。金有余和姐姐联系后，便在一个深夜，开着他的奔驰车，连夜投奔三爷了。这一走，就是十五年。

"让他跟我干，我怕委屈了他。"三爷说，"但一时又没有合适的工作介绍，只好让他临时帮我开车，跟着我多认识一些人。"

我和三爷认识两天后，是农历重阳节。在前一天傍晚，三爷打通了我的电话。

"丁哥，你在哪里？"

"在单位宿舍呢，"对这位刚认识的大老板，我十分好奇，不知道他给我电话有何贵干。

"在宿舍里干什么？"三爷说，"别辜负了假期好时光。你准备一下，我过去接你，咱们出去玩。"

"去哪儿？"

"明天是重阳节，弘法寺有登高祈福活动。"三爷说，"咱们今晚过去，明天烧头炷香。"

我不禁咋舌："要在山上过一晚？"

"弘法寺在梧桐山，从合水镇过去，得两三个小时。在山下吃饱喝足，就得很晚了。梧桐山是深圳第一山，爬上去，得花费些时间。"

深圳第一山，对我来说，是个不小的诱惑。毕竟，在这之前，我在山水之间行走了将近两年呢。我精神一振，连忙答应道："好，待会儿见。"

一小时后，他们赶来了，开的是金有余的车。他很爱惜那辆车，保养得一尘不染。

三爷介绍我和金有余认识。金有余说："我听三爷说，认识了一个年轻帅气又有才华的小伙子，我还不大服气，暗想，谁的才气能超得过我？方丁，见了你，我甘拜下风。别的不说，就你那头长发就比我优秀。"

我有点儿啼笑皆非了。这是变着法子骂人呢？哪有男人见面，夸头发长的？

"丁哥，你别介意，"三爷连忙道，"有余常这样口无遮拦，但人不坏。"

"三爷，你这是什么意思？"金有余不服气地说，"我怎么口无遮拦了？"

"没事，"三爷拍了拍他的肩头，"你高兴就好。"

我呵呵笑了笑，跟着他们上了车。

那晚，在梧桐山下一个特色餐厅，三爷给我讲了一些话。

"丁哥，"他说，"既然咱们都已经赤诚相待了，有些话，我觉得还是提前告诉你为好。"

"三爷别客气，有话请直说。"我说。

"先别急着说，"金有余嘴里吃着菜，双手挥舞道，"你们已经赤诚相待，什么意思？"

"能有什么意思？就是表面上的意思。"三爷说，"你不至于什么话都要向你姐报告吧？"

"怪不得我那天找你，你一直说在忙呢。"金有余的嘴巴噘了起来，"原来是风流去了……让我管着嘴，倒也不是不可，得看你怎样补偿我了。"

"补偿?"三爷问,"你想要什么补偿?"

"接下来一个星期,我想吃什么,你都得请我吃。"金有余说,"还有,明早寺里的祈福香火钱,你得给我出。"

三爷哈哈大笑起来:"看你那点儿出息!好,都依你。"

我好奇地说:"实在不敢想象,三爷,你竟然也会烧香祈福。"

"做生意的,烧香拜佛,不在少数。"三爷语气平淡地说,"你说我迷信也好,虔诚也罢。等明早到了山上,你就会明白了。"

"无利不起早,说的就是生意人。"金有余总结道,"所以,上山烧头香的,也往往生意人居多。"

我微微点了点头。过去两年,我虽走过不少地方,但像现在这样,连夜上山只为烧头香,还未经历过,心中竟有些期待。

三爷说:"有余虽比丁哥早来一个多月,但对自己的未来,还是没有一点儿规划。明早,你们两个不妨都为自己祈祈福。深圳是个创造奇迹的城市,祈祷你们早点儿创造自己的奇迹。"

我和金有余都赞同地点了头。

三爷接着又说:"丁哥,我和你比较对味,把你当成自己的亲弟弟看待。有些话,你想听就听,不想听就左耳进,右耳出。"

"三爷你客气了,我知道,你一定是为我好。"我说,"我洗耳恭听。"

三爷说:"你一来深圳就进机关,当了领导的大秘,这是领导对你的信任,也是你的机遇。说实在的,作为一名只有高中学历的退伍军人，你的起点要比许多人高多了。但要想在这个起点上干些成绩出来，你还须准备许多。"

"我可没想过干出什么成绩。对我来说，这不过只是一份工作。"

"你先别那么着急表达你的想法，"三爷说，"你那不过是刚来这里，给自己留有余地的说辞而已。"

我点点头。从抵达深圳到现在，我还没来得及仔细打量这座城市，但这两天所经历的事，让我对这座城市有一种说不出来的感觉。这种感觉甚至让我打了退堂鼓，我在犹豫，要不要像高三那年，连高考考场都不进就直接离开。

但我告诉自己，不要那么急着做决定。成千上万的人，时时刻刻都在向这座城市拥来，说明这座城市有其独特的魅力。我不想给自己留下遗憾。

"你比别人起点高，计划就不能与别人一样了。"三爷说，"咱们就来谈谈，你要怎么干才能让自己脱颖而出。你首先得明白，在基层单位，机会还是蛮多的，只要你足够优秀。"

此时的三爷，在装修领域已深耕多年，业界口碑极佳。他这样的人，为我的职场前途苦口婆心地指导，我只有惶恐听从的份儿。

"你是李正亲自招进来的，他对你的赏识，无须多言。"三爷说，"可你在平时的工作中，既要以他为核心，又不能忽略了其他领导。在机关单位里，为人与做事，同等重要。"

这与我先前的想法大不相同。以前我认为，尽全力干好分内之事，领导就一定不会亏待我。

"你仔细想想，有余的经历。"三爷说，"他没干好分内之事吗？他干得很出色，可捅的娄子，同样不小……"

金有余脸上露出愤慨之色，可随即，他又埋首于面前美味佳肴了。

接着，三爷就此展开，从为人、提升自己等方面给我上了人生中比较重要的一课……

一直持续到十点半，越野车才通过圳合路，驶上高速公路。

随着车速提升，空气也不再那么闷热了。有一会儿没抽烟的三爷，迫不及待地点了一支烟。

"你们俩，都有转为编制内的机会，"三爷说，"说明当初我在梧桐山下同你们谈的话，你们也都听进去了。遗憾的是，最终都没成。否则，我至少又多两位当领导的熟人了。"

金有余是在我之后的三个月，进入的市内某街道党政办。

他的起点比我高多了，进去就是雇员。虽说雇员与临时工一样，也是编制外人员，但薪酬待遇却比临时工高了不少。毕竟，雇员属于专门人才。

"金哥，你都当雇员了，工资比我高了近一倍，什么时候请我吃饭呢？"他入职后不久，我与三爷相聚时，问他。

"请你？"金有余白了我一眼，"凭什么要请你吃饭？"

我愣了一下，随即又说："金哥，你真爱开玩笑。"

"我没开玩笑，你告诉我，我凭什么要请你吃饭？"他的表情很认真，"咱们的交情，好到那种程度了吗？"

我一下子不知如何回应了。我以为，我与三爷每次相见，他都在场，我们早已成为朋友，但在他看来，并非如此。

我耸了下肩："抱歉，是我想多了。"我感到自己的脸掉在了地上，被人狠狠地踩了几下。

"丁哥，你别在意，"三爷连忙打圆场道，"有余这家伙，向来脑子一根筋，不会转圈……他同谁讲话都是如此，一句话就能把人呛死……"

我干笑两声，没有说话，但在心底，对这位看起来总是一脸笑容的男人，却有点儿敬而远之了。

不过，金有余的公文写作还是很有水平的，毕竟，有深度记者的功底。他写的公文，很快就得到了镇党委书记的认可，被指定专门给书记写材料。据说，书记曾多次在公开场合称赞他，是街道第一笔。甚至还专门召开党委会议，讨论给他一个更好的位子。

他转为编内的机会，如此顺利地到来了。

毕竟，他是全日制本科毕业，在内地的报社，也是编制内人员。

就在所有人都认为，至少他会成为一名"参公待遇"的职员时，冷冰冰的现实却再次给了他当头一棒。

"他确实很有能力，但书生气太浓，还需要再锻炼。"在党委会议上，有人如此说，投了反对票。

就这么一句话，他转为编制内人员的梦想，便化为泡影。

即便如此，领导还是想了办法给他待遇，每个月给他报两千块钱发票。整个街道也只他一人享受此待遇。毕竟，那时临时工的工资也不过两千多块。

我曾问过三爷："书记既然有意，应该会给他第二次机会吧？"

"他若吸取教训，认真反省，及时改掉身上的缺点，说不定会有第二次机会。"三爷说，"但他却恃才自傲，连部门上司都放不在眼里，错误就不可挽回了。"

自从被指定专门给书记写材料，金有余就常追随在书记身旁，出入各种场合。一下子进入到书记的交际圈子，他的眼光开始往上看了，整个部门，除了主任分派的活，他会第一时间完成，副主任想派活给他，就得看他脸色了。

年底，因各种考核，往往是材料员工作最为忙碌之时。"上面千条线，下面一根针"。不少工作都得一把手向区里相关职能局述职、报告，金有余要完成的报告，最多时一天四五份。而这时，负责分管材料工作的副主任，想让他牵头起草街道办的年度工作报告，他没有丝毫犹豫，一句话拒绝了：

"我手里有几份书记交代的报告要写，哪有空去弄什么街道办工作报告！你找别人吧。"

似乎早料到他会这么说，副主任没说二话，就去找别人了。

又过了一段时间，书记想再次提起他的转编之事，但有了第一次的经验，就先叫组织部门征求了各领导的意见。这次，没领导反对了，但部门意见却是：工作上不服从安排。

尽管是事实，但这项指控算得上严重了。

"不管在哪个单位，被给两次转编机会，都是破天荒的事！但那家伙，愣是把握不住。"事后，三爷叹息不已。

那件事，给金有余打击很大，但他依旧没有从自己身上查找原因。那段时间，我们见面时，常听他抱怨："我算看透了，我们这些人，都是一次性用品。他们高兴了，就用一下。不高兴了，就被踢到角落里了。"

自那之后，他就像霜打的茄子，彻底蔫了。他再也找不到激扬文字的感觉了，所写的材料，错漏百出，完全没有逻辑。书记不敢再用他的材料，分管他部门的领导也不敢用他写的材料。最后，部门主任发现，修改他的材料比重写一篇还要费力，也就不敢再派活给他了。后来，他被调到不那么重要的部门及岗位，被彻底边缘化了。

　　每次，面对他的抱怨，三爷总会毫不客气地说："你还好意思抱怨？至少有三个领导跟我说过这事。在整个街道，你的工作最少最轻松，那些活，都是象征性地派给你的。可就算如此，你也不愿干。领导说，单位总不能养闲人吧！闲人，你听听，领导对你有这种印象，还怎么可能会重用你？"

　　"我同你一样，不适合在机关里干。"金有余满脸堆笑，"三爷，你在你公司里安排个职位给我吧。行政经理就不错，我保证能干好。"

　　"在企业里，得到一分，至少要付出十分。你真认为行政经理适合你？团队的凝聚力、向心力，企业文化建设，对外与各单位的接洽……"

　　三爷还没说完，金有余就已连连摇手了。"事情太多了。"他说，"吹牛接待，我可以干。但这建设，那凝聚的，我没那能力。"他嘿嘿一笑，"至少，我对自身的能力认识还是比较清晰的。"

　　"知道这，就别叽歪了。把眼下这份工做好比什么都强。至少，我与你领导再见面时，他们就不会抱怨你什么都不干！"三爷以此结束了金有余的牢骚。

　　金有余未做辩驳。我发现，很多时候都是如此。

他就像一个巨大的受气筒，能装下所有的奚落和嘲笑。他常常像弥勒佛那样，满脸堆笑，似乎只要不发牢骚，他就不会有一点儿烦心事。可他的牢骚，每次都会以三爷抢白一番结束。所以，更多时候，他都是以满脸笑容示人。

我很好奇，私底下问过三爷："金哥跟了你这么长时间，你真就没想过，让他跟着你干？"

"想过。"三爷完全不担心我会将他的话转告给金有余。他很清楚，我和金有余无法在同一频道对话。所以，私下里我们交往少。三爷言辞恳切地对我说："我的生意，做得这么大，也需要人来帮，可他不合适。"

"哦，为什么？"

"人，消沉容易，但走出来就太难了。"

我明白了三爷的担心。公司毕竟逐利，但消沉带来的负面影响，是任何老板不愿意看到的。

"你看得的确够远，也很客观。可你就不担心他会怪罪你？毕竟，跟你一起创业的，现状明显比他要好多了。"

这不夸张。好几个跟着三爷干的老员工，房子都买了好几套，且都在市中心，房价高得要死，身家至少都有大几千万元了。

三爷淡淡地说："我相信，他会认清自己的。"

话虽如此，金有余的状况也比大多数人好得多。他来深圳两年后结的婚。结婚对象是三爷帮忙介绍的。三爷还帮他出首付款，置办了房产。他所在的小区，配套完善，属于中高端小区。他的房子，是一百二十平方米的大三房，按眼下的房价挂牌出售，至少也在千万元以上，顶我单身公寓五六套。两年前，他换车时，三爷帮他付的款，虽是国产，价值也有三十万元……

他来深圳，只比我早了一个月。可我这些年，一步一步，努力前行，状况却远不如他……可以说，三爷对他的帮扶力度已然很大了。

对金有余的现况，我不止一次认真思考过。此时，我缓缓地说："千禧年的媒体，就是因为有敢于深入调者的记者，才被读者信任和喜爱。遗憾的是，咱们缺少对深度调查记者的保护机制，让这类人一再寒心，以至于消失。这是非常可怕的事。"

"丁哥，你这话说得客观，有水平。"金有余破天荒地这样称呼我，他从后视镜瞟了我一眼，"机制，就是因为没有这该死的保护机制，我才被迫离开家乡，开始窝囊地活着……但有人装作睁眼瞎，以为我不求上进，故意忽略我因上进被伤害的事实。"

三爷耐心等他说完，认真回应道："你若真喜欢当记者，当成事业来经营，还会因一次打击就选择退出吗？以丁哥为例，他一来深圳，就认识咱们了。这些年，咱们亲眼看着他一步步走到现在。他若像你这样，受到一点挫折就放弃，还会是现在的丁哥吗？"

金有余嘿嘿一笑。"我有你这个姐夫，干吗还自己拼搏？"他说，"这个回答，你满意吧？"三爷摇了摇头，没说话，金有余又说："不过，话说回来，我当初若没来投奔你，而是还留在报社，说不定，现在也是编委了。"

"也有可能，早就横尸街头了。"三爷没好气地说。

金有余又笑了，但我在他目光深处敏锐地注意到，有一丝别样的东西一闪而逝。

我连忙打圆场，对金有余说："金哥，明天这个大日子，也是你的纪念日呢。"

"是啊，纪念我人生开始走下坡路的日子。"金有余说，"若没有上次大冲日，我发表的那两版该死的报道……"金有余猛然住口，淡笑一声，"算了，还说那些有什么用！"

短暂的沉默后，金有余又从后视镜看了我一眼，问："方丁，你说你一个主编，应该很忙吧？你们报社，怎么就肯一下子批了你这么长时间的假？"

他指的是我前不久请假去京城的事。

我还没回答，三爷抢先回答道："这你就外行了不是？作为一名作家，作品被拍成电影，这是极高的荣誉。单位也会因为出了名人而骄傲自豪呢。再说了，就算报社不给丁哥假期，我相信，丁哥会把这份工辞了。我说得对不对，丁哥？"

三爷说得对。在向老总递交请假条之前，我的确认真思考了很久，如果老总不准假该怎么办。思考的结果正如三爷所言，我会辞职。只是没想到，我把请假条递上去时，老总非常爽快地答应了。

"这是好事呀，"老总说，"咱们社里自然会大力支持。只是，你也不能放下工作，每周的版面还是得准时做好。"

我虽是主编，但实际干活的人，也只我一个。不过，报纸每周编发一期，十六个版，对任何一个拥有多年经验的编辑来说，都是小菜一碟。所以，我在请假期间，也从没影响过周刊的编辑发行。

"我真羡慕你，碰到了这样一个体恤下属的领导，"金有余说，"我的领导，别说准我那么长时间假了，就是这次咱们出行，我休我的年假，他还磨磨叽叽，很不愿意签字呢。"

"我可不能跟你比。我那是闲职，那些版面本就可有可无。可你不一样。你在机关工作，那里都是一个萝卜一个坑，你休假了，你的工作就没人干了。领导自然也就不愿放你离开了。"

"快别说这些了，提起这，就满肚子火，"金有余说，脸色暗了下来，"天天把我们当牛一样使唤，可一提到待遇，从没见过哪个领导会爽快一点。"

"你就知足吧，拿着雇员的工资，干的活还不如普通临时工多，你还好意思抱怨？"三爷说，"你若像丁哥那样，成为单位的名片，一准能享受他那样的待遇。"

"我说三爷，咱们可是亲戚，你怎能总是如此说我？不知道的人，会以为你是单位领导呢。"金有余说。

"你也别总抱怨，我不帮你的忙。这样，当着丁哥的面，我拍着胸口给你做下承诺，你若哪天真能做到，会与人好好说话、沟通，我就厚着脸皮向你们书记提一下你的事。"三爷说，"你能力是有，转为职员，并非不可能——"

"千万别，"金有余忙道，"要说前几年，倒还真有过这想法。但现在，对我来讲，能过一天是一天，早就没有那种进官场打拼的激情了。"

的确如此。金有余今年已经四十出头，就算真有机会转成职员，也只能止步于初级职员了，也就是人们常说的办事员这一级别。

"既如此，那你以后就别叽歪，说我不帮扶你了。"三爷说。

"现在我想明白了。"金有余嘿嘿笑道，"跟着三爷幸福多，我干吗还要挖空心思，去追求改变，奋力向上？只要我厚下脸皮，向你乞求，你难道会拒绝我？就如这次，我要你让追姐安排，给我也找个女人——"

确定金有余真要三爷帮忙找女人，我十分惊讶："三爷，你到底都安排了什么荒唐的游戏？"

"你别听他胡扯。"三爷回过头来，认真地给我解释道，"为了解决你的大事，三爷我可是厚着脸皮，请我的红颜知己帮忙，才物色了几个美女……至于成与不成，丁哥，得看你的了。但我希望你能完全打开自己，认真对待，若能解决终身大事，这次朝圣之行，也算圆满了。"

"我不管那么多，反正这是我的第一次，你得让追姐给我安排妥当。"金有余无赖似的说。

"你呀，真不知该怎么说你了。"三爷无奈地摇了摇头。

"没什么好说的，明天这个日子，既然要成为大日子，就得干点与众不同的事！"金有余宣告似的说，"以后，谁也不能说我只是个吃货了！"

第四章　放纵的青春

午饭，原计划在河源吃，但由于早上塞车太久，无法按时抵达原先预计的地点，三爷打电话取消了在河源的订餐。

到了正午饭点，我们在高速公路的服务站，随便凑合了一顿。对三爷来说，这有点食之无味。谁都知道，他对吃饭挑剔得很呢。

在服务区，他只要了一碗汤粉。

"跟着李正，你好像只干了三年吧？"在吃粉时，他问我，"当时，你是不是就已经意识到了，他会出事？"

"这个，还真不好说。"我答道，"不过，应该也有这方面的原因。但主要是因为陈志远，他带给我的触动太大了。陈志远你还记得吧？"

"记得，他是李正的司机。他怎么了？没听你说过这事。"三爷露出一副"包打听"的神情。

"这事说来就话长了。"

"没关系，咱们有的是时间。"三爷说，"我记得与你第一次见面时就说过，司机和大秘是领导最信任的人，是左膀右臂。但对这个小伙子，我也只是见过几次，没深入交流过。"

"咱们去登梧桐山时，你给我提过不少建议，其中有一条，就谈起过他。你说他是人精，要我提防着他点。但实不相瞒，除你之外，他也是我在深圳少有的几个朋友之一。"

"你一说，我倒有了点印象。"三爷说，"我好像是这样说的，陈志远那小子，一看就是个人精，和他在一起，你要打起百倍精神，否则，他把你卖了，你还会帮他数钱呢。"

除了同事关系，被李正派往昆明接我的，正是陈志远。

他年轻，阳光，乐观，是深圳本地人。在前往深圳的路上，我就对他产生了极为浓厚的好感。

那天早上，我们在昆明火车站碰了面。

"我叫陈志远，您可以叫我小陈，或是阿远，我是前来接您去深圳的。"他用广东普通话对我说，"没想到，机场距离火车站这么远。现在，到您的酒店休息一会儿吧，下午，咱们在昆明逛逛，明天就去深圳。"

我一脸平静地告诉他，我没住酒店，我每晚休息的地方，除了文友家里，就是火车站。这几天，我住在火车站。

"火车站？"陈志远面露惊讶之色，"那怎么住人呢？"

"没什么不能的。"我指着候车大厅里的座椅，"躺在这上面，照样能睡得很好。"

他认真地打量我一番，还想再说什么，但还是停住了。大厅里有人吸烟，他抽出烟，递给我一支，然后，用打火机帮我点着。

"这样吧，咱们先去订个酒店，"他说，"我看您的头发都已经打结了，我想，您也需要好好地洗个澡了。"

我点头答应了。

在酒店，洗好澡之后，陈志远把办好的证件、火车票全都给了我。证件是边境通行证，里面贴着我的照片，填着我的姓名和身份证号。

"这是通行证，也叫边防证。"陈志远解释，"我们前往深圳，要有这个证件，毕竟，深圳是特区。"

他的解释很合理，可在我心底，对深圳产生了第一印象，它还真够特别的。

我盯着通行证上的照片，望了许久。那是我刚入伍穿上军衣时照的，稚气还明显地保留在脸上。李正能找到这张照片，看来，是联系了以前部队里的同事，从我入伍时的档案上找到并翻拍这张照片的。想到他如此贴心细致，一股暖意盈满了心房。

陈志远继续说："除了通行证，深圳本地居民身份证、特区暂住证，都能自由出入市区。办暂住证，要现场拍数码照片，您到深圳后，再给您办。"

"谢谢，辛苦你了。"我说，"不过，办通行证不是也要本人办理才行吗？"

"原则如此。"陈志远解释道，"但李处负责联系派出所，办这种七天有效期的通行证，不过是件小事。"

"李处？"

"你不知道我们李处？就是他让我来接您的。"陈志远像不认识我似的，又盯着我看了许久，接着说，"他转业到了我们合水镇，现在是党委委员，副处级领导，分管执法队。"

我恍然大悟，原来李正在镇里当领导了。难怪他告诉我会需要人手。

"本来，是想给您订机票的，但李处说，您喜欢火车，尤其这绿皮火车，说您非常享受在火车上的时刻，所以，我订了火车票。我想，您已查过，从昆明没有直达深圳的火车，咱们要先到广州，再转去深圳。"

说着，陈志远脸上露出期待的表情："我没坐过火车，但我想，这两三天的旅程一定很好玩。"

"不好说，好不好玩，要看个人感觉。"我平静地回答道。

我没说错，一上车，陈志远脸上就写满了失望。

"死扑街，"他咕哝道，"这硬座，连个沙发套都没有！我看到有卧铺，咱们把票改为卧铺，您说好不好？"

"好，"我说，"就改你自己的吧，我坐这里就行。"

"千万别这么说，您是贵客，我得陪您。"

说完，他赌气似的坐了下来，壮士慷慨赴死般。我猜想，他是个打小就在蜜罐子里长大的孩子，不由得产生些许自责。还好，没过多久他睡着了。

绿皮火车喘着粗气向前行驶，在群山之间，像一头老牛，疲惫不堪。它子时从昆明出发，已行驶三个小时。窗外，隧道漫长，黑乎乎的，宛如怪兽张大嘴巴，将这列金属动物吞进肚里。车厢内，空调没开，好在是夜间，山风不时从窗户吹进来，带来些许凉意。

车上的乘客，有不少是第一次远行。刚上车时，挤挤挨挨的，仿佛争烧头香的香客，稍一迟顿，就会被别人抢去先机。上了车，他们把行李塞进行李架，倒头就睡，毫不担心行李被人偷去。火车抵达广州，得用三十个小时，他们有的是时间找到同伴并一起玩乐。

但我睡不着。我向外望了一会儿，从背包里掏出随身携带的书籍。

这是诗人顾城的新诗自选集。当我读到"你不认识我了/我离开你太久的时间/我离开你/是因为害怕看你/我的爱/像玻璃"，我眸子深处的柔情瞬间喷涌，模糊了我的视线。我心底长叹一声，合上书，掏出烟，点了一支。

坐我身边的陈志远，呼噜震天，嘴角流着口水。他和我是不同世界的人。他中等身材，寸头，戴阿玛尼眼镜，穿洁白的短袖衬衫，一笑起来，牙齿能照出人影子。而我，只是一名落魄的退伍军人。近两年在全国各地的游历又让我像流浪汉那样落魄。

接着，我注意到，坐在我对面的是个漂亮的女人，皮肤白皙，怀里抱着一个看起来还不到一岁的婴儿。她和怀里的婴儿，都睡着了。

我毫无睡意。我盯着窗外的黑夜，默默想心事。这段时间发生的事仿若一场梦，而梦的走向，我无法左右。

手指间的烟，我常忘了吸，直到烧疼手指，才连吸两口，把烟头摁灭，随即，又点燃一支。

待烟盒空瘪之后，我才叹息一声，从背包里掏出笔记本，在上面写下这样几行字：

> 火车在漫长的隧道里持续前行
> 我坐成一尊雕像，面容平静
> 从此，我的幸福和那只白色蝴蝶
> 一起在隧道里遗失

我低声念了一遍这几行字，看着车窗上自己的影子，嘴里咕哝着连自己也不知道的词句，仿佛在向过去道别。

烟盒已经空瘪，我叹息着将它揉皱扔掉了。

熟睡的陈志远咂了几下嘴巴，然后醒来了，用蒙眬睡眼望着我说："丁哥，您还没休息？"

"没，睡不着。"

"现在几点了？要不，我陪您说说话？"

我看了看手机上的时间，告诉他，时间还早，让他继续睡。

陈志远调整一下坐姿，很快又沉入了梦乡。过了一会儿，他猛地又睁开眼睛，从口袋里掏出他的烟，递给我："抽吧。"没等我回应，他双臂一抱，呼噜声又响了起来。

从广州转乘去深圳的火车，我发现那个怀抱婴儿的女人竟也前往深圳，与我们同坐一个车厢。看她一人带着孩子极不方便，我把背包往座位上一扔，奔过去帮她。

"大姐，你也去深圳呀，"我对她说，"来，我帮你把行李放上去。"

女人看到是我，回答："是你呀，谢谢了。"

我把她的行李放上行李架，广播提醒大家，前往深圳的乘客要提前准备好通行证。我问她："要提前准备好证件，你都带齐了吧？"

"我以前在深圳关内工作，有暂住证，有效期还是十年的呢。"

"那你就不用担心了。"我祝福她一路平安，然后，回到了自己座位上。

从广州到深圳，只需要两个小时，早饭后，火车便抵达了深圳。在即将进站时，列车广播再次提醒乘客，提前预备好边防证。我以为这不过是雷声大雨点小，出火车站，哪里会检查那么严呢。

只是，当我看到在出站口，除了票务员检查火车票之外，还有警察在查验证件。不少人因证件不全而被扣留，这才意识到，深圳的确非常特殊。

我暗自庆幸，李正提前帮我办了通行证。手里拿着火车票、身份证及通行证在等待检查时，我对陈志远说："没想到，这里查证件会这么严。"

"这已经好很多了，"陈志远见怪不怪，"以往，会比这更严。每天，执勤民警就有几十人。您想呀，深圳就这么大，外地人一窝蜂地拥进来，哪能装得下？并且，还抢去了本地人许多就业机会呢。"

我被他的话刺了一下，但还是继续问："这些人被查之后，怎么处置？"

"留在关外！"见我一脸茫然，陈志远解释，"深圳分关内关外，关内是特区，下辖罗湖、福田、盐田、南山四个区，关外有宝安、龙岗两个区。同样的工作，关内关外的差距可大着呢。所以，许多人都想往关内跑。"

令我惊讶的是，通过检票口后，在被扣留的人群中，我看到了那个怀抱婴儿的女人。她神情慌张，东张西望，似乎在期待奇迹会发生。

我走过去："大姐，你不是有暂住证吗？怎么被扣在这里了？"

"该死的小偷，把我证件偷走了。"女人声音里满含悲鸣，"在火车上，你提醒我之后，我还特地拿出来检查了一下，那时还在呢。可没想到下了火车，怎么找也找不到了。"

"哎呀，那可怎么办呢？"我替她着急，"你赶紧打电话，让你老公过来。"

"他昨天就出差了。本来，我想着没问题，我可以直接去我们的租房，谁承想，这天杀的小偷竟会朝我们下手呀！"

想到陈志远说的两种情况，我真替她捏把汗。可我一个初来乍到的人，又有什么办法呢？我急得直抓头皮时，看到了陈志远。他嘴里叼着烟，对不远处墙壁上"禁止吸烟"的标志，熟视无睹。我突然有了主意："你等我一下。"

"你看那女人，"跑回陈志远身边，我指了指抱婴儿的女人说，"从昆明来时，就坐在咱们对面。她是带着孩子来投奔丈夫的。可她的证件在车上被人偷了。你看，能不能想办法帮帮她？她一个人带着孩子，蛮可怜的。"

陈志远像打量外星人似的，看着我。那一刻，我真担心他会拒绝，但没想到，他答应了。

"好，我试试，但不敢保证成功。"

他朝看守人群的警察走过去，低声同警察嘀咕了几句，接着，掏出手机，拨了一通电话，随后将电话交给警察。警察听了，把手机还给他时，与他握了握手，将女人放了出来。

出了火车站，女人不停地向我们道谢。"谢谢，真的谢谢你们，"女人说，"要不是你们，我真不知道该怎么办了。"

"没什么，举手之劳而已。"陈志远平静地说。

女人前往市内，而我们往关外，不同方向，在火车站便分开了。在出租车停靠处，陈志远召了一辆出租车。上了车，我问：
"你是如何办到的？"

"有人好办事。"陈志远说，"我是本地人，中专学的是汽车驾驶，有不少同学，像我一样给领导开车，不少单位都有。这种事儿，只要打个电话，基本上都能搞得定。"接着，他像想起了什么，交代我说，"除了边防证，深圳这里暂住证查得也严。如果有人问你，你要及时打电话给我，别到时把你当成三无人员给抓走就不好办了。"

有人好办事，我默默地念叨了一声。想到我的旅途将以此为终点，心中说不出是什么感觉。

执法队有员工宿舍，国庆假期那几天，李正将我安排在宿舍里暂时住下了。

假期最后一天，陈志远到宿舍找到我，给了我一个包装精美的盒子。

"挑了好几个专柜，才找到一款我认为还不错的手机。"他说，"你的手机可以光荣退休了。给你买的这款，既可以收发彩信，还能拍照。比较适合你用。"

看来，他已经接到通知，我将成为他的同事，对我的称呼，也由"您"变为"你"。

"如此贵重的礼物，我不能收。你拿回去，好意我心领了。"

"实话给你说吧，这是李处交代的。买这手机的钱，单位会报销。你就放心使用吧。"

话虽如此，收下时，我还是有点惴惴不安。

陈志远又说："还给你买了张电话卡，号码很靓。"

我再次道谢。

"不过，说来抱歉，"他接着说，"李处要我预支些钱给你用，我忘了。今早才想起来，所以，赶紧给你送过来了。希望没影响到你用。"

"没关系。这几天，我住在单位宿舍，几乎没出去过。吃饭在饭堂里，每天就在篮球场打打篮球，在操场上跑几圈，也没什么要花钱的地方。"

我自然没提与三爷一起去弘法寺登高祈福之事，更没告诉他，三爷说他是人精，要我提防他。

但我着实见证了他的机灵。先把礼物送上，再为自己的疏忽道歉，这样，谁也不会因此而生气了。

"那么，你现在有事吗？"他说，"如果没事，我带你去看房子。租好房子，再买些生活用品，你在这里就算定下来了。"

他的车停在宿舍下，招呼我上车时，我好奇地问："还要开车，很远吗？"

"这个不好说，具体要看你的意思了。近的有，远的也有。"

在找房子的过程中，陈志远身上处处流露出本地人的优越感。他不时地指着路边的楼房向我介绍："这是我同学的""这栋是我叔叔的"，好像每一栋房子的主人，他都认识。

他推荐了两套看起来不错的房子，位于镇中心区，有电梯，光线也好，距离镇中心公园也近，价格合理。但我以"人流量太大，嘈杂，并且距离单位太远"而放弃了。

最后，当路过一栋名为转角公寓的建筑时，我让他停了下来。

"就这里吧。"简单地看了一下房间，我做出了决定。

"这里？"陈志远吃惊地问，"这儿没有电梯，又偏僻，连路过的公交车都没有呢。"

"离单位近不是吗？没电梯，正好每天可以健身。"

的确如此。这儿距离执法队只有两条街道。

执法队在环镇路上，与镇政府不在一起。而转角公寓，远离镇中心，十分安静，所以，我一眼就看中了这个地方。

付了房租，陈志远又载着我去买了些日用品，一个临时宿舍便安顿好了。

"还有一件事，"陈志远稍稍犹豫了一下，还是说道，"我说了，丁哥，你可别见怪。"

"有什么事，你尽管说。我不是那种小气鬼。"

"从明天起，你就是政府工作人员了，可你的头发……在政府里，男人是不允许留长发的。"

"哦，这个呀……"我愣住了。这两年，在追寻诗和远方的旅途中，我习惯了长发，现在蓦然要剪了，还真有点不适应。"既然已经告别了诗和远方，就剪了它吧。"我说。

三爷呵呵笑了起来。将碗从餐桌后推开后，他抽出一支烟，在烟盒上磕了磕紧，点燃了。"如此说来，一开始，你对陈志远感觉可不大好呀。"他说。

"感情这东西，就是如此奇怪。"我说，"并不是所有的朋友都能像你我这样，第一次就能对上眼。"

金有余嘴里满含食物，这时，嘿嘿地笑了起来。

"你笑什么？"三爷毫不客气地在他后脑勺上，拍了一巴掌。

"乌龟看王八，对上眼了。"金有余含混不清地说，"你们俩谁是乌龟，谁是王八呀？"

"你才是乌龟呢！"我也吃完了碗里的面，伸手拿过三爷的烟，抽了一支。

这是款蓝色包装的湖南烟，十五块钱一盒。我在转角公寓租好房子后，三爷就搬了一箱这种烟给我，告诉我，这是他最喜欢的一款烟。他成功地将我变成抽湖南烟的烟民，对此颇为自得。

"我看你小子又皮痒了，是不是？"三爷说，"还是一下子就把话谈死，你就不怕我也受不了你吗？"

"哪能呢，三爷。"金有余连忙满脸堆笑道，"我错了，我向你保证，以后，绝不这样了。"接着，他嘴里又咕哝道，"不过，刚才是你们自己说对上眼了，又不是我说的。"

"少扯淡了，我们在谈正事呢，你就知道乱掺和。丁哥，咱们别理他，你继续说，陈志远后来出什么事了？是不是他影响到了李正？"

"有没有影响到李正，我不清楚。我只知道，那件事发生之后，我很失望，也很灰心，感到自己的工作一点实际意义都没有。所以，那件事发生之后，我就递了辞职报告。"

我慢慢地吸着烟，整理自己的思绪，以便将往事更有条理地说出。

不一会儿，金有余终于将他的饭吃完。我们又稍微活动一番，便再次启程了。

上车时，我很自觉地坐在了副驾驶位，然而，三爷与我并排坐下时，我大吃了一惊。

"你会开车？"我瞪圆了双眼，直盯着他，"十多年来，我可从没见你开过车！"

"专业的事，交给专业的人做。"三爷说，"开车，我向来不专业，所以，大多时候都会交给比我更厉害的人开。"

金有余坐在后排，正在将鞋子脱掉，闻言笑道："三爷，你总算承认我比你厉害了。"

"每个人总有一项长处。若一无所长，岂不成了废物？"三爷毫不客气地说。

金有余没生气。在三爷面前，他就像个受气筒，无论三爷说什么，他都笑呵呵地接纳。"在深圳这样的城市，当废物，也需要智慧。毕竟，许多事让别人心甘情愿地帮你干，没智慧是不行的。"他说。

"你所谓的智慧，若在企业，你肯定生存不下去。"三爷道。

"所以，我很自知，不进企业。"金有余说，"真要进，那就去你公司。"

"目前就挺好，闲暇时，你帮我开开车……全职去我公司，你的格局就得打开，放大一些，那对你我都不容易……"三爷挂挡起步时，结束了这个话题，接着，对我说，"丁哥，咱们继续先前的话题。后来，陈志远又发生了什么？"

上班后，我的办公室就在李正办公室对面。

这原本是三人办公室，但前不久，一名公务员升职，调到了另一个部门，而另一名以前写材料的临时工，挺不过每天的**繁重**

压力，辞职进了企业，我才有机会被李正招揽进来，暂时独占这间办公室。

陈志远主动带我到各个工作组转了一圈，向大家介绍了我。

他特别强调，李处对我非常重视，特地派他前往昆明将我接来深圳的。他的举动，让各工作组对我非常支持，以至于在后面的工作中，我能够很快地上手，进入工作状态。

司机的岗位在车上，除去开车时间，基本上没有固定的地方。所以，上班后，陈志远常到我的办公室，喝茶看报，我闲时，也会同我聊会儿。我也欢迎他。从他身上，我能及时获知李正的动态，从而更准确地领会领导每次交代的任务。

我们融洽的配合，的确使各自的工作都能很好地开展。李正也因左膀右臂的得力更加顺风顺水。甚至有一段时间，镇里的其他部门都效仿我们，单独拿出一间办公室，让领导的秘书和司机待在一起。至于效果如何，我没问过，陈志远也从没提过。

陈志远的工作时间要根据李正的安排而定。比如，晚上，李正突然有事外出，要用车，他就要马上把车备好，送李正抵达目的地，然后，等其把事情做完，再载回来。如果李正在外面谈事的时间较长，又离我住的地方不远，陈志远就会把车开回来，找我聊天。往往，这都在晚上十点之后，我刚洗完澡，准备休息。

每次来，陈志远都会带上一份小吃，几瓶啤酒。我们坐在阳台上，边喝边聊。那时，虽还没查酒驾，但他要开车，不能多喝，每次提上来的酒，我都喝去一大半。

聊天时，大部分都是我在讲，陈志远充当了一个很好的聆听者。他听我讲在全国各地所见过的人和事，欣赏过的山川河流。在听我讲到与女文友见面落荒而逃的事时，他会笑得肚子都疼起来。

"丁哥，你太实在了，"笑完后，他说，"这事，若放在其他人身上，肯定是来者不拒。没有多少男人能抵御得了美女！"

我发现自己喜欢上了这个小伙子。在两年孤独的旅途中，我积攒了太多话想说，现在，有了这么一个聆听者，并且总有钦羡的眼光看着我，我觉得有必要将自己的所见所闻、所感所悟，悉数讲给他听。

尽管他还是像以前一样，言语间常流露出对外来务工人员的厌恶，但对我，总是一句一个"丁哥"，每次我有任何需要，也会第一时间过来帮忙。比如，我经常接到从杂志社寄来的汇款单，每次不等我开口，他就会主动地跑到邮局帮我代领回来，并且分文不少地交给我。

我认为，我找到了一个值得交的朋友。我还认为，三爷给我讲过的那些话有点言过其实了。

我在转角公寓租的房子是一室一厅的，光线不错。刚开始，陈志远并不赞同租在这里，但过一段时间就改了主意。

"这地方的确不错，安静，无拘无束。丁哥，你眼光的确厉害。我真想也在这里租上一套。"

"那就租呀，正好每天上下班，我可以搭顺风车了。"

"别逗了。我要是在外面租房，我爸不打死我才怪呢。这样，我去找房东说说，让他把房租给你降一点。"说完，他跑去找房东了。

我摇头笑了。合水镇虽偏，但毕竟还是深圳。一室一厅，房租还不到三百块，已很便宜了。我记得读高中时，我在校外租了一间只能放下一张床的小房间，每月都要交八十块钱的房租。

所以，当这里的房东告诉我房价时，我惊讶得还以为自己听错了呢。

但陈志远回来后，却兴冲冲地说："房东说了，以后你的房租免收。"

"这，这怎么可能？"我惊讶万分。

"怎么不可能？"陈志远骄傲地说，"房东本就认识我，我给他说，你是我哥们儿，还是李处的大秘，他平时想请都请不到呢。再说了，这点房租放在谁那里都不算是事儿，他当然非常乐意卖这个人情了。"

原来他真认识房东，我哭笑不得地想，他的心机真是太深了。

房租免了之后，陈志远过来的次数更多了。只要不是送李正去市内，而我不加班，他几乎每晚都会过来和我聚上一会儿，喝瓶啤酒。

在他张罗下，我的房间里增添了一台小冰箱，里面总会摆满各种时令水果。这些水果，是他帮李正买的，每次，他都会多买一点，拿过来放在冰箱里。

除此之外，还有一些方便面之类的速食品。单位经常开展公务活动，有时候忙得连饭都顾不上吃。这时，往往会用速食品应付。因此，速食品基本上是单位的必备品。陈志远拿了一些回来，"你晚上学习、写东西，不吃东西怎么行？"

房间里有了这些吃的、喝的，我们的关系也更亲近了。

转眼到了元旦。晚上，他对我说："今晚李处不用车，好不容易有机会，我带你出去玩玩如何？"

"去哪儿玩？"

"酒吧。"

我的眉头不自觉地皱了起来。那可是我听说过多次，但始终觉得距离遥远的地方！

"李处给我说过多次，要多关心你的感情生活，"陈志远接着说，"我知道，作为一名诗人，你的眼光很高，一般女子看不入眼。所以，一直不敢过问你的感情生活。只是，大好青春，偶尔放纵一次，也是应当。你若有空，咱们就去酒吧，找艳遇。"

我突然想起，自从初来深圳，我接受了三爷安排的女人之后，在情感上，我已经有了"污点"。而自那次至今，我还没碰过别的女人。这两个月来，每天忙于工作，从没想过男女之事，现在猛地听他提起，难免有些蠢动。

我破罐子破摔："好，那就去吧。"

"当真？"陈志远不相信地盯着我问道。

"当真。"

"好，现在就走。"

说着，我们走出转角公寓。他启动车辆时，我看到他开的是李正的专车。

到了酒吧我才明白，"深圳是座不夜城"的真正含义。

酒吧是由旧厂房改造的，整层建筑全被打通。中间是一个巨大的舞台，周围摆放着高脚桌和高脚凳。我们进来时，酒吧里已满是乌泱乌泱的年轻人，正随着狂烈的舞曲毫无节奏地扭动着腰肢。音乐很响，两个人面对面大声说话也无法听清。看来，这儿的确是个释放精力的地方。

我们在一个空桌子前坐下。很快，就有穿着暴露的啤酒女郎端上酒水和小食。陈志远放开量，连续跟我干了三瓶。然后掏出手机，开始摆弄起来。

不大一会儿，两个年轻的女子走了过来。

她们先朝陈志远点点头，算是打招呼，坐下来，拿起桌上的啤酒开始与我们干杯。反正说什么话都听不到，还不如这样喝直接爽快。我来者不拒，一杯又一杯倒进肚里。

一直喝到凌晨，我们这才歪歪斜斜地走出酒吧。那两个女子，跟在我们身后。"走，去我们那里！"陈志远对那两个女子说，然后，走到车前，打开车门，让她们坐了上去。

我拉住了他，低声问道："去转角公寓不合适吧？要不，去酒店开个房？"

"有什么不合适的？"陈志远满不在乎地说，"你的卧室，你的床，归你。"

"可你呢？"

"我无所谓，在客厅就行。"

我的头一下大了。我不敢想象，在客厅里行男女之事会是一幅什么场景。我觉得自己对于男女性事的观念，一下子受到了巨大的冲击。对我而言，男女之事是隐秘的，不可言传的。可在陈志远这里，却是无所谓，开放的，哪怕被人目睹。我感到自己与陈志远的差距蓦然拉大了许多。

但不知是酒精的作用，还是对男女之事有所期待，我完全豁出去了。

"管他呢，客厅就客厅吧，"我嘟囔道，"哪个年轻人没干过一两件荒诞事！"

说完，我走到车的另一旁，打开车门，坐在了副驾驶位……

"谁的青春不放纵，说得好！"金有余咔地咳了一口浓痰，打开车窗，吐在了外面，"三爷，你口口声声说丁哥是个正人君子，正经得很，现在知道错了吧？就是丁哥，也会放纵。"

"丁哥那是偶尔放纵。"三爷从后视镜里，白了一眼金有余，"你小子，又动什么歪心思了？"

"我什么时间有过歪心思？我只是想说，丁哥偶尔放纵，就能如此理所当然。我这次的朝圣之旅，你一定得让追姐给我安排妥当！"

"你这点儿破事，非得一再拿出来说？"

我突然产生了一个奇怪的念头：金有余的话，真是他心中所想？难不成，他受了什么刺激？

不管如何，姐夫给小舅子安排女人……这都荒唐着呢。

三爷开车，比金有余还快。在导航没提示限速的路段，金有余会将车速保持在一百四十迈。这个速度，已将百分之九十以上的车辆抛在后面。但车到了三爷手里，速度随时都在一百八十迈。刚开始，金有余会不时提醒他："慢点，前面要进入隧道了。"

三爷对此很不以为然，还笑金有余胆小，金有余未作辩驳，表现出坦然接受的样子。这种表现，太反常了。

我问三爷："你真给金哥安排女人？不怕别人举报你，贿赂公职人员？"

"怕个毛！"三爷说，"他是我小舅子，我用我的钱帮我小舅子找女人，谁会被驴踢了脑袋，举报这个？"

似乎是这个理。"可他爱人是你介绍的，你又安排别的女人给他，岂不又在变相拆散他的婚姻？"我又问。

三爷没回答这个问题。他从后视镜看了一眼金有余，对后者说："有余，丁哥提醒得对。你的事，你得自己解决。"

"我不管，"金有余说，"反正，我是赖定你了。"

我无语地笑了。

在某种程度上，我和金有余特别相像：自恋，无趣，有许多小心机，都不讨女人喜欢。可人最不愿意从别人身上看到的，就是自己的影子。所以，我们虽认识许久，几乎没有私交。

但我清楚，自恋的人绝不会轻易接受别人的说教。

这让我常感不安。

有时候，我想将这种担忧私下里同三爷谈谈。但每次我都转念想到，三爷是个聪明人，与金有余相处的时间更长，对他的了解自然也比我更深。还要我为此瞎操心？

于是，我只好耸耸肩，自语道：我是过于敏感了。他们是亲戚，又岂能以外人的标准来衡量？

第五章　老友

好一阵，金有余没有再说话。我朝后看了一眼，只见他早已躺下，眼睛微闭，似乎在闭目养神。几分钟后，便传来了他的呼噜声。

"睡得倒挺快！"我笑道。

"没心没肺的人，都这样。"三爷说。随即，他补充道："有时候，我也希望自己这样，什么都不用想，可以想睡就睡。"

"能力越大，责任越大。"我说，"作为大老板，你得为手下几百张嘴着想呢。你若像我，一人吃饱，全家不饿，也可以做到没心没肺。"

三爷瞥了我一眼："丁哥，恐怕你心事比我都多！"

我耸了耸肩。每个人都有几件不愿和别人讨论的事。那件事，被深埋在心底，也便成了心事。时间久了，它被尘封了起来，锁在了心底最深处。但如果一不小心触碰到了它，那种伤痕，会变得触目惊心……

就如——李正。

过了一会儿，三爷又说："在你们之前，我从没去过合水镇。自李正和你来了，那个地方，才在我心里变得具体起来，也重要起来。"

"谢谢。登梧桐山时，你给我提了很多建议。"

"你确实不错，只用三年就通过自学考试，获得了专、本学历。"

"但每次考试前，我想学习时，总会接到你的电话，叫我一起打牌'斗地主'。"

几乎每一次都是如此。每一次，我都这样回答："我在看书，明天要考试呢。"

"你报考的是什么专业？"每一次，三爷都在电话里大声喊道。

"汉语言文学。"

"你是位诗人，考这么个东西还需要看书？若此，我都看不起你了。"

谁说诗人就一定要懂得所有的科目？我嘀咕道。但我还是丢下课本，走下楼，坐上三爷的车（不用说，还是金有余在开车），随他们一起在棋牌室里打个天昏地暗。

尽管如此，第二天考试，我还是懵懵懂懂地答完了考卷，每次成绩下来，我都暗吸一口气，还好，没丢诗人的脸。靠这些年对文学的理解和积累，我顺利通过考试，并获得了毕业证书。

拿到毕业证那天，三爷请我喝酒，以示祝贺。那次，李正也参与了。

"我就知道，丁哥，你不会让我们失望，"三爷捧着我的毕业证书，看了一遍又一遍，"现在，我可以给你讲实话了，每次考试前，我叫你出来打牌，其实是有意而为之的。"

"啊，"我怎么都没有料到这一点，"为什么？"

"我一直在想，诗人、作家，都该是'百事通'，"三爷放下毕业证，郑重地说，"得熟知文学常识、天文地理、百科知识……"

"你太抬举我了。"我说。

"不，你顺利拿到毕业证，说明我看得不错。你的功底，的确非常扎实。"三爷转向金有余，"有余，你老是不服丁哥，现在这些考试，你这位本科生，能不能不看书就顺利通过？我看不见得吧。"

"的确，我服气，我都已经服好几年了。"金有余满脸堆笑，不失时机地举起酒杯，同我碰了一杯。

"方丁，"李正说，"以你的才能，在工作上的表现，早该把你转为职员，至少也该是雇员。可由于政府有规定，一定要有大专以上学历。现在好了，你连本科毕业证都拿到了，过几天，我就把你的事提上班子会。"

"谢谢李处，"我举起酒杯，真诚地说，"这几年，能继续跟着您工作，我十分荣幸。在您的指导下，我成长很快，很感激您，也希望能够跟着您继续走得更远。"

那一晚，所有人都为我高兴，我自己也对以后的路充满了期待。

"既然高兴，三爷，你也该表示一下，"李正说，"给你的红颜打电话，介绍个美女给方丁……"

但那晚过后没多久，我就辞职离开了街道办。

李正答应给我"转编"的第二天，一整天，我都没见到陈志远。

晚上，我拨打他的电话，想告诉他我将"转编"的事。尽管我清楚，他是"万事通"，什么事都瞒不过他，我还是想亲口告诉他。

可电话刚接通，他就挂断了。这在以前从没有过。"可能他在忙。"我这样安慰自己。

我心里有点失落。令我意外的是，到了凌晨，陈志远敲响了我的房门。

一进来，他的脸上便写满了沮丧，好像发生了什么特别的事。

"我打了你电话，你没接。"

"嗯，当时我在忙。"他回答道。

"现在忙完了？"我关切地问，"不开心？"

"嗯，那个，"他犹豫一下，说，"算了。冰箱里还有啤酒吗？"

我点点头。

他走过去，拿出两瓶啤酒，递了一瓶给我，然后，兀自喝起来。

我仔细打量着他。他像完全变了个人，既不开口说话，也没聆听的意思。他像个孤独的孩子，在自己的周围竖起了一道屏障，不愿任何人进入。

你无法同自我封闭的人沟通。

就这样，我俩相对而坐，默默地喝着啤酒，任时间从我们面前悄悄溜走。

一瓶啤酒喝完，他没有起身再开一瓶的意思。又坐了好长一会儿，他起身道："明天还要上班，我先回去了。"

"呃，那个，你没事吧？"

"没事。就是今天太累了。"他勉强挤出一个笑容，打开房门，离开了。

"肯定有事发生了。"望着他的背影，我嘀咕道。

这三年，几乎每天早上，陈志远都会先到转角公寓，接上我，把我送到单位后，再去李正家，接他上班。但第二天早上，我在房间等到快上班时，依然不见他过来。唯恐迟到，我只好拨通他的电话。

"哦，抱歉，"陈志远在电话里说，"我以为昨晚同你讲过了。"

"讲过什么了？"我一头雾水。

"我今早就不过来接你了。"

"昨晚，你可什么都没说。"我暗忖。但也明白，他可能真遇上事了，所以，才那么魂不守舍。我耸了耸肩："没关系，就两条街，我走路过去，也就几分钟。呃，你没事吧？"

"没事，咱们单位见。"

挂断电话，我急忙朝单位跑去。这是深圳八月的早晨，天热得像个巨大的火炉，跑到执法队，我宛如刚刚结束了马拉松，全身上下湿漉漉的，汗不停往下滴。

其实，我不用这么拼。在机关，上班迟到或下班早退，几乎是常态。但我不想给别人留下话柄。在过去三年半里，我从没迟到过。现在，也不想。

所以，当我湿漉漉地进入单位，同事见了我，大吃一惊："丁哥，你是不是掉河里了？"

李正来上班时，我依然没见到陈志远。往常，他与李正几乎形影不离，尽职演绎领导管家的角色。可今天，着实有些反常。我注意到，李正走进办公室没多久，就用内线电话叫来服务员，让她泡茶。我再也坐不住了，直接走进李正的办公室，问："李处，志远呢？怎么没看到他？"

在单位里，我说普通话，也是陈志远的提醒。

"谁知道他去哪里了，"李正的神情，颇有些烦躁，"这家伙，连个电话也不打。真是一点纪律都没有。"

想起昨晚他的反常表现，我试探着问："昨晚，他没同您在一起？"

"没，"李正接过服务员泡好的茶，小心地喝了一口，"昨天下班之后，我就没见过他了。你打个电话给他，问问，眼里还有没有我这个领导了。"

"他不会遇到什么事了吧？"我小心地说，"比如，同学聚会喝多了，今早没办法起来了？"

"遇到事就可以把工作丢到一旁不管了？"李正生起气来，简直吓人，把平日里陈志远对他的恭敬全丢脑后了，"从没见过这样的下属，无组织无纪律，把工作当儿戏。"

"您先别急，我现在就打电话给他，问问他在哪里。"我连忙说。

"你直接问他，是不是不想干了，不想干趁早滚蛋！有很多人等着给我当司机呢！"李正气呼呼地说。

我觉得自己被狠狠地扇了一个耳光。尽管他是在气头上，也不是要朝我撒气，只不过我恰好撞到了，但我心里很不是滋味。

从平日的表现来说，陈志远和我一样，可谓兢兢业业，如履薄冰，尽最大努力服侍他。三爷说得对，我们就是李正的左膀右臂。相较而言，陈志远比我更称职。现在，他有了点事，李正就是如此态度，那以后，我要是有事了，李正又会如何呢？

我第一次萌发了辞职的念头。

尝试多次，我未能打通陈志远的电话。

最初一次，接通后他直接挂断了，再打过去，就是"对方已关机"的提示音。我可以断定，他一定是遇上麻烦事了。

没过多久，服务员送来了简讯文件。

这是街道党政办根据前一天所发生的事整理的。目的是让领导清楚辖区都发生了什么事，从而好安排自己的工作。这些文件，送呈领导前，秘书要先过目，并对里面的事项有所了解，以便随时向领导解释。

这次的简讯，有一则派出所的通报：

"今早凌晨，河道巡查员在环镇河下游发现一具男尸。接到报案后，警方在十五分钟内抵达现场。从尸首头部的伤痕来看，法医初步判断为从楼上坠落造成大脑淤血而亡。尸首上另有多处伤痕，可以看出与人发生过明显而激烈的斗争。尸体显然已被搜劫过，没发现什么可用的信息。不过，经办案民警连续多小时在电脑资料库里的比对，终于确定死者为四川人，单身，目前为无业游民。死因正在进一步侦查之中。"

本来，这种刑事案件是派出所的职责，街道办可以不予理会。但李正作为联系派出所的街道领导，还是有必要弄清楚。

我拨通派出所电话，所得到的信息并不比通报上多。我拿起简讯，给李正送了过去。

果然，他对命案特别关注。

他仔细问了一些问题，我如实地做了回答之后，他朝门口看了看，很不高兴地说："你联系到志远了吗？他干什么去了，我现在就要用车！"

"我打了多次电话给他，但都不在服务区。"我回答，"您稍等，我去办公室再安排一辆车给您。"

李正面色不悦，但什么话都没说。我赶紧走了出来，找到负责内务的副主任，让他赶紧叫人准备车。不到五分钟，司机和车辆都已经停在办公大楼前等候了。

"你跟我一起去派出所，"李正对我说，"对了，带上录音笔，我要紧急召开会议，亲自督促他们，把这个案子尽快破了。回来后，你抓紧出份会议纪要，再写一份情况汇报，报送给街道党工委。"

"好的。"我返回自己的办公室，迅速准备了一下，跟他去了派出所。

在所有案件中，命案是大案。如果李正这个负责联系派出所的街道领导，不第一时间赶去坐镇指挥，很容易让人与失职渎职联系起来。不仅是他，就是新区公安分局领导也会第一时间赶来，共同跟进这个案子。

关系到自己前途的事，谁都会非常重视。

我坐在副驾驶位上，从后视镜中观察李正。

他脸上既有愠色，神情中又充满了兴奋。就好像一名战士，等了很多年，终于可以轰轰烈烈地干上一仗，临行时，最在乎的人却没为他送行一样。

整整一天，我都在忙碌中度过，几乎连喘气的时间都没有。会议、领导讲话、事件报告，一样接着一样，让我有些应接不暇。

我自然没工夫想起陈志远。事实上，我甚至连稍微分神的机会都没有。我就是一只陀螺，被人用鞭子猛烈地抽打，压根儿就无法让自己停下来。

但到了晚上，当拖着一天的疲惫，从单位走回转角公寓时，我不由自主地对自己说："志远要是在，我也不用走这段路了。"这才想起，作为领导的左膀右臂，我已经整整一天没有陈志远的任何消息了。

我掏出手机，开始联系他。很意外，这次一下子就通了。

"丁哥，有事吗？"

"志远，你在哪儿呢？"听到他的声音，我的音调不自觉地升高了许多，"一整天没见你，你跑哪儿去了？"

"我，家里有点事，"他的声音略显低沉，给人一种身心俱疲的感觉，"没什么事吧？"

"怎么能没事？"我大声对他说，"你不知道，李处生了很大的气！今天有突发事件，他要用车，可一直都找不到你——"

"单位又不是只我一名司机，"他咕哝道，"我这里还没忙完。谢谢你挂记我。等晚会儿，忙完之后，我再去找你。"说完，他挂了电话。

站在路旁，我愣了许久，感觉就像是在梦中，不相信刚刚打通了他的电话。但通话记录显示，我着实刚与他讲了电话。

三爷说，陈志远是个人精，与他交往，务必要留个心眼。但我是个实在人，不喜欢像防贼似的防着别人，尤其是把对方当成朋友时。

这三年来，陈志远和我处得不错，如果他真有那么一点儿出格的话，就是在我忙于加班的时候，他常带女子来转角公寓。

为此，我曾郑重地同他谈过。

"其实，你这么年轻，又没结婚，真的可以好好考虑，找个女朋友，认真地谈一场恋爱。"我说，"如果你要租房，欢迎你也来这里，咱们以后就是邻居了。"

他答："我有女朋友。正是因为她，我才不愿也不能在外租房。"

我倒吸了一口气："你有女朋友还在外花天酒地？"

"你可以说我花心，也可以说我玩心未泯。"陈志远认真地说，"但这种情况，结婚后就不会再存在了……结婚后还玩，那就是不负责任了。"

我盯着他看了许久，像是第一次认识他……

半夜十二点，他过来了。这次，在我预料内，我压根儿没睡，在等着他。不过，他的样子却让我大吃一惊。

他眼窝深陷，胡子像两天都没刮过，头发也乱糟糟的，领带没打，洁白的衬衣上，领口有一层淡淡的污渍，就像是出了很多汗，却没时间把它脱下来洗。

"这是怎么啦？"我连忙拿出一支啤酒，"发生什么事了？"

他一句话没说，坐在沙发里，眼神空洞，像刚从墓穴走出来的尸体。他拿着我递给他的啤酒，但没有任何要喝的意思。

我在他面前坐下："一天看不到你，总感觉心里极不踏实。可见了你，你现在的样子，我心里就更不踏实了。"

"嗯。"

吐出这个字之后，陈志远把酒瓶瓶口放到嘴边，咕咚咚地喝了一大口。

见他没有开口的意思，我只好点燃一支烟，静静地陪着他。今天一天太累了，我也不想说话。可没坐多大一会儿，睡意便笼罩过来。

我使劲搓了搓脸，觉得如果不说点什么，有点冷落他了。

"你今天没上班，可偏偏发生了一件大案子，"我说，"凶杀案。你是本地人，比我更清楚，这好几年了都没发生过类似的案件。所以，李处非常重视，整整一天，都在派出所里忙碌，我跟着也是忙得焦头烂额的。"

陈志远拿着啤酒瓶，眼睛盯着它，宛如上面有吸引他的东西。他依旧什么都没说，似乎关闭了耳朵，把我的话悉数给关到了外面。

我看着他，叹息一声，继续说下去："我听李处说，从昨天下班之后，他就再也没见到你了。你今天没去上班，也没打个电话跟他说一声？"

"嗯。"

陈志远嘴唇嚅动一下，这个字从齿缝间蹦了出来。

"难怪李处会这么生气，"我建议道，"明天一大早，你早点过去接他，跟他道个歉。毕竟，没有哪个领导会乐意下属不把自己当成回事儿的。话又说回来，谁都会有一两件事需要抛开工作全力去处理。李处肯定也能理解这一点。"

陈志远的嘴巴又一次像被人贴上了封条，一个字也不往外吐了。

"关于这件凶杀案，你有没有听到什么消息？"我接着给他出主意，"你是本地人，交际面广，消息也灵通。如果你有什么消息，跟李处说一声，他肯定会特别高兴。他一高兴，你的事，他兴许就给忘记了。"

"没什么说的，"陈志远突然开口说。他把瓶里剩余的啤酒，一口气喝干净，接着说："太晚了，你明天还要上班，我就不打扰了。"他说话的语气，完全不像平日里那样，"当了这几年的兄弟，我很感激你从没看不起我，还教给我很多宝贵的东西。"

"你说什么呢？"我被他的话整得一头雾水，"怎么一下客气起来了？咱们兄弟干吗说这些虚头巴脑的话？"

陈志远稍稍停顿了片刻，嘴唇嗫动了好几下，才接着往下说："你听我说，天下无不散之筵席。我在执法队上班，给李处开车的日子也到尽头了。我今晚过来，主要是跟你道个别。"

"兄弟，到底发生什么事了，让你做这样的决定？"我着急地问，"有事你就说呀，如果我能帮上忙，一定会尽力而为的。"

"谢谢，好意我心领了。"陈志远伸出手，郑重地与我握了握，然后转身离开了。

他离开后，房间里恢复了静默，像他压根儿都没来过。

我坐在沙发上，再无一点睡意，我弄不明白到底发生了什么。但从他的神情来看，这似乎又很严重。

"在未知的事情面前，我们只能束手无策。"对着黑夜，我嘀咕道。

第二天上班，见到李正，我才知道昨晚陈志远的话，并非只是说说。

"他的确辞职了，"李正说，"今天一早，他就打电话给我，说他已通知人事部办理辞职手续了。这家伙，做什么事都那么一意孤行，连提前跟我商量一下都没有。"

"从昨晚他心神不宁的样子，我觉得他应该遇到事了。"

"哦，什么事？他有没有具体跟你说？"

"没有，"我摇摇头，"他什么都没说。他就像个刚学说话的孩子，无论我说什么，他都是单字回答我。"

"既然这样，你也别胡猜乱想了。"李正说，"今天，还有别的事要忙，你赶紧去忙吧。"

"咱们不去派出所了？"我诧异地问。

"不去了，后面的事让他们跟进就行了。好，你忙去吧，我现在要赶去街道办开个会。"

我只好离开。回到办公室，我反复思考，总觉得这其中有什么事我被排除在外了。这种被排除的感觉很不好受。那天，我甚至都没心思投入工作，给李正写的会议材料中，出现了好几处错误。

两天后，这件凶杀案的简报再次出现。

一个陈姓中年男子主动投案，让这件案子的犯罪嫌疑人终于浮出水面。

简报上并没过多地介绍案子的进展，以及犯罪嫌疑人是如何行凶，动机如何，只是简单地交代了一下，警方已将犯罪嫌疑人移交司法机关，后续的工作将根据司法机关择日审判的结果而定。

我打电话给派出所，所得到的信息几乎与简报上一模一样。

尽管听同事多次讲过，合水镇，陈姓是大姓，占据了这个镇原居民大半以上的比例，但我的第一感觉，就是觉得这个投案自首的中年男人与陈志远可能存在某种非同寻常的关系。

我没把我的猜想讲给任何人。陈志远离开之后，我第一次觉得，在深圳这座年轻而繁华的都市里，我是个孤独的存在。

以前，陈志远在我身边，工作之余总会带我与各种各样的人见面、聊天、喝酒。但他离开后，我发觉那些人都说不上名字，更别提与他们联系了。

就连李正，曾把我从游历的旅途召来深圳，让我安定下来的人，好像也突然对我设一道墙。至于这道墙是如何竖起来的，我完全不知情。

我也没自讨没趣找三爷倾诉。

最初，三爷已给了我告诫，我非但没听，反而在陈志远身上倾注了很多心血，把他当成了我的好朋友好兄弟。

况且，三爷是成功商人，远在市中心，住独栋别墅。每次见面，都有金有余开车接送。而我，不过是个临时工，进城一趟，要倒好几班公交车，太过折腾。所以，再难熬我也只能自己忍受。

在这种胡乱猜测中，又过了几天，我得到开庭审理案件的消息。那天是工作日，我想去法庭旁听，就去问李正，毕竟这件凶杀案也是他曾关注的案子。

"我就不去了，"李正对我说，"我马上要去区里开会。你要想去旁听，我让司机开车送你过去。"

坐在去法庭的车上，我十分纳闷。

"李处去区里开什么会？他也没叫我准备讲话稿呀？"我低

声咕哝道。

"不是吧，丁哥，这事你竟然不知道？"

开车的司机三十多岁，虽不是领导专用司机，在执法队也开了十多年的车，消息还是比较灵通的。

"什么事？我真不知情。"

"李处要高升了呀，他马上就是咱们的副书记了，"司机说，"估计他去区里应该是汇报工作吧。你知道，人事流程还是蛮麻烦的。"

我突然觉得，自己作为李正的秘书，竟连他升职的消息也不知情，真的非常失败。

负责案件的警官认识我，将我带进了法庭。

在法庭里，毫无意外，我看见了陈志远，他也坐在旁听席。我走过去，在他身旁坐下，指着被告席上的中年男人，低声问他："你认识他？"

陈志远点点头，做了个"嘘"的动作，似乎案件的审理对他非常重要。

我闭上了嘴巴。

我默默地观察着他，发现他特别紧张，拳头紧握着，指关节都泛白了。看了他一会儿，他都没发现我在打量他。于是，我将注意力转移到案件审理上。

最终结果让我大跌眼镜。

从判结词上，我大致听出了事情经过：犯罪嫌疑人陈某，本地人，拥有一家千余人的工厂。案发当晚，陈某因事返回工厂办公室，发现在四楼办公室里有人入室偷窃。出于捍卫财产的本能，陈某冲上去，与入室者厮打起来。不料，在厮打过程中，入室者从走廊跌下楼梯，摔死了。陈某害怕事情牵连到自己，就连夜把尸体抛到了环镇河里。没想到，尸体当晚就被河道巡查员发现了。

判决结果是：入室者被陈某发现后，厮打过程中，害怕被抓，便使用撬锁工具，刺伤陈某。出于自我防卫，陈某用力一推，入室者失足跌倒，滚下楼梯，摔死了。经法医鉴定，陈某手上的伤深可见骨，且已排除自伤的可能。由此，可以判定，陈某在自己的生命受到威胁时，做出了正当防卫，过失致人死亡罪不成立。但陈某抛尸事实成立，属于毁灭证据妨碍司法的行为。综合案情，对陈某做出判处有期徒刑半年缓刑一年的决定，立即执行。

听到这个结果，我看到陈志远长长地嘘了一口气。

走出法庭后，陈志远对我说："他是我爸爸。"

尽管早已猜到了，陈某与他存有某种关系，但听他说出来，我还是颇感意外。但我拍了拍他的肩膀："发生这样的事，谁都不想。"

"为了他，我不得不辞职。有许多事，不是一言两语就能说明白的。但我可以拍着胸脯说，你是我这辈子最好的兄弟。"

"我能理解，"我紧握着他的手，也很动情，"你也是我的好哥们儿。"

我们就此分手，在相当长的时间内没再见过面。

事后，我越琢磨，越觉得事有蹊跷。如果案子真是判决的那样，他完全没必要辞职啊！从他的辞职，到李正身边好像突然设了一道防护墙来看，这件案子一定有我不知道的内情。否则，以我和李正的关系，他不可能对我毫无理由地突然设防……

第二天，我提出辞职，用半年时间再次踏上游历之旅，向着我心目中的圣地——西藏出发了。

"你这样一说，我记起来了，"三爷边开车，边对我说，"副书记任命下来之后，我们一帮老战友聚一起，为李正搞了个庆祝。那时，你已经离开执法队了。"

我点了点头，内心生起一股淡淡的苦涩。

当我把辞职报告拿给李正时，想着至少也会被挽留一番，可没想到，他非常痛快地签了字。

"你年轻又有才华，的确该有更好的发展。"他这样对我说，再也没提"转编"的事。

三爷让我帮他点一支烟，我照做了。

"我还记得，当时我问他，怎么舍得放你走了，你可知道，他是怎么回答的？"

我摇了摇头。

"他要去追求诗和远方，"三爷模仿起李正的口吻说，"我当然不能阻拦。否则，以后少了一名大诗人，那我岂不有罪？"

我能想象，自己被人当作笑料的情景。但那的确是我辞职的理由。我的事业我的情感、我的诗歌创作——那三年，我几乎没写出过像样的作品——都陷入了绝境。只是我没想到，会被李正拿出来说事。

人和人之间的感情，有时脆弱得不堪一击。

"你不会因此生他的气吧？"三爷笑着问我。

"哪能呢，"我自己也点了一支烟，咕哝道，"我没那么小气。"

"不过，当时我反复在想，丁哥这是怎么了，怎么一下说辞就辞了呢？不管怎么说，李正刚升职，日后的前途可光明着呢。但我转念一想，这人的变化大着呢。喜欢你时，什么事都能帮你解决。不喜欢你时，说话的腔调，都阴阳怪气了。"

"我意识到了。"

"现在看来，你当时的决定是正确的。"三爷说，"难以想象，如果你一直跟着他干后面会怎样。"

人生处处充满了意外。这也是我们对未来永远充满未知、恐惧，而又憧憬的原因。

"但依我对李正的认识，你的猜想是错误的。"三爷话语一转，"他不会因为陈志远就去干扰警察办案。他非常爱惜自己，不会为了任何人去干出可能伤害自己的事。"

其实，在我内心深处，也希望三爷是对的。但另一个声音又强烈地反对这一点。那个声音说，若他是对的，我与李正的关系就显得非常可笑……

"他出事那段时间，他和夫人感情不大好，还要闹离婚，"三爷说，"你认识他夫人吧？"

"见过。她是深圳本地人，在一个事业单位上班。他转业到深圳就是投靠配偶安置。"

"我听说，他出事和他闹离婚，是同一个原因。"

"什么原因？"

"与他的原则性有关。"三爷说，"他未转业，两口子异地分居，每年探亲相聚，多大的缺点毛病都能克服。但转业后，他的那些原则就极不适合家庭生活了。据我所知，他转业没多久，两口子就开始干仗了。"

这倒让我意外，也让我真切地明白了，跟着李正干那三年，我只是他的下属，压根儿算不上朋友。

"他的出轨也就在情理之中了。"三爷接着说，"但不巧的是，被他夫人发觉了。那是个眼里揉不得沙子的女人，就将事情闹到了单位。这种事，原本可大可小，可李正那家伙火气上头，不肯服软，就辞去了公职，然后，回山东老家了。"

我长嘘一口气，原来是这么一回事。

"仔细想来，自他辞职，我就没见过他了。你同他还有联系吗？"三爷又说。

"去年，我见过他一次，在泰山。"

因工作需要，我常常前往各地的旅游景点出差。

三爷白了我一眼："这件事，怎么没听你说过？"

"你若见了他，估计也不会说。"

"哦，"三爷若有所思地点点头，"他在泰山干什么？"

"旅游。见到他，我也很意外。他衰老了许多，当年的英姿飒爽，在他身上，一点都看不出来了。这么说吧，他现在就是个毫不起眼的小老头。"

我的话让三爷一反常态地唏嘘起来："他电话号码变了没有？改天约一下，咱们去看他。给我讲讲，你见他的情景。"

"还是深圳的号。他夫人去年退的休，他们一起去旅游。见到了，我当然要略表心意。"我说，"在山脚下一个百年老店，我请他们吃了饭。但他拘谨得很呢。我点菜，点到四五个菜，他就忙拦着，不停地说'够了'。那是中午，我们喝了两杯，酒也只是不足百元的泰山白酒。看着他如此节俭拘谨，我心里极不好受。"

"听你这么说，我也有点儿难受。他在做什么工作？"三爷说，"不至于如此节俭吧？"

"他对我说，他老家有几亩田，他喜欢上了种田……你不知道，他现在可黑了……"

"你们有没有谈起，当初你辞职的事？"

"又不是光彩事，有什么好谈！"我将刚吸了一半的烟熄灭，扔进烟灰缸，"但他却主动提起了，言语间满是懊悔，说如果我在他身边，可能会避免后面的事……至少我苦行僧式的生活会让他受到触动。"

"人生哪有什么如果！你说，他夫人也在？我听说，他辞去公职后，他夫人压根儿也不提离婚之事了。"

"是的。当时，他摇头苦笑道：'这人啊，还真够奇怪的，总是经历过一番风雨之后，才知道平淡的可贵。'我并不知所指为何。听你说到他离婚，我想我明白了。"

"我猜，他们可能是在重新尝试着走到一起。他们是大学同学，结婚前，也有着很深厚的爱情基础。"三爷说，"不过，我想不到的是，李正回山东后，就没有想过再干点什么事情？他的战友、资源多着呢。"

我不自觉地撇了撇嘴："你不就没联系过他？"

"你有所不知，你离开合水镇后，我来这里的次数也很有限。毕竟，他是领导，我是商人，不能走得太近。我从没在那里做过一单生意，就是避免同他有生意往来。"三爷说，"直到后来，听说你回来，但那时，他已经出事了。他出事时，我在忙一个项目，天天忙得连轴辘转。后来，我再联系他时，他已经回山东老家了。这一拖，就是这么多年。"

我默默点了点头。现实就是如此。好朋友，涉及生意，常会弄得形同陌路。但我很好奇，李正虽回了山东老家，但夫人及家人在深圳，他每年仍会来一两次。这些年，三爷真没联系过他？

第六章　白蝴蝶

"丁哥，麻烦你，槟榔。"三爷的声音，打破了车内的沉默。我赶紧从对往事的唏嘘中收拾心情，取出一枚槟榔，递了给他。

"有日子没见了，说说你的情况。"他边嚼槟榔边说，"在京城这么长时间，有没有什么好玩的事？"

"我喜欢上了一种调酒，名叫'荧惑'——"

"回头，咱们去酒吧试试。"三爷说，"但现在，咱不谈酒，谈女人和艳遇。说说你在京城的艳遇。"

"它是导演推荐的。"我兀自说下去，"在'法国情怀'的基础上，加上青柠汁、蔓越莓汁快速摇匀而成。三杯之后，饮者会有种眩惑但不醉的感觉，所以，被命名为'荧惑'。"

我停下来，看着三爷，问他："你知道我为何会喜欢上它？"

三爷摇了摇头。

"因为你。"我吸了一口烟，"你常说，'世人常被爱情眩惑，才会爱得那么辛苦。'我是个情感白痴，想体验一下这种眩惑。"

"结果呢？"三爷饶有兴趣地笑了。

"我爱上了这款酒，但爱情是怎么回事，仍一无所知。"

"丁哥，其实，你和有余一样，总停留在以前，走不出来。"

"你说什么呢！"我最不喜欢这种说法，不愿活成任何人的样子，只想做自己"我怎么可能和金哥一样？"

"你也别辩驳。"三爷说，"你今天的表现，已完全证实了我的猜想。"

"什么猜想？"

"你心中有人，而且，这个人在潘帅之前，在你心中留下了难以磨灭的印记。"三爷瞥了我一眼，继续边开车，边说，"既然你说潘帅是你的第一个女人，那这个让你爱情都不敢直面的女人，应该是你的初恋了。说吧，你也该打开自己了。"

无论承认与否，三爷看待问题，总能直击要害。我犹豫许久，终于深吸一口气，要再去触碰那尘封许久的问题——

白蝴蝶有没有爱过我？

她叫宋小诗，一个聪明机灵的女孩，在很多年前，化身初春的第一只蝴蝶，飞进我懵懂少年的心底。也是她，第一次宣告，我什么都不懂。我至今仍清楚地记得，她的原话是："方丁，你什么都不懂。"

我还记得，她说这话时的神情是失落的。但遗憾的是，当时，我真的什么都不懂。

这些年来，我常想，我被称为情感白痴，或许，就源自她——

第一次见宋小诗，是个初春的上午。

那天，阳光和煦，风从窗户进来，吹在脸上，暖暖的。她站在班主任老师身边，似这初春飞来的第一只蝴蝶。她穿着一件白色的毛衣，长长的头发末端系一个洁白的蝴蝶结。她背着一个紫色的帆布书包，上面有个漂亮的女孩在跳舞。那女孩就像她。

我偷偷看了她一眼，立即如诗人顾城那样，看到了"在一片死灰中/走过两个孩子/一个鲜红/一个淡绿"。

她用标准而又流利的普通话说："大家好，我叫宋小诗。我爸说，宋诗之美，不输唐诗，只因宋词锋芒太盛，遮掩了它的光辉。我名宋小诗，意味着不夺锋芒，只做自己。我刚从省城转学回来，希望大家以后多多关照。"

班主任把她安排在我前排的位子。她走向座位时，冲我微微笑了笑，我无端紧张起来，手心发潮，浑身不自在。我看了看身上露出棉絮的破棉袄，感到脸开始发烫。

我转眼看了看方昆。他正目不斜视地看着课本，好像根本就不曾注意她。我们兄弟俩成绩一样，稳居年级前三名，但方昆看起来比我更懂事、沉稳，不管什么时间，总能看到他在座位上埋头学习。

下课时，我们像往年一样，来到操场上，迎接这初春的第一个好天气。只是那天，我的眼睛总追逐着那只白蝴蝶。我觉得自己的心跳越发厉害了。我与同班的伙伴们一起玩游戏，却不记得那是个什么游戏了，我只是站在一片积雪之中，傻乎乎地笑。

宋小诗很快就注意了我。她径直走到我面前，向我伸出手来："你是方丁吧？我听说过你，成绩好，作文写得棒，还会写诗。以后，请多多关照。"

她的声音很好听，像是从天籁传来的佳音。她普通话很标准流利，和我满嘴的家乡话完全不同，这让我如面对破旧的棉袄一样，十分难为情。

"我奶奶是你们隔壁村的，以后放学，咱们一起回去。"见我只顾着发呆，她一把抓住我的手说，"咱们做朋友吧！"她眼睛里闪烁着一种神秘的光芒。这种光芒无从辨认，直接穿透我的灵魂，让我不知不觉地直点头。

她父亲是恢复高考后的第一届大学生，毕业后留在了省城工作。"他是大学教师，"宋小诗告诉我说。

"那你怎么转学回来了？"我笨拙地说，"省城一定比小镇好玩多了。"

"我爸辞掉工作，去深圳下海了！"宋小诗声音响亮，掩饰不住骄傲。

下海！这是多么遥远的词语，难怪她会这么骄傲。只是，我没想到，这么骄傲的女孩会选择我作为她在新学校的第一个好朋友。

我有种受宠若惊的感觉。

在班主任的办公室里，有一张旧报纸，上面有"下海"一词的诠释。年前，班主任带着我一起去省城，捧回了"全国中学生作文大赛"的冠军奖杯。他对我说，他办公室的书籍及报纸，我可以随便借阅。

理解了"下海"这个词，我不知道宋小诗的父亲，用多大的勇气放弃了"铁饭碗"，我很庆幸，她父亲的选择让她这位蝴蝶般漂亮的女孩，成为我的朋友。

我家在豫东平原边缘的一个村落，与镇中学相距十公里。我和方昆每星期回家一次，带足一星期的干粮返回学校。

每次，宋小诗都会和我们一起。

有时，我会找出封面刊登有我照片的刊物拿给她看，还有一些读者来信。那些信大多是与我们一样的中学生写的。有些信里，还夹带着照片。

宋小诗在看这些照片时，总是嘻嘻笑道："有不少小女生暗恋你呢！"

这个时候，我的脸总会发红。"我几乎从来不回信。"我声音很低。

有一个周末，宋小诗带我去了她奶奶家。在她房间里，她从枕头下拿出一本封面有个漂亮女孩的书籍递给我看。是琼瑶的爱情小说。我惊愕地瞧着她。没想到，她会像其他女学生那样，迷恋这种骗人眼泪的小说。我更想不到，许多年以后，我也会成为写这类小说的作家。

她说："如果被我爸爸发现，我读这种书，非打死我不可。"

她从桌上的书架上抽出一本书。那上面有二三十本，有几本还是线装的。她拿着那本书："我爸爸只让我读这样的书，我怎能读得懂呢？"

我笑了。那本由意大利诗人写的，关于游历地狱、炼狱、天堂的书籍，我也有。那是我在省里逛书店时，班主任买了送给我的。他还送了我另一本书，顾城的新诗集。他说，这两位诗人，都构筑了自己的诗歌天国，影响深远。我常迷失于他们的天国。

尽管不喜欢，我还是借走了那本言情小说。

宋小诗喜欢看这类书，我硬着头皮也要读。我要弄明白，她唇边绽放的每一个笑容。

宋小诗说："我爱琼瑶，但我更爱三毛，我希望能像她那样，用脚步去流浪，用生命去体验。我还记得那些读三毛的夜晚：打着手电筒，躲在被窝里，看着看着，泪水就会模糊眼睛。我向往三毛的浪漫，欣赏她的温柔，敬佩她的勇敢。但现实中，我只能做一名乖乖女，听爸妈的话，听老师的话，现在还要听爷爷奶奶的话……不该看的书不看，不该做的事不做。"

听了这番话，我竭力掩饰自己的激动：她真把我当成了好朋友，把心里话都对我说了！我想告诉她："我明白，我能理解你。"但我没说出来，我又听到她开口谈起我，谈起我哥哥方昆："你们都很出色，你们都是我最要好的朋友……"我这才发现，我的生命中，注定要有方昆的影子，无论他在不在场。

我告诉她，我与方昆不同。方昆是个闷葫芦，学习只会死记硬背……宋小诗睁着大眼睛，心不在焉，好像根本就没听我讲话。而我，对此毫不在意，依旧大谈特谈他的缺点："方昆很会黏人……"

时间流逝，一眨眼，到了初三。

又一个初春的周末，放学后，我们一起回家。方昆的步子跨得很大，始终走在我们前面，头也不回。路边的野花已经绽放，红的，粉的，黄的。在花丛之中，蝴蝶与蜜蜂来来往往，忘我地追逐嬉戏。

小路上没什么人，宋小诗独霸整条小路。她一会儿倒退着走，一会儿横着走，就像一个从没见过春天的小姑娘，全身充满激情，要一下子把这春天的气息，全吸入肺中。

我陪她一起笑着，疯着，跑着。田野里，满是我们的笑声。

偶尔，我会突然说："长虫！"她就会啊呀一声跳过来，抓着我的手，全身发抖。当她看到我脸上露出笑容时，才明白自己上了当，粉拳胡乱地捶打过来，嘴里不停地喊着"讨厌"。然后，我们同时笑起来，笑得那么厉害，不得不停下脚步，弯着腰，手按在肚子上。

这是个美妙的过程，从学校到家里，要走上两个小时。对我来说，没什么比在这段路途上的时光更令人愉快了。

我不用担心作业还没完成，不用担心明天返回学校时，家里拿不出五毛钱的生活费，也不用担心面对父母永远无奈的愁容。这段时光是属于我的，属于我无忧无虑的青春少年。我可以与宋小诗一起大声唱歌，可以疯狂追逐，也可以累了时随地躺下休息。

人们在路上与我们相遇，总是侧着身子让我们先过。

"这可真是天生的一对哟！"人们玩笑地说。

这让我油然而生一种自豪感。我觉得她就是公主，一个能让世界充满缤纷色彩的公主。

那天晚上，在方昆酣然入梦之后，我翻来覆去难以入睡。整整一夜，我的思绪一直围绕着宋小诗，跳呀，唱呀。这样一来，我更加睡不着了。直到黎明时分，第一缕曙光升起，我在朦胧的光亮中，写下了这样的分行文字：

> 走在春天的小路上
> 你对着田野着色
> 你说："我翕动翅膀，
> 　花朵便会生动。"
> 我笑了

化身绿叶

追逐你的画笔

报春花展开歌喉

叫醒了那条沉眠的蛇

我以为自己写了首不错的诗，将它命名为《白蝴蝶》。

天亮时，方昆拿着课本，到村后的河堤上晨读，我在房间里反复诵读这首小诗，头脑里满是宋小诗收到这张字条时脸红红的样子……

返校后，我将这首《白蝴蝶》交给了她，也因此酿下了大祸。

班主任把我叫到了他的办公室。

在这之前，他的办公室是我常去的地方，甚至他不在，我也可以随便进去，在里面阅读他的藏书。但这次不同。班主任严肃的表情让我意识到，我犯下了严重的错误。

"恋爱，是人生必经的历程。"班主任说，"学生，也该探索未知的事物。只是，将二者混在一起，时机还早了一些。"

在班主任办公室，我被罚站了整整一节课。下课后，他重回办公室，叹了口气，默默地点燃一支烟。我无法想象，事情会发展到如此地步：宋小诗会把我写给她的诗上交给老师！我有种被出卖的感觉，感到心底的炽热正缓缓熄灭。

"你好好想想，你爹你娘，要是知道这件事会怎么想。"又一节课的上课铃声响起，班主任离开时说。

我的大脑，一片混乱。我能感觉到，他的失望。我继续站着，双腿麻木，全身僵硬。我想到，父亲的心脏一直不好，他要是知道这件事，万一有个三长两短，我一定会为此抱恨终身。

一种出离的愤怒，充斥心间。

说实话，因为一首诗而被惩罚，我心有不甘。以往，每发表一首诗歌，让我兴高采烈、笑得合不拢嘴的人，正是班主任。有好多次，我正在上课，他从外面走进来，朝我挥舞着手中的报刊："方丁，你的诗，又发表了！"他毫不在意他的话会扰乱其他老师的教学。

可现在呢？

我苦涩地想：或许，班主任能发现，这首诗确实写得不错呢！毕竟，在把它给宋小诗之前，我反复确认过，它是我到目前写得最好的作品。

可是——她却将它交给了班主任！

而它，又出现在了我面前，成了我犯错误沦为坏学生的证据！

这还真够讽刺的！

第四节课，上课铃声响起。班主任长叹一声，想说什么，但什么都没说。他挥挥手，我像被抽去了魂魄一样，黯然走了出去。

我走回自己的座位，发现方昆座位上空荡荡，马上明白了，最担心的事还是会发生了——班主任让方昆回家请家长了！

那天，一直到了下午放学我才在饭堂里见到方昆。他已经打好了饭菜，蹲在饭堂外面的墙角等我。

菜是冬瓜炒辣椒，一大盆汤里漂着几小片冬瓜和一丁点儿油花。

　　我没问他这大半天里发生的事，他也什么都没说。我们把馒头掰成一小块一小块，塞进嘴里，仿佛都没有一点儿食欲。最后，我们干脆把馒头泡在菜汤里。

　　宋小诗端着菜盆向我们走来。

　　我黑着脸，赌气不理她。但她一句话就化解了我的努力。

　　她说："我打来了青椒炒蛋，咱们一起吃吧！"在那物质匮乏的年代，我可以拒绝一切，但不能拒绝这美味的食物。

　　不一会儿，我就边吃着宋小诗美味的青椒炒蛋，边思考如何面对这尴尬的局面。班主任说，我们都还只是青涩少年，根本就不理解何谓爱情，现在谈爱情，不仅会耽误学习，还可能会让自己悔恨一生。那么，如果为了这未知的事物而放弃我们现有的友谊，也的确太不明智了。

　　"上午，爸爸给我来信了，"宋小诗说，"在信里，他要我好好感谢你们，他还说，下次回来时要带礼物给你们。"

　　我什么话都没说。

　　沉默了一小会儿，方昆说："没必要感谢我们，这都是我们应该做的，再说了，你还经常买好吃的给我们，应该是我们感谢你。"

　　吃完饭，方昆去洗饭盆。这些事，他总是不声不语地做完。宋小诗盯着他的身影，压低声音说："我没想到老师会处罚你。我知道你的心思，但这太早了，为了你好，我就把这字条交给老师了。我以为，他会好好与你谈谈，毕竟，他那么喜欢你。请相信我，我不是有意的。"

　　此时，我心底的炽热已经熄灭。我说："老师没处罚我，只是从诗的角度与我探讨了那首诗。他还要我常写诗给他看呢。"

我撒了谎，为了那可怜的倔强。

"嗯，那就好。"宋小诗脸上露出了笑容，"我还真担心，你以后不理我了呢！"

"哪能呢！"

"你放心，以后你再写字条我也不会交给老师了，"宋小诗保证似地说，"我也懂鉴赏，说不定还可以帮你提出修改意见呢。"

"好。"我说着，心里苦笑了一下。

我以为，事情就这样过去了，可当我周末回到家，看到父亲躺在病床上，我才明白，我把这件事看轻了。

"你都干了些什么？"母亲问我，"把你爹能气出病来。"

我的眼眶一下子潮湿了，一向让父母引以为傲的我，竟把父亲气病了！

我站在父亲的病床前，全身哆嗦，双唇嚅动，我多害怕父亲会因此而离开我！我想对父亲说一两句保证的话，可嘴唇嚅动了许久，一个字符也没发出。

"没事，"父亲支撑着笑了笑，"去复习你的功课吧。"

我没移动脚步，父亲不批评两句，我无法安心。

"你是个懂事的孩子，"父亲说，"我相信你，不会叫我和你娘失望。去吧，复习功课去。"

我拼命忍住泪水，从父亲床前跑了出去。

到了村外的树林，我的眼泪就再也不听使唤了。我双手掩面，痛哭起来。停在草丛里的蝴蝶，憩息在树枝上的鸟儿，受到惊吓，全部飞走了。

我关于情感的词汇，或许，也在这时，离我而去了。

那天，在村外的小树林里，我信誓旦旦，再也不理宋小诗了，要将全部心思放在学习上，以更好的成绩弥补给父亲所带来的伤害。可到了第二天下午，她来到我面前，邀我们一起返校时，我所有的誓言全都烟消云散了。

"的确，我们是好朋友，"在心底，我对自己说，"只是好朋友。"

我们依旧一起，上学放学，一起吃饭、做游戏。我也依旧写诗，依旧会在刊物上发表。但没再拿出来给她看过。

两个月后，麦子抽穗。她将我叫到了学校后面的小树林。

"我爸爸又给我来信了，"她说，"他问我，要买什么礼物送给你，我让他买了电子表！"她变戏法似的，掏出一个包装精美的盒子，递到我的面前，"嗯，送给你！这电子表是最新款的，咱们这内地都还没有呢。"

我莫名地看着她，没伸手去接。

"谢谢你，"我说，"但这表，我不能要。"

她愣了一下，似乎压根儿都没想过我会拒绝。她神情复杂地盯着我，足有半分钟，才叹息一声，将手缩了回去。

"方丁，你什么都不懂。"

我愣了一下，感到自己迟钝了许多。

她拆开包装，将表拿出来。确实是一只电子表。上面跳跃的数字，精确地计算着时间流逝的速度。

"你确定不收下它？"

"谢谢，我真不能收。"她自己手腕上也戴有一只电子表，与这只表一样。我建议她，将它送给别人："方昆时间观念更强，送给他，他一定会喜欢。"

她叹息一声，重复道："你真的什么都不懂。"

我笑了笑，感到什么东西离我而去了。

中考后，我们一起考入县重点高中。村子距离县城有一百多里。我们回家的频率，改为每月一次。但每次，我们都会像初中时那样，一起回家，一起返校。在学校时，也常一起做作业，一起逛县城。

但这样的日子，没持续多久。

高一下半学期，父亲久病不治。那天，学校传达室的老大爷，到教室门口找我。"方昆方丁，你们兄弟俩赶紧去医院一趟。"他的大嗓门，惊动了整间教室的人，连正在讲课的老师也走了出来，询问他出了什么事。

"你们爹病得很重……"

当时，方昆慌了神，不知所措。我一下子长大了，向传达老大爷道了谢，把手搭在方昆肩上，用肢体语言告诉他，我会一直陪着他。

父亲离去后，家庭的重担一下子落在母亲一人身上。

我悲痛至极。

在学习上，我是有点儿天赋的。无论是老师、校长、邻居还是同学，人人都赞叹我聪明，将来肯定能读一所好大学，出人头地。方昆的成绩虽和我一样，稳居年级前列，但他却不会融会贯通。我们性格的差距，大得惊人。

我的悲伤，并不是因为父亲的离开，会使我将无法完成学业。我的悲伤，是发自内心的。

我始终认为，父亲的离去是我造成的。我认为，是初中时的那次惩罚，让父亲的身体每况愈下。尽管父亲多次对我说，我是个懂事的孩子，是他和母亲的骄傲，可我十分清楚，我对爱情试探式的追逐，伤透了他的心。

父亲离世后，家里的境况越发艰难了。依靠母亲一人的力量，不可能供应我们兄弟俩完成学业。为此，我决定和母亲谈谈。

"我不想读了，"我对母亲说，"村里很多人都到深圳打工了，我也想去。"

"你能干什么？"母亲问我。

"挣钱，挣好多好多的钱，让您过上好日子。"

"你如果真孝顺，趁早死了这条心。"母亲说，"你把书念好，将来出息了，这比让我过什么好日子都开心呢。"

我不忍再伤母亲的心，含着泪，重新返回了学校。但我很清楚，依家里的境况，即便我和方昆同时考上了大学，两人也不可能同时去读的。

家里实在是太穷了。

坐在课桌前，看着眼前又一封杂志社寄来的信，我有了主意。

高二开始分文理科，我选择了艺术班。艺术班除了没有繁重的文化课，还能外出写生。

我开始像一只勤劳的工蜂，在美丽的大自然里，不停地忙着采蜜。然后，把采的蜜不动声色地交给方昆。

方昆并没感到怀疑，他只是认为母亲更疼爱我，所以每次给我的钱总比他多些。他认为这是理所当然的，因为我毕竟是弟弟。

当然，我也不敢给他太多，杂志社发表周期长，稿酬周期更长；加上稿酬低，我也拿不出太多。为了保证能够尽可能长时间地帮助方昆，每次拿出的钱，只是十块二十块。

从此，我像变了一个人，一个比方昆还要沉闷的人。

在我们县城，有一列运煤的小火车，每天往返市里一趟，朝发夕回。除此之外，大部分时间，轨道都非常安静，看不到一个人影。

我喜欢这种静谧和充满诗意的地方。常来这里，沿轨道慢慢前行。"黑夜给了我黑色的眼睛/我却用它来寻找光明"，我一遍遍默念这首诗，对远方充满向往。

宋小诗注意到了我的改变。每周末，都会主动陪我。她会不停地说话，讲文化班里老师讲的新知识点。但更多时候，她会缠着我，玩谁在单轨上走得更远的游戏。

那时，我每周都能收到不少读者来信。学校里，也有女生往我书桌里塞字条。一次，在轨道上行走时，我对宋小诗说："这周，又收到了俩女生的字条，真不知怎么回复她们。"

"那简单！你告诉她们，你有女朋友，她们就死心了。"

"有个家在县城的女生扬言，她不信凭她的条件追不到我——"

"这样说来，我得想办法让她们死心了。"

我不清楚，她会想什么办法，但她的眼神，充满坚定。

接着，她主动拉起我的手，把它放到她脸上。这很突然。从小到大，我们虽常拉手同行，但我从没摸过她的脸。我感到不妥，想把手抽回来，却被她紧紧按住了。我感到周围的空气开始变得温暖而燥热。我自己的呼吸开始变粗，看她的眼神，也有点儿迷离了。

"你想吻我吗？"当她低声问我时，周围的一切，全部凝滞了。

那天，在她主动下，我们彼此献出了初吻。我们拥吻时，阳光普照，轨道两旁的作物，正迅速焕发青翠……

下一周，课间休息时，她跑到画室找我。在画室门口，她抱住我的胳膊。"我想到一个主题，"她大声说，"可以作为文学社下周的活动安排，走，咱们好好商量商量。"

她的表现有些夸张。在那个年代，男女同学在公开场合说句话就会引起别人侧目，更别说像她这样亲昵了。被她拉走时，我回头看了看画室，果然不少同学目瞪口呆。

高考时，我放弃了填报志愿。所以，当方昆手捧录取通知书，神情中掩饰不住欢快时，我微微笑了笑。母亲似乎察觉到什么，但事已至此，说什么都晚了。

冬季征兵，我顺利通过。在部队时，没来得及为我送行的方昆，给我打来了电话。"以后，咱俩的路可就不同了，"他说，"你在部队里好好表现，如果有机会考军校，就一定要抓住。"

他用的是意味深长的语气，在我听来，简直又蠢又笨。

在人生的十字路口，每个人都会遇到选择的问题。不管所做的选择是出于本心，还是被逼无奈，选择之后，都要负责到底。

我选择了与方昆完全不同的道路。这些年，我为自己的选择，始终努力着，更没抱怨过什么。尽管这种选择带来的是更多的坎坷和崎岖，以及更多的伤痛和伤害。

第一年暑假，我用存了大半年的津贴，给方昆买了一部手机。接到手机后，他给我打来了电话。

他说，他是个晚知晚觉的人，到现在才情窦初开，明白感情方面的事。

他说，他发现长期以来，都在喜欢一个女孩，这个女孩聪明机灵，还很漂亮，一直默默地陪在他左右。

他问我：是否该鼓起勇气，去追这个女孩？

我为他的"开窍"而高兴，热情地鼓励他去展开追求。

"任何幸福都要靠咱们努力争取，"我这样对他说，"咱们是农村的孩子，自小就被锻炼成百折不挠。面对自己的幸福时，更要毫不犹豫地去追求。"

然而，当他下一秒说出"宋小诗"的名字时，我大脑一片空白。我不记得自己是如何挂断电话的。在操场上，我一口气跑了五十圈，然后，仰天狂笑，像得了失心疯。

在我当兵的这段时间里，宋小诗一直同我保持着书信往来。她和方昆考进了同一所大学。在信中，她从没提起过方昆对她的情感，甚至压根儿就没提起过他。所以，当我冷静下来之后，我以为，那是方昆的自作多情，宋小诗不会接受他的追求的。

可我没想到，三个月后，方昆再打电话过来时，声音里充满了喜悦和激动。

"她答应了！"方昆说，"她答应当我女朋友了！"接着，像在向我宣告，他再次重复道："宋小诗答应，当我女朋友了！"

我没像上次那样失态，苦涩地祝贺了他。

自此，我再没给她写过信。在我四处游历的那两年，她打过几次电话给我，但每次，看到是她的号码，我便叹息着，挂断了电话。

她的号码，深刻在我脑海中。

在高三时，她父亲就给她买了手机，她成为我的同学中，最早使用手机的人。

我至今还记得，她的手机是诺基亚的，耐摔，内置有贪吃蛇、俄罗斯方块等游戏。后来，我当兵时买手机给方昆，也选择了诺基亚，多少受了她的影响。

"你要记得我的号码，"最初，告诉我她的手机号时，她说，"无论你什么时间想跟我说话，都可以打电话给我。"

那时，公共电话亭布满县城的大街小巷，但在镇上、在村子里，还是没有。所以，我耸肩说："至少，我得找到电话亭，才能打给你。"

话虽如此，我还是将那组数字，牢牢地记住了。以至于后来，我虽将她从我的联系人名录中删除，但一看到那组数字，还是能马上认出来，那是她的。

在我去参军的前一天，她从省城回来了："我回来给你送行。"她的脸红扑扑的，嘴里吐出白色的气体。

我颇感意外和惊喜，连忙向她身后看了看。

"方昆不知道我回来，我没跟他说。"随即，她又说，"我也没给奶奶说。"

看来，她是专程为送我而回来的。我有点儿感动，但还是忍住了，没将她搂进怀里。

她探头朝我身后的大院望去"你娘没来？"她问。

我们这批新兵，第二天上午十点，将集中从县里出发。镇武装部今天就将我们送过来，安排住进了招待所。冬天，虽说地里已没什么活干了，但母亲还是不愿来县里。

"我不去，家里还有好多活要干呢！"镇里的人一再给她解释，不让她花一分钱，她还是倔强地不来。

"可别的兵都有家人送，你不怕你娃孤单？"镇里的人又说。

"他享受着呢！"母亲说，嘴巴噘得老高，像个生气的孩子。

我清楚，母亲还生我的气。我背着她没填高考志愿，以及参军，让她十分生气。可出发的行程，不容耽搁。我只好同母亲说了再见，跟镇里的人走了。

"没关系，"宋小诗调皮地笑了，"明天，我当你家属，给你送行，你就不孤单了。现在，走吧！"

"去哪儿？"我茫然地问。

"照相啊！"她说，"你穿军装，这么帅，当然得拍照了！"

随即，不由分说，她拉着我，走进了招待所旁的一家照相馆。

照相馆里有大红花。摄影师将它戴在我胸前，宋小诗紧紧地搂着我的胳膊，留下了一张亲密的照片。

"你们兄妹的感情，真好！"摄影师说。

那时，还没跨入千禧年，在我们那个落后的小县城，人们还很保守。男女拉手，是禁忌，会引来别人异样的目光。宋小诗表现出来的亲昵，只有感情很深的兄妹才会如此。

她调皮地吐了下舌头，没纠正摄影师。

照完相，我们一起在县城闲逛。在这个县城，我们读过三年书，熟知每一条街巷。路过市场时，她提议去看录像，我答应了。

那天上映的是星爷的《大话西游》。这也是我第一次接触到星爷的作品。那部作品，给我带来了极大震撼。星爷在作品中，所讲的那段关于爱情的经典台词，更是让我记忆深刻，以至于后来的许多年内，都能够信手拈来。

或许是太过于投入影片了，我没注意宋小诗的感受。

从录像厅内出来后，她像变了个人，一副心事重重心不在焉的样子。晚饭后，我把她送到离招待所不远的一家小旅馆时，她更是脱口而出，说出了三年前曾说过的那句话："方丁，你什么都不懂！"……

多年后，我在深圳。陈志远的离开，李正的突然设防，让我感觉到前所未有的孤单。

而这时，我又接到了方昆打来的电话。

"兄弟，我有儿子了。"他在电话里兴奋地说，"刚出生，现在娘俩都还在产房里。我第一个电话，就打给了你。兄弟，那家伙白白胖胖的，护士说了，足有八斤二两。"

"祝贺你！"我虽为他高兴，心里却说不出是什么滋味。

"兄弟，摆满月酒时，你回来吧。"说到这里，方昆叹息了一声，"不是当哥的说你，你出去都这么多年了，从没回来过，你不知道，娘有多担心你。还有，你嫂子她——对了，你嫂子说，孩子的名字，就由你来取，你好好想想，给取个响亮点的名字。"

"让我取？开什么玩笑！"我赶紧拒绝，"你们两口子都是大学生，文化比我高。再说了，你们是孩子的爹娘，哪有爹娘不给孩子取名，反叫叔叔来取的。那不行。"

"你先别急着拒绝，好好想想吧。"方昆说，"到时候，摆满月酒，你可一定要回来。咱们家，咱们整个村，好几代都没人在政府工作过。你得回来——"

未等他说完，我便挂断了电话。

若他知道，我这个秘书只是个临时工，他会怎么想呢？

随后，我便愤怒起来。

每个人都有一两件要刻意忘记的事，我也不例外。那三年里，我尽了最大努力——无非是想把她结婚的事实彻底忘记。换了手机号，我没对她说过，更没打过电话给她。

当身边的女子走马灯似的变换时，我这名情感白痴，俨然成了一名浪子。我以为，对于她，我已不会再有任何念想。可没想到，方昆的电话，无情地击碎了这玻璃般脆弱的防护。我的心感到了前所未有的疼痛，那疼痛让我几近窒息。

白蝴蝶，是的，我喜欢这样称呼她。从认识她那天开始，这个名字就深深地扎根在我的心间了。可她，一次一次，伤我太深……

这些年来，除了结婚那次，我从没和她再说过话，也没主动给家里打过电话，更没回过一次老家。我像只小动物那样，躲得远远地，反复舔舐自己的伤口。可为何，在我伤疤将要痊愈时，却要再次被揭开呢？！

第二天，我提出辞职。诚然，我对自己的工作产生了质疑，但方昆的这通电话，促使我直接付出了行动。

在接下来的旅途中，我常问自己这个问题：如果我是哥哥，晚出生一小时的是方昆，事情的结局又会变成怎样？

三爷常说：这世界上，不存在如果。这句话，我听过无数遍。尽管出生时差只相隔一小时，但人生路，在我选择放弃填报高考志愿那一刻，就注定了完全不同。更何况，我和她，从没明确恋爱关系……

这个结论，让我更加受伤。我终于明白，自己还不够强大，内心还很脆弱。所以，从执法队辞职之后，我用半年时间，再次踏上游历之旅，向着我心目中的圣地——西藏出发了。

那半年，我见识了太多朝圣者。他们三步一叩，一路跪，一路行，怀着虔诚之心，用数月甚至两三年的坚守，一步步向圣城行进。我心血来潮，也加入过他们，但一天下来，便全身酸痛，膝盖肿胀。对他们的钦佩，只能保留在心底。

回来后，我感到自己心灵变得明净，整个人也轻盈起来了……

第七章 安排

沉浸在对往事的回忆中，我没注意，三爷频频看了我多次。

"丁哥，"他突然将右手放到我肩上，"听三爷一句话，该往前看的时候，就要往前看。"

"什么？"我茫然道，"往前看？前面是看不到尽头的公路，有什么好看？"

"你就别装糊涂了，你明白我的意思。"三爷说，"过了明天，你就三十六岁了。讲真，该找个女人结婚了，而不是一味沉湎于过去，在过去的阴影中，孤独地生活下去。"

我这才明白，自己的走神被他发现了，只好用一种戏谑的语气回应道："我这样的感情白痴，谁会愿意同我交往呢？"

"现在我明白了，你一直在用这句话搪塞。"三爷瞥了我一眼，将手从我肩上移开，又放回到方向盘上，"这几天，我希望你能完全打开心结，试着与女人交往，一定能找到最心仪的那种类型。"

我默默地将宋小诗、潘帅和初夏做了对比，这三种类型，哪个是我最心仪的？说实话，我不知道。我从没想过这个问题。

我甚至觉得，只是想想就是对宋小诗的冒犯，尤其是她早已成为我的亲人。

三爷示意我抽一支烟给他，我这才意识到，我走神那么久，我们都没抽烟了。我将烟点着后递给他，自己也点了一支。三爷吸了一口，接着说"你是女人喜欢的类型，关键在于，你愿不愿意给别人机会。"

我很清楚，问题出在自己身上，吸了一口烟，将目光看向前方。太阳像个顽皮的孩子，下山时，顺手打翻了染料罐，将天与山的交界处染成了五颜六色。"前方很美。"我不禁低语道。

"是，前方一直很美。"三爷说，"所以，才要不断前行。我的事业，我的感情，我的生活。你们常说，我不按常理出牌，其实，有的路，走着走着，就没了，得学会迂回，转弯。"

"谢谢。你的话，我会认真思考。"

"说说，你的理想爱人，应该是什么样的。"

"对长相，我没什么特别要求。"我沉思道，"最主要是要情投意合。还有，她不能太现实和世俗。我希望她浪漫一点。"

"还得矜持，不能太主动。"三爷似笑非笑地说。

"是，"我立即意识到上了他的当，连忙改口，"那并不重要。"

"我大致明白了。"三爷将没吸完的半截烟熄灭，扔进了烟灰缸，"不过，你认为现在的婚姻，有多少是基于爱情，而非物质的？"

"如果是那样，我宁愿一辈子不结婚。"

"你还真是一头犟驴。我不知道，深圳越来越多的大龄单身青年是否像你一样痴情，但肯定都固执。"

这我没想过。但我能肯定的是，有些人，一旦错过，或许就一生错过……

不知从什么时间，金有余的呼噜声停止不响了。我有点儿纳闷，刚要回头看一眼时，他却突然从后面拍了拍我肩膀。

"丁哥，你可不能分神，"他说，"要知道，你坐在副驾驶位上呢！"

"要不，咱俩换换？你坐在前面，可以好好地给三爷讲你的故事。"我说。

"千万别，他那点儿破事，翻来覆去讲了很多遍，我早已听腻了。"三爷连连摇头，"反倒是丁哥你，每次同你聊，都会有新内容。我还是喜欢同你聊。"

我回头看向金有余："你睡得好好的，怎么醒了？"

"就是睡，我也操着开车的心呢。"金有余说，"三爷开车，永远不知道什么时间减速。我的心，一直悬着呢！你们说着话，我虽在睡梦中，也感觉到安全。但一语不发，好家伙，那才吓人！"

"担心我开车会睡着？你这是不信任三爷呢！"三爷说着，把眼睛一瞪，左手扶着方向盘，右手向后指着金有余说，"你这个混账东西！岂能因这片刻的宁静就来质疑三爷！三爷我是个响当当的汉子，放个屁来也能砸出一个坑！拳头上也立得人，胳膊上走得马，不是那腲脓血，搠不出来鳖！三爷我自退伍以来，虽不能泰山崩于前而面不改色，但自控力还是有的！甚么个开着车会打瞌睡！你休胡言乱语，一句句都来中伤三爷我！丢下一块瓦砖儿，一个人也要着地！"

这是潘金莲的一段台词，被三爷这么一改，却也有趣。见金有余一时无语，我笑了笑，戏仿武松的语气道："三爷是金枪不倒的汉子，我辈的楷模。若得三爷如此，最好。既然如此，我亦可任由思绪，天马行空。请抽此烟。"

"我看，你们两个都是闲得蛋疼了。"金有余说，"在这里拽什么文？好像除了你们，别人都没读过书似的。不就是《金瓶梅》吗？我也知道。话说潘金莲倒挂葡萄架——"

他的话还没说完，三爷随手抄起扶手箱上的半瓶纯净水，朝他身上砸了过去。"谁跟你谈技术性问题了？"话语间，像潘金莲那样，充满了大义凛然。

看着这对活宝，我羡慕地笑了起来。

"不过，说正经的，把什么事都太当真，活着就太累了。"三爷对我说，"人生得意须尽欢，该干吗干吗，须知凡事皆有定数。"

"话是不赖，可这么好的话从你嘴里出来，怎么就变了味？"我说，"你呀，还是少吃点槟榔为好。"

"该吃就吃，该喝就喝。人生在世，要懂得及时行乐。这几年，你算功成名就了，听三爷的话，赶紧买辆车，咱们也可以随时聚在一起。"

"就如结婚得先有女朋友，买车我得先会开才行呢。"我说，"深圳已然堵车很严重，我就别再添堵了。"

"你呀，总会给自己找借口。"三爷叹道。

金有余坐直身子，从后排插嘴道："三爷，你的红颜，在你支持下，也都算功成名就了。你什么时间也支持支持我呢？我给你当牛做马那么多年，没功劳，也有苦劳吧？"

这个问题，早晚会被提出来。我看着三爷，等待他的回答。

三爷长吸一口烟，回应道："格局，得大一点。"

"画饼能充饥？我谈现实，你给我讲格局，忽悠我呢！"金有余说。

三爷说："我是认真的。你的格局打开了，不需要我帮助，也能一飞冲天。"

"一飞冲天，你当我是鸟呀！"金有余笑道。

但我清楚，这个问题并不会就此结束。它比三爷想得更严重。

果然，金有余又说："三爷，别说像对待红颜了，你把我当成你公司的老员工那样，我也心满意足了。"

"你以为丁哥的功成名就，是靠运气，靠贵人扶持，靠自怨自艾？"三爷不耐烦地说，"错了，那是他自己努力的结果。别的不说，从诗歌转到小说写作，不少诗人都干过，可又有几个，像他这样成功转型的？他付出的努力与辛苦，只有他自己知道。"

这是实话，每个人成功的背后，都必然有一番呕心沥血和兢兢业业。可作为金有余问题的答案，显然并不妥当。我下意识地为三爷捏了把汗。

"我一提问题，你就数落我，说我抱怨。好吧，既然我如此不受欢迎，那就只好闭嘴——"他煞有介事地抿紧了嘴巴，但没过一分钟便自动放弃了。他嘿嘿笑道，"三爷，你说，我这些年要是有长进了，还会给你当司机开车吗？还会被你呵来训去吗？"

"你不是说，开我的车，出去泡妞也有面子？怎么，让你出点力，就不情愿了？每月给你的五千块'驾驶费'，够请一个专职司机了。还有，每次让你开车，不都按你要求，美味佳肴，任你享用？"三爷继续说，"你要学会往前看。我还是那句话，哪天你能独当一面了，我会重金聘请你，到我公司来……"

"哎！"金有余扭了扭身子，"为了不继续自讨没趣，我最好还是睡觉……"

我赶紧打圆场："认识你们十五年，也听你们吵十五年了。说真的，你们还真像两口子，在吵吵绊绊着过日子。"

"切，两口子！"他们两人竟如此异口同声，让我不自觉地松了口气。

"既然提到了两口子，三爷，就讲讲你和嫂子的故事呗。"我故作轻松，转变话题道，"认识你这么多年，除了在部队听政委讲过嫂夫人，从没听你提过。"

"没什么好谈的。"三爷说，"早已平淡如水了。"

"可当年呢？"金有余插嘴道，"你可像苍蝇一样，怎么都赶不走！"

"你还好意思提当年？"三爷说，"当年，你可不认我这个姐夫！"

"噫，还有这事？"我看热闹，不嫌事大。

"那能怪我吗？"金有余坐在后排，手指不停地在脚趾间揉搓着。三爷从后视镜看到了，想制止但并未制止："你看他那副尊容，能怪得了我吗？现在还有些气质，可当年呢？阴鸷得很呢！"

我笑了。早上，三爷说过这个词，没想到，这么快就还回来了。

"我姐年轻时，也是个地道的美人胚子。"金有余接着说，"鲜花插在牛粪上，这种事，谁能受得了？"

三爷以闪电之势，抓起扶手箱上的槟榔，朝他身上砸了过去："狗嘴里吐不出象牙！"

看着这对活宝，我舒心地笑了，对三爷说："说说，和嫂子的事呗。"

三爷眯着眼，思考了一会儿，才开口："那时，我还在当兵，第三年夏天，回去探亲，见到的有利。"

他的夫人，叫金有利。从她和金有余的名字来看，他们的父亲，一定是位拜金主义者。

"那天，她穿着一件白色连衣裙，就像是电视中的白娘子一样漂亮。我当即就动心了，要到她的联系方式后，回部队就开始给她写信。通了大半年信，我退伍后，就和她在一起了。"

"你是该出手时就出手，一点儿都没含糊呢。"

"爱情的确眩惑，但看透了，就不能犹豫，花堪折时直须折。"三爷说，"但有时，回头想想，与她家人当时的反对，也有很大的关系。年轻人嘛，都是家人越反对，就爱得越起劲。"

"我们'八〇后'，网络空间签名，都写过这样一句话：就算与全世界为敌，也要与你在一起。"

"不错。"三爷说，"她家人一反对，我们就私奔跑深圳来了。第二年回去时，她肚子都大了，快生了。你不知道，我老丈人那张脸，像霜打的倭瓜，皱得都不成样子了。"

我从后视镜中不经意看到，金有余的脸上有一丝阴云闪过，但随即又堆满了笑容。我以为看花了眼，完全没在意。

"时间已逝，激情不再。如今剩下的，也唯有平淡如水的柴米油盐了。"三爷总结道，"不管多么轰轰烈烈的爱情，到最后，都免不了归于平淡。"

我想不到，整日里左拥右抱的爱情大师，与夫人间，连说话成了奢侈事。

"那你有没有后悔过？"我问，"探亲回去，见了那么多女笔友，最终选择的嫂夫人，如今却无话可说。"

"这不怪三爷，是我姐的问题。"金有余破天荒地为三爷辩驳起来，"夫妻俩，若不能共同进步，领先者，未必不悲哀。所以，我理解三爷，他的任何行为，我都能接受。我姐落后太远了。"

我愣了一下，这种问题已远超我的想象了。

金有余又说："我姐已经看开了。她清楚，与三爷间的距离是越来越大，共同话语也都没了。再强求，只会让两个人都累。所以，三爷在外面找女人、鬼混，她会全当没看到。"

"你这一句就把话说死的情况，还是没有任何改变啊，有余。"三爷叹息道，"三爷我什么时间出去鬼混过？三爷的每个女人，都是红颜、知己，对三爷也是真心呢。"

既如此，为何不与夫人分开呢？我想问，但忍着了。

三爷清楚我心中所想，淡然道："是我，我不愿意离，我不想让人说我是负心汉。"

可整日在其他女人怀中纵情，还不算负心汉？

"男人有钱就变坏，"我说，"是不是渣男，都如此理所当然？"

"渣男是用过就扔，三爷我是情感大师，对每个女人，都真心。"

"那么，大师，这些年，你想过陈晓吗？那个女兵。"

"有些人，错过，也就错过了。"三爷学我的口吻道。

"我很好奇，那时，你已与陈晓在恋爱了，你怎能一边同她温存，一边又与嫂子谈情说爱呢？"

"吃碗里，看锅里。男人不都想如此吗？"三爷笑道，"我只是做了而已。"

"那你为何只自称'三爷'？"我又问，"李正说，你那年探亲，约见的笔友可有十人呢。"

"'三'生万物，可不是随便谁敢应承'三爷'的！"三爷声音响亮地说。

前面又是服务站，三爷将车开了进去。

我们的行程，原本就以舒适为主，压根儿就不需要急匆匆地赶路。上午，虽因塞车耽搁了两个小时，但中午没休息就往前赶，还是将时间给追回来了。

此时，日头已将落西山，却仍炙热难耐。从洗手间走出来，汗水迅速流淌下来。我用纸巾擦了擦脖颈里的汗，对三爷说："这天，对头发长的人，一点儿都不友好。"

"回去后，让有利把长发给你剪了，"三爷说，"她理发手艺还不错。"

我惊讶不已："你是让嫂夫人给你理发？"

三爷点了点头。

"即便你俩已没了共同语言，你仍那么放心把自己交给她？"

"那有何不可？"三爷说，"我至少用行动告诉了她，我是完全能将自己交给她的。"

我冲他竖起大拇指："高，还是三爷你高！"

"夫妻相处，有很多小伎俩。你若结了婚，我可以无保留教给你。”

“那我至少得先有个对象。”我咧嘴笑道。

“只要你有这想法，就不难解决。”三爷说，“这几天，你打开自己，好好讲讲以往的情感经历，我给你诊断一下，对症下药，保准帮你物色到合适的对象。”

“怎么感觉，你比我还要关心我的情感问题？”

“我是把你当亲弟弟看的，只有亲人，才会如此关心你。”

“这也是来自亲人的压力。”

我久未回中原老家，每次给母亲打电话，她总会问我的婚姻问题，以至于我都不敢再打电话了。我并非不愿结婚，只是还没领会到爱情的法门，只能单着。

“我呢，三爷？”金有余从洗手间里走出来，边擦手，边说，“你可不能既让马儿跑，又让马儿不吃草。”

“忘不了你。”三爷白了他一眼，“我早已交代追姐，给你准备很多很多的肉，保准你吃饱吃够。”

“你——真坏！”

我呵呵笑了笑，好奇地问：“追姐，又是何方神圣？”

“我的红颜之一。她精明，果断，有商业头脑。”三爷说，“对了，也很年轻，和你是同龄人。”

“和我同龄，能被你称为‘姐’，一定有过人之处。”

“见到她，你会喜欢上她的。”三爷笑道，“为了你的事，她可没少费心。你就放心地享受，我保准你能发现与以往不同的风景。”

“我也想发现不一样的风景。”金有余一脸急切地说。

“走吧，很快就能欣赏到美景了。”将烟蒂熄灭，三爷说。

上了车，重新换回金有余开车。三爷在后排座位，先用纸巾认真地擦了一遍座位，这才坐下。我依旧坐在副驾驶位。

"三爷，你还没告诉我，这次的行程是怎样的呢？"我从前面回头问，"咱们的目的地，是哪儿呢？"

"金光寺。"三爷取出一枚槟榔，塞进嘴里，使劲嚼起来，好像那比山珍海味更美味，"它在福建西北部，全程一千二百公里。咱们边走边玩，明天中午饭点前赶到。"

"寺庙？"我不敢相信自己的耳朵，"自驾两天，去寺庙，还真是朝圣呀！"我心底略微有点儿失望，"难怪你告诉我，是个新景点。"

整个福建，大小寺庙，有三四千座，至少有百分之九十我没去过。它们的确也有自己的特色，但绝对不足以引来足够的关注和人流，至少，也不可能是某方面的圣地。否则，我的工作要求我至少会知道。

"金光寺，你绝没去过。"金有余说，"那是三爷这几年投资的一个项目。"

"啊！寺庙也能承包？"这倒让我十分惊讶。

"当下，没什么是用钱买不到的。"三爷语气轻淡地回答，"不过，我投资的并非寺庙，而是与其配套的一个商业地产项目。"

我明白了。近年，随着国人对旅游的需求大幅上升，各景点配套的商业项目也随之被推了出来。甚至有些地产商，还专做文旅地产，赚得盆满钵满。

"我从没听你谈起过投资文旅地产的事，那可是大手笔呢！"我说，"难怪你告诉我，景点管理方愿意支付咱们旅行所有的费用。那还不都是你的钱！"

"我一贯的立场，专业的事交给专业的人去做。那里的项目，我交给了专业人士去打理。"三爷说，"所以，钱，还真不是我的钱。"

"追姐？"我好奇地问。

"追姐负责对外界的沟通联络。但具体负责咱们这次在山上行程的，是大师。"

"可你怎么想到投资那里的？金光寺，我都没听说过，你就不怕投资会打水漂？"

我说的是事实。因为主持旅游周刊，我对全国的旅游景点有所了解。目前，全国的寺院，除了一些古寺名刹效益会好一些，其余的，大多免费开放。以福建为例，三四千座寺庙，有十四座被列为全国汉族地区第一批重点寺院，其中就有八座门票免费，包括颇有盛名的莆田南少林寺。那些收费的古寺名刹，被诸多主管单位盯着，就算是周围的配套商业，也早就有人下手了。三爷这样远在千里之外的人能投资的，自是无法盈利，或前景不好的，否则，爱拼才会赢的福建人，怎会容他插手？

三爷的脑壳，难道坏了，才会跑到那里去投资？

"这个嘛，不可说。"对我的疑问，三爷轻轻摇了摇头，"不过，我向来不喜按常理出牌，这你是知道的。"

"可你一个文化公司老总，又怎会想起去那种地方投资？"我好奇地问，"你这步子跨得可有点儿大噢。"

三爷嘿嘿笑了笑，故弄玄虚道："到了山上，或许，你就明白了。"

仔细想想，不按常理出牌，确是三爷的一贯作风。

他原是做装修工程的，经过十六七年深耕，将品牌做到在深圳数一数二，也顺利度过了十年前那场全球性的金融危机，所有人都认为，他将有可能冲击行业龙头之位，谁知他突然转行，折腾起文化事业来，开了个"金猴子文化实业公司"，手下策划师就有一百多号。从大型楼盘策划，到一个小门面店铺的开张剪彩，业务无不涉及。如今，近十年过去，他的文化公司也成了深圳文化产业的一张名片。

现在，听他讲起金光寺的商业配套地产，我才知道，他在暗中还布局了这样一盘大棋。

"寺里的活动，也安排好了。明天傍晚，与众多善男信女一起观看火星。"三爷说，"我保证，你一定会度过一个难忘的生日。"

"朝圣。"可这样一来，不就人山人海了吗？

但这个大日子，引起关注，在所难免。我也因这个日子，偷了下懒，在今晨刚编好的周刊上，用较大篇幅来科普"火星冲日"，还详细介绍了在深圳观赏火星的几个景点。

明天中午，火星达到"冲"的位置，和太阳、地球在同一条直线上。明天傍晚两小时后，开始形成彻夜闪亮的"红星"。明天夜间至后天凌晨，将会发生月全食，是本世纪持续时间最长的月食，长达四个小时。届时，红月亮与红火星同现夜空，成为难得一遇的奇景。

"朝圣，具体有什么流程？"我问。

"这个很简单，只是一个小仪式，明天，大师会讲给你听。"三爷神秘地笑了，"不过，我说了保证成为你生命中最重要的日子，你大可把心放进肚子里，只管享受就行。"

　　窗外，天色开始暗下来。路上的车，也越来越少了。路旁没有路灯，越野车打开了远光灯，让我想到了多年前火车穿过隧道的情景：同样漆黑，同样对前途充满迷茫……

　　我陷入自己的情绪，压根儿没注意，越野车什么时候驶下的高速。也没注意，眼前景致的变化。直到三爷的声音响起，我才从虚无缥缈中回到现实。

　　眼前是一个小镇。公路上没有路灯，山川和树木在皎洁的月光下，投射下黑黢黢的暗影。它很美，很安静。世间的繁华与喧闹就像被挥刀斩断了一样，与这里毫无关联。

　　"三面环山，一面傍水，"三爷打开车窗，深吸一口气，赞道，"就像是深居闺房的大家闺秀，只有走近她，才会惊艳于她的美丽。"

　　如他所言，小镇处于群山环绕、幽深僻静的地方，完全没被游客的足迹所及，它保存着古色古朴的原调，使人一走进它，就有种与世隔绝之感。

　　小雨淅沥，使一直居高不下的气温降低了许多。打开车窗，把空调关掉，也不会觉得热了。街道上看不到行人和车辆，冷冷清清的，空气异常清新。

　　我像个孩子，大口吮吸这新鲜的空气。

　　"你们不知道，我又嗅到了很久以前的气息，"我大声说，"现在，这般清新的空气，可遇而不可求呢！在京城一个半月，天天雾霾，寿命都要减几年呢！"

　　"这是实话。"三爷说，"现在，你该相信，三爷的安排值得期待了吧？"

"值得，值得。"我又深吸一口气，"三爷的话，落在地上，能砸出一个坑来。三爷说值得期待，就一定值得期待。"

我毫不在意从窗户吹进来的小雨。这种既下雨，月光又皎洁如银盘的情景，见到一次也太不容易了。看来，这上天也在为我们的这次行程增添意趣呢。

"如此美景如此夜，要是有美人儿相伴，就再好不过了。"金有余一本正经说，"三爷，你也得给我安排安排。"

"为朋友，两肋插刀。"三爷故意不理会他，对我说，"这次出来，丁哥你是主角，要完全打开自己，用心感受，发现不同的景色之美。"

我眼皮不自觉地抖动了两下："我怎么有点儿感觉像是在逼亲？我从没想过，我也有被人安排相亲的一天，而安排这些事的，却是三爷你。"

"说明你的情感问题、婚姻大事，我是当成了头等大事来解决。"三爷笑道，"怎么样，感动了吧？"

我不是不识好歹之人。这些人，三爷也的确像个媒人那样，介绍过几个女孩给我相亲。但我那同女人一谈感情就脸红的毛病，每次都让我狼狈而逃。

"谢谢。看来，策划这次出行，你还真是颇费心思。"我不知道，在这个小镇上，三爷安排了什么样的女人。但作为此次出行的第一晚，他的安排，一定会让我大吃一惊。认识他这么多年，我清楚他向来喜欢让人意外。

"三爷我从来不是只说不练的假把式。"

"所以，你既给方丁诊断，又安排女子，来治疗他情感白痴的顽疾。"金有余说，"但我呢？你可别忘了，明天也是我的大日子。"

这次，三爷掏出手机，双手一摊，做了个无奈的动作。

"我有心想给你安排，也无力啊，"他说，"这里，连信号都没有，打不出电话，谁也联系不到。"

我掏出自己的手机看了看，果然一格信号也没有。

"怎么能这样呢？"金有余的嘴角噘了起来，"好不容易赶上个大日子，也期冀通过这场逐爱游戏让自己发生改变，却又没有手机信号，安排不了？"他猛地抬高声音，发出狼嚎般的嚎叫，"老天，你要这样对我吗？"

让自己发生改变！我吃惊地看着金有余，这才意识到，他一路上向三爷提出的要求，并非只是玩笑话。我此时发现，除了知道他夫人是三爷介绍的之外，我对他的婚姻生活，一无所知。难不成……

我疑惑地看向三爷。他诡异地笑了。

我把心放进了肚子里。他就是这样的人，会想方设法让身边的人舒服。我不知道在这一路上，他什么时间，又通过什么方式来安排解决金有余的需求，但他此刻的表情，显示他已经安排妥当。

"三爷，有个问题我一直不解。"我配合地将话题引开，"婚前花心，属于心未定，能理解。婚后，你还一直如此，不觉得荒诞吗？"

"荒诞？那是你不了解爱情！"三爷摆出一副说教的样子，"看来，我还真有必要给你普及一下爱的真谛。爱情，譬如朝露，它来时，你控制不住，它走时，你也无能为力。所以，面对爱情，你所能做的，便是顺其自然，接受它。"

"这依旧解释不了，你滥情的事实。"

"丁哥，你这就错了。"三爷认真地说，"三爷我从不滥情，对待每份感情，我都是认真的。只是，如我所说，当爱情来临时，谁又能控制得了呢？"

"所以，你便开始逐爱，遇到心动的女人，便永不停止地追逐下去？"我问。

"是的，我会继续追逐下去。"

"那么，真心的三爷，请透露一下，你现在有多少位情人？"

"你以为我有多少？"

我伸出两个巴掌。这是他曾经在回乡探亲时，见的女笔友之数。

"你高看我了。"三爷认真地说，"真正意义上，算得上情人的，不过两个。"

这倒出乎我的意料了。

"两个，确实能够做到每个都真心待之。可你和嫂夫人，又如何走到目前连说话都很奢侈的地步的？"

"我和有利，有过美好而甜蜜的爱情，但婚姻毁了这一切。当爱情转变为亲情，爱情便已变了味。"三爷长吸一口烟，接着往下说，"所以，我很后悔和有利的婚事。有余，你要是转告给你姐姐，一定得记住，转告我的原意。可不能单独择出这一句话来说。那样，会害死人的。"

金有余嘴噘得老高，什么话都没说。

越野车停了下来。面前是一个农家大院。大院门口有两盏亮着的红灯笼，在淅沥的细雨中，发出氤氲朦胧的光。在这种光中，我们下了车。

"真是画中美景！"

我大声发出赞叹，三爷笑而不语，在前面朝餐厅走去。金有余走在最后，从越野车的后备厢提出了一瓶三爷的特供好酒。

餐厅在一层。其实，整栋建筑只有两层。餐厅里灯火通明，尽管此时正是饭点，但餐厅却空荡荡的，没有食客。我们一走进来，服务员马上热情地迎了上来，将我们迎向靠窗的一张桌子。服务员给我们倒了茶水后，三爷与她一起走进食材区，边看食材边点菜。然后在服务员带领下，他走进厨房。他的厨艺和他的事业一样成功，能够吃上他亲手烧的菜肴，是种极美的享受。

"三爷就这点不好，"金有余对我说，"什么事都喜欢自己动手。这样的结果就是常把自己搞得很累。其实，说到底，是他不放心，对这个社会不放心。"

我呵呵笑了："社会又何尝对他放心？你听听，他每日所讲的那些话，什么世风日下、人心不古——"

"他就喜欢危言耸听。"金有余说，"你去过三爷的文化公司吧？"

"在深圳，没去过他的金猴子文化公司，怎好意思说自己是文化人呢？"

"那你该知道他是个什么样的老总。尽管他口口声声说，专业的人做专业的事，可真要他放手，那是完全不可能的。这次，如果不是陪着你出来，他可不舍得把工作放下呢。"

"这样说来，三爷够累的。"

"我也这么认为。"金有余盯着杯中的茶水，若有所思地说，"我常跟他说，如果他的公司交给我打理，我保证做得比现在更好，还不会让自己这么累。"

他的话让我很意外。"你可以开一家公司！"我说，"与三爷比比。"

"那就算了，都是四十几的人，没那精力折腾了。"他抬起头，望向窗外，"不过，三爷对付女人还真有一套，"他转变了话题，"他的那些红颜，甘愿为他做任何事。"

我见识过三爷拈花惹草的本领，他似乎专为女人而生。

"这不光是一种魅力，"我说，"他就像是一个心理学大师，能细致入微地捕捉到女性的心理，并用恰到好处的言行举止，满足对方的心理需求。"

金有余笑了，笑容里有些嫉妒。我们沉默下来，不约而同地把目光转向窗外。

落地玻璃窗外面，雨线似若隐若现的银丝落在地上，润物无声。

大门口开进来一辆出租车，接着，三个女人出现在视线内。她们没打伞，下了车就信步款款地走进来。走在前面的，穿着紫色长裙，年龄约有四十岁。她身后的两个女子，看起来都像刚大学毕业。她们是两个完全不同类型的女子。一个身着运动短装，阳光，健康。另一个身材颀长苗条，穿一袭白色长裙，长发垂至腰间，非常安静。

看到她，我的心狂烈地跳了起来，猛地从座位上站了起来。

第八章　无名小镇

被我的突然举动吓一跳，金有余茫然地问："怎么了？"

他的目光虽随我看向了外面，但漫不经心的习性使他并没有注意那三位正走进来的女子。

灯光照在她们身上，我看清了，是三张陌生的面孔。我为自己刚才的失态感到了难为情，忙道："没什么。这茶不错，来，敬你一杯，今天你辛苦了。"

金有余举起杯子，同我碰了一下。

三个女子走进来，服务员却没招呼她们。她们的目光略一环视，便径直朝我和金有余走来，像是认识我们一样。

"哇，小帅哥！"年长的紫色裙子紧挨我坐下，语气夸张，"有女朋友了没有？姐当你女朋友好不好？"说完，手搭在了我肩上。

我立即明白过来，紫色裙子该是三爷的红颜之一了。她带来的这两位年轻女子，想必有一人是我的"相亲"对象，于是笑着回应道："美女，你看仔细，我可不小——"

"让我看看，哪里大？"紫色裙子打断我的话，伸手就往我脸上摸，我侧了下身子，她的手滑了下来。但她对此毫不介意，依旧满面春风地笑着说："姐姐就喜欢你这样懂风情的男人。快告诉姐姐，你叫什么名字？"

金有余一脸茫然地望着我们。看来，他还没弄明白，这女子是何许人物。我不自觉地又朝站在后面的白色长裙看了一眼，心中不由得暗叹：像，太像了！但我还是赶紧收回心神，对紫色长裙说：

"我不是你的菜，"我指了指金有余，"他才是。你没看到吗，他眼睛都冒火了，恨不得马上吃掉你们。"

"切，"紫色裙子白了金有余一眼，"他又老又丑，谁稀罕！姐喜欢的是你这样的，又年轻，又聪明。"

"我怎么又老又丑了？"金有余脸都紫了，"我承认，我五大三粗的，可我很温柔。"

"好了，别再逗金哥了，"我笑着对紫色裙子说，"他一生气就麻烦了。"

"哎哟，小帅哥，你可真聪明。"紫色裙子的声音，麻得人骨头都要酥了。接着，她用一种熟识的语气说："在处理情感问题上，若再长进一点，你肯定非常讨女孩子欢迎。"

我扑哧笑出声来，她的语气和三爷太一样了："我就是没长进，才劳烦你和三爷帮忙呢。"

金有余这才明白她们的身份，满脸堆笑，看向紫色裙子："哦，是美姐啊，都怪我有眼无珠，竟没认出你来。但也不能完全怪我，你还如多年前那样漂亮，我都不敢认了……"

我不觉头皮发麻。认识金有余这么多年，我还是第一次见他如此口吻说话。看来，他是真的铁定了心要在这次朝圣中做出改变了。

紫色裙子微微点了点头，算是对他的回应。她朝四周看了看，问我："三爷又在亲自下厨？"

我点了点头："还没请教姐姐芳名？"

"你们男人都一个德行，"紫色裙子说，"见了面，就得知道女人的名字。"

"好了，算我多此一问。"我哑然失笑道。

"丁璐。"站在她身后的短装女子突然说。

"什么？"我愣了一下。

"我的名字。"

"我叫蔡诗诗。"白色长裙也自报了家门。

难怪她和白蝴蝶那么像！我心底嘀咕，名字里都有"诗"这个字！

"你们两个，别吓到方丁了。"紫色裙子说。

"不，不会。"我发窘地说，"她们都很可爱。"

"你当真不记得我了？"紫色裙子说。

我仔细打量了她一番，着实没有任何印象。我搔了搔头："实在抱歉……"

"也不怪你，咱们只是有过一面之缘。"说着，紫色裙子的语气一转，"不过，那次，我也带了个姐妹给你，不记得我，你该记得那个美女吧？"

血液涌上大脑。我想起了，认识三爷那天发生的事情，难为情地搔了搔长发："你是……美姐？"

"这还差不多，不枉我介绍姐妹给你认识。"美姐说。

我讪讪地笑了："久违了。没想到在这里相见。"

随着服务员端上来第一道菜，三爷也总算走了出来。

"来了，"他跟美姐打了声招呼，"正好，刚刚出炉，我最拿手的水煮鱼，赶紧趁热吃吧。"

水煮鱼是川菜中的一道经典菜。但三爷的做法与川菜的水煮鱼不同。他做的水煮鱼，麻辣度都降到恰到好处，除了这个特点之外，还有一种说不出来的味道在里面。每个吃了这道菜的人，都会拍手称赞。每次，我问他是如何将这道菜做得如此好吃时，他总是笑而不语。

三男三女，我们交叉而坐。未等三爷交代，金有余就识趣地将酒打开，倒了五杯。他自己等一会儿还要开车，就以茶代酒。

"没关系，"三爷说，"咱们住的地方，距离这里步行也只有几分钟的路程。今晚高兴，你就喝几杯吧。"

金有余听话地给自己也加满了酒。

"以前，我干装修时，阿美是我比较得力的助手。"三爷给我介绍道，"后来，我改行开文化公司，她就离开深圳回家乡发展。现在发展得很不错，有设计师、施工队、业务员百十号人呢。"

"老天赏饭，赶上了好时机。"阿美说，"深圳工业升级，腾笼换鸟，不少工厂企业都往内地迁。我们县城，光工业园区都建了二三十个，我们这些搞装修工程的，几乎是从年头到年尾，忙不完的活……"

"你有此成绩，我为你高兴。"三爷说。

"若没有你的帮助，我也不敢迈出那一步的。"她举起酒杯，"不管是你的启动资金，还是平日里的指导，是成就如今的我的法宝……这杯酒，我敬你！"

难怪，金有余说，三爷的红颜，是在他帮助下才功成名就的。

"咱俩很有缘，"酒至三巡，坐我左边的丁璐说，"我的名字，也有个丁字。而且，我也来自深圳。"

"哦？"

三爷虽曾解释过，每次带给我的女孩都是他红颜的好姐妹，但我下意识却不那么认为，尤其是此刻，美姐带的是两个女孩，而非一个，这更让我坚信自己的猜测。

"我和诗诗都在深圳待过。"丁璐又说，"我知道你，读过你的书。大学时，我室友是你书迷，经常在我耳边唠叨你。"

"谢谢你室友的厚爱。"

"实不相瞒，知道你要来，我特地请求美姐让我过来陪你。我想看看，你到底是如何神奇的男人。"

"等等，"正低眉顺眼同三爷讲话的阿美，突然瞪大眼睛，看向丁璐，"你刚才说，在这之前，你就知道是方丁要来？"

被她这样一提醒，我也觉得讶异。阿美的言下之意，她并未向这两位提起我的身份，可丁璐又是怎么知道的呢？

"在网络时代，每个人都是透明的。"丁璐狡黠地笑了，"只要搜索三爷的名字和'作家'，最新消息显示，三爷明晚会和方丁同现一朝圣之活动现场。不难推测，和三爷一起来访的，自然就是方丁了。"

朝圣。这是我们此次出行的主题，具体行程我还没了解，网上却先发布出来了。不过，这并不意外。景点管理方既然全额支付我们的旅行费用，自然会做点文章。

我笑笑，对丁璐说："恐怕让你失望了，我也很普通。"

"那倒不是。相反，从这一刻起，你将会多一个忠实的读者。"丁璐说。

"谢谢。"美姐和三爷又继续他们的谈话了，我问丁璐，"在深圳，你在哪个区域活动？"

她说了个公司的名字。是高科技公司，国内闻名，待遇好，员工全出自名校。她竟然毕业于名校，这让我吃惊不小。

"可你又怎会离开深圳……"我掩不住好奇，"你原本的工作已很令人羡慕了！"

"深圳的快节奏，并非适合每一个人。所以，有机会离开那里，我毫不犹豫回来了。"

回来就从事这种夜女郎的工作？我暗忖。从刚才她们进来时，服务员连招呼都没同她们打，看来，不止我一人这样认为。

"我不一样，"坐我右边的蔡诗诗，这时，突然对我说，"我是从小就生活在深圳，也在深圳接受的大学教育。我热爱那座城市。但我的父母，突然投资失败，几十年的心血，一夜间付诸东流，我们没办法，只好灰溜溜跑回来了……"

"三年前的股灾，确实非常严重，我听说不少人都亏得一塌糊涂。"我用遗憾的口吻说。

"但我不服气，我有自己的路要走。"蔡诗诗语气倔强地说，"我喜欢大城市，就不该被困死在这个小破县城里……"

一时间，我不知道该如何说了。

"美姐叫我来之前，我就已经下定了决心，"蔡诗诗咬了咬银牙，接着道，"你若能带我回深圳，我心甘情愿地跟着你——"

这个难题突然抛到我面前，把我吓了一跳。但我认为，这个交换，很低级。我心底涌起一股说不出的悲凉，原先对她产生的好感，荡然无存了。

“这不难，诗诗妹妹，”不知是不是酒精的作用，金有余竟然答应了蔡诗诗的要求，“这事包在我身上，”说着，手大胆地朝她肩上搭去。

蔡诗诗肩头颤抖了一下，但没有制止他。

幸好，这里是餐厅，金有余并没有做更过分的举动。

雨，不知什么时间停止了。

天空中挂起一轮圆月，月光皎洁，把整个小镇都笼罩在一片银白色之中。雨后的小镇更加安静了，这让我非常安心，渐渐卸下了喧嚣世界里的戒备。

酒足饭饱后，我们走出餐厅，全都深深地吸了口气，仿佛下了很大的决心迎接接下来的游戏。

一路上，金有余不停念叨的逐爱游戏即将上演。

但不知是否因为蔡诗诗的缘故，我有了一种厌倦感，提不起任何情绪参与这游戏中了。

越野车暂停在餐厅，我们一行人步行前往下榻的酒店。

我走在后面，丁璐陪在我身旁。她十分安静，与吃饭时的主动热情完全像是两个人。

“你打心底厌恶诗诗？”待与前面的两对拉开一定距离时，她开口问我。

“我有那个资格吗？我对你们一点儿都不了解……”

“把我们当成你的读者好了。”丁璐说，“你会如何对待你的读者？”

我思考了一下，缓缓地说：“引人向善，是好文学作品的功能之一。我也在朝这方面努力。若你们是我的读者，我自然希望，你们所做的决定多从道德伦理、世俗风化等方面加以考虑——"

丁璐愣了一下，随即停下脚步，双目直视着我："你把我们当成卖的了？"

"难道——"我顿了一下，但还是硬着头皮说了下去，"不是吗？"

"你——"盯着我看了许久，她才苦笑着摇了摇头，"看来，是我们的言行给你造成了错觉。不错，美姐确实费了较大口舌说服我来陪好你……我们答应了，但并不意味着我们是那下贱之人……"

"我很抱歉。"我突然意识到，自己被先入为主的错觉左右，犯下了错误。我感到额头上有汗水滴落。

"无所谓了，"丁璐耸肩道，"反正过了今晚，咱们应该不会再相见了。"

没想到这第一场游戏，我就败得如此彻底。

我们下榻的酒店，只是一家相当寒碜的民宿。三层建筑，木质构造。我们入住的时候，服务台房间一览板上悬挂的钥匙说明了入住这里的人很少。

我们开了四个房间，都位于第三层。令人意外的是，这三层小楼竟安装有电梯。我们走进电梯，电梯便开始发出咔嗒咔嗒的升降声响。

所有房间都是一字排列，房门正对着后面的小山。山上，树木苍翠，在月光下，投射出黑压压的暗影，好像是一只巨大的怪兽，随时都有可能张开嘴把整个宾馆吞下。

我的房间，在最里侧。丁璐的房间，在我隔壁。

开房间时，我和丁璐几乎同时说出口，要单独一个房间。三爷和阿美只是相视笑了笑，便给了我们每人一把钥匙，好像早已开好了四个房间。

整个宾馆都是木质构造，隔音效果很差，隔壁房间所有的声响都能清清楚楚地听到。我耸耸肩，走进洗手间去洗澡，洗去一天的疲倦。待我走出洗手间时，我听到那原始的兽性的喘息声还在继续，就点燃一支烟走出房间。

作为镇上唯一的酒店，生意显然不怎么好。

我乘电梯下来时，没遇到一位房客。一楼的大堂内，也没有像在别的酒店那样，聚集着等待入住的人。大堂内冷冷清清的。服务台后面的人换了，不是接待我们入住时的那个中年男人，而是一个大学生模样的女青年。她戴一副黑色边框眼镜，在我走过咔嗒咔嗒的电梯时，抬头看了一眼，又迅速埋下了头。

我没注意到她。我被隔壁房间的床戏弄得心烦，被今天发生的事情弄得心烦。我需要冷静，需要大口呼吸外面清新的空气。

职业使然，每到一个陌生的地方，我喜欢到处走走，深入这个地方，去了解它。我觉得，陌生而充满新奇的自然人文，远比女人更有诱惑力。

在我骨子里，不喜欢男女之事也被安排。我认为，没有感情的性行为是兽性发作的使然。当然，我也有过那样的兽行。但那种交易，随着个人的成长逐渐远去。我认同，爱惜声名和羽翼是个人成熟的一条标志，并努力践行这一点。

酒店外面，月亮很好，空气也异常清新。我掏出手机看了看，依旧没有信号。在陶渊明眼里，这儿就是另一个桃花源，可这种几乎完全与世隔绝的环境让我却不大适应。我不习惯生活中没有网络，就像三爷不习惯身旁没有女人。

夜色笼罩下的小镇，悄无声息，静得只能听见自己心跳的声音。我不禁觉得惊诧起来，好像身处一个不真实的梦境中一样。在我的记忆中，七月是一个热闹的月份，蛙鸣、蝉叫会充斥整个夜晚。可这儿太安静了，安静得有些不真实。

酒店前面是一条横穿小镇的公路。借着月亮，依稀可以看到公路的尽头，是一片辽阔的水域。我大口呼吸了几口清新的空气，在月光下，沉思起来。

最近几年，我越来越忙了。除了工作，我的小说创作带来的事务，也让我无力以对。巡回签售、讲座，我像个明星，到处与读者互动，分享那点被重复了数次的创作体验。文学创作是私密的、个性的，我不知道我的分享于别人，有何意义，我像只棋子一样，被人安排着从这儿赶赴那儿。

我的情感问题却没得到任何纾解。正如记者所言：我并不缺少女读者，也有不少人曾明确地向我表达过爱意。然而，我这么个情感白痴，却总是能将所有的好意弄得一团糟。

就如今晚，但凡不是白痴，就不可能遭到丁璐的拒绝。毕竟，在来之前，她就已经完全做好了准备……

在这方面，我就像金有余，一句话就能将天聊死。

这还真是个令人沮丧的发现。

又点燃一支烟。我自嘲地笑了："如此星辰如此夜，为谁风露立中宵？我这也是闲得无聊了。"

再次站在走廊里，隔壁两个房间已经偃旗息鼓了。月亮静静

地照着大地，好像要极力为刚才看到的事保密一样。我微笑着摇
了摇头，伸手去开门，却发现将钥匙遗落在了房间里！

出来时，我只是一心想着离开，尽快将那场床戏抛到脑后，
并没注意，我一手拿烟，一手拿手机，钥匙在桌子上静静地躺
着，我却没拿。

我进来时，坐在柜台里面的女孩望了我一眼，便飞快地把注
意力又集中到桌面上，仿佛那里有让她关注的事。所以，当我乘
着那咔嗒咔嗒的电梯再次从楼上下来站在柜台前，用手轻轻地叩
响柜台时，她吃惊地望着我："你有什么事吗？"语气很不客
气，不过，她马上意识到了自己的身份，连忙更改道："对不
起，请问有什么可以帮到您的？"

"呃，那什么，"我慢慢地说着，眼睛瞟向了柜台里面的桌
子上一本书摊开着，我飞速看了一眼，笑道，"托马斯·曼的这
本《魔山》很多人都说不好读，太沉闷了，没想到，你却喜欢这
本书。"

女孩惊讶地看着我："您怎么知道这是《魔山》，你
看过？"

"如果只是一个舒舍夫人，或许无法判断是什么书，但再加
上一个约阿希姆，就很容易了。在文学作品中，不会存在两本不
同的书，却有两个相同的人物存在的。"

女孩扬了扬眉毛："我看未必，有些书中相同的人物，还不
止两三个呢。"

"当然，写同一事件的除外。"我补充道。

女孩这才点点头，表示赞同。"您也喜欢读书？"她说，
"我猜猜，您读的书应该不少吧。"

"读过一些。"我没说自己是一名作家。除非在特定情况下,我从不轻易说自己是作家。

女孩哦了一下,把摊开的书合起来,让我看到封面,正是托马斯·曼的《魔山》:"其实,读进去之后,这本书还是挺有意思的。"

我点点头。任何书都是如此,开卷有益。

我迅速打量一番女孩。她看起来很适合戴眼镜。因为在我看来,她戴眼镜的样子让人觉得舒服。或许因为书籍,我对她有了一种好感,同她说话,也有无限的柔情和耐心。

我静静地等她开口说话。我很希望听听,这样一个小镇上,一个民宿女孩对《魔山》的看法。但她嘴唇紧绷,什么话都没再说,也没表现出要说的意思。这让我多少有点儿失望。

她与许多酒店的女服务员一样,穿着一件洁白的短袖衬衫,下身在柜台内,无法看到。不过,我能猜得出来,一定是深蓝色的短裙,而脚上穿的,除了白色的短袜之外,还有一双平底布鞋。她的发型很短,但却修剪得整整齐齐的。一笑的时候,好看的牙齿如同广告一样露了出来。

"这个小镇很安静,"我决定暂缓回房间休息,无话找话道,"我刚才过来时,看到街道上人也很少。"

"越往后,人就会越少。"女孩平静地说,"几乎所有人都拥进大城里去了。"

"但在大城市里,呼吸不到如此清新的空气。"

"可谁又在乎这些呢。"

"你却留在了这里。"

"我?"女孩又一次笑了,"我这样的人,去大城市又能干什么？"

"老天爷既然让咱们来到这个世上，就一定会安排合适的事的，正所谓'天生我材必有用'。"

女孩抬头看了我一眼，或许意识到不该与客人谈论自己的事情，便一声不吭了。她把头又低下了，从桌子上拿起一支铅笔，百无聊赖地转动着。

我再讲下去，就会让人觉得另有企图了。我干咳一声道："那什么，我钥匙落在房间里了，麻烦你帮我开下门。"

"哪个房间？"

我报了房号。

"请问您的姓名？"

我告诉了她。

女孩在电脑上操作了一会儿，待查实我所说的房号与姓名相吻合，便从桌子抽屉里拿出一串钥匙。她走出柜台："我带您过去。"在前面走向电梯，我紧跟着她，走进电梯。

她用备用钥匙打开门之后，没等我说出感谢，便迅速地离开了，似乎柜台那儿片刻也不能离开人。我轻笑一声，什么也没说，走进了房间。

隔壁房间寂静无声。我对着墙壁笑笑，然后上床睡了。睡觉的时候，我没开空调。房间里，窗户大开，已十分凉爽。我随便搭了条毛巾被，没过多久，便沉沉地进入了梦乡。

黎明时分，我被蚊子咬醒了。打开灯，身上到处都是被叮咬后的红点与肿块，奇痒难耐。

时间已近凌晨五点，没必要躺下重睡了。

这些年来，除了特殊情况，我一般都会在晚上十一点钟上床休息，早上五点钟起床写作。早上，活跃的思维、充沛的精力，为我的创作增色不少。我所有的作品都是在这个时间段创作的。但这次出行，我没带电脑。我掏出烟，走上阳台，与星空下的山谷进行亲密接触。

天空呈灰白色，启明星亮得耀眼。站在阳台上，能够看到不远处的湖滨，水光闪烁不定，似乎在向我发来一连串的密码等我破译。一支烟抽完，我就像是破译了那水光的密码，换上泳衣，朝它奔去。

最初游泳，是身体需要。但时间一长，我喜欢上了这项运动。仔细想来，差不多也坚持四五年了，能轻松游完五公里。我向来又不愿错过每次游泳的机会。所以，这次出来，虽没带笔记本电脑，但泳衣却没忘带。

那是一个不大的湖。在深圳，这样的湖充其量只能算作水库。湖水干净，清凉，一进入湖水，那满身粘糊糊的汗，像遇到克星似的纷纷逃遁了。

月光轻柔，湖水明净，山谷幽静，我尽情舒展身姿，一口气游到了对岸的一个小岛上。我爬上小岛，伸开手脚，躺在岸边的石板上，丝毫不担心会有蛇虫之类的动物突袭。

我静静地躺在石板上，倾听草丛里偶尔响起的虫鸣。湖的周围，没有路灯，湖水吸收了一个晚上的月光，泛着白。

天空开始变白，早起的人在懒散地舒展筋骨。有人慢慢地朝湖边走来，模模糊糊的，看不清楚。我并不担心有人会过来打扰我，或制止我，依旧躺在那里，等待体力恢复后再游几圈。

那模糊的身影先在岸边伸展了几下肢体，接着，兀自捣鼓了一会儿什么，一阵悠扬的旋律便在湖滨之上响起。我微微笑了笑，躺在石块上一动未动。

我的脑海中，浮现出宋小诗洁白的肢体。

读高中时，她已经出落成大姑娘了。她身材匀称，四肢修长，每天晚上自习课结束之后，就会在校园的操场上跑步，风雨无阻。

那时，在诗歌创作上，我获得了还算满意的成绩，校园操场亦成为我经常闲逛的地方。我常在那里见到宋小诗。

最初，我以为她会像别的怕长胖的女生一样，跑步只是一时心血来潮，肯定坚持不了几天。可一直到了高中结束，她依然还在坚持，这让我吃惊不小。

高二下半学期，有一次我去省里，参加某刊物组织的夏令营，为期一周。临近结营时，我突然打定主意，便提前退营，要给她一个意外惊喜。那时，在她大胆亲昵的举动后，女生们对我死了心，我再也不是她们关注的焦点了。我对感情虽仍很迟钝，却忍不住要尽早将自己在省城的见闻一五一十地告诉她。回到学校，已是夜晚十点多了。我把行李往宿舍一扔，便紧急往操场跑去。在昏暗的灯光下，远远看到了她跑步的身影，我长舒一口气，竟莫名地感动起来。

操场在学校的两栋教学楼之间。

尽管那时的条件比较简陋，操场上的跑道也不是现在的塑胶跑道，但长度却很标准，每圈足足四百米。我站在教学楼的拐角处，默默地看着她，心里暗暗地为她计算跑步的圈数。

她似乎没注意到有人在看她，或者压根儿就不在乎自己会成为别人眼中的风景，只是沉浸于跑步之中，沉浸于她随身听里的音乐，专心致志地跑着。

她穿着一套紫色的运动套装，上身是短袖T恤，下身是不足五分的短裤。这种装束，现在再普通不过。可在二十世纪末期的内地，人们的思想还比较保守，女孩穿这种衣服出门，会被视为另类。

她并不在意这些。她常语气笃定地说："我爸买给我的衣服，一定是好的，我怎能因别人的眼光就不穿呢！"她并没想到，爸爸人在深圳，看法比内地人开明许多。

在昏暗的灯光下，她的四肢看起来比白天更加洁白，白得令人想入非非。站在教学楼的拐角处，我一边按捺怦怦乱跳的心脏，一边苦笑着喃喃自语："这小妮子，还真是任性得很呢！"

不过，令我吃惊的是，当宋小诗结束跑步时，我的计数到了二十二。二十二圈，意味着她一口气跑了将近九公里，还不包括我没来之前她已跑过的部分！

但最后，我没跳出来与她相见。我悄悄地走出校园，回到自己在校外租的房间。以往，我以为她坚持跑步，不过是为了在操场上更好地陪我，可现在我明白了，这个外表柔软的女孩子，内心却有着自己的坚守。

一直到高中结束，我都没给她讲过那晚发生的事。但有那么几次，我在梦中梦到了她。"这小妮子，真是个害人精呢，"醒来后，我摇头苦笑道，"真不知道，她依靠她的脚步跑进了多少男生梦中……"

我突然惊讶地坐了起来。

在这样一个安静的小镇，面对静谧的湖水，我怎会想起千里之外的宋小诗？过了很久，我才记起，是听到了那音乐的缘故。播放的那是什么音乐来着？我努力想啊想，没注意音乐早已中止。

"喂，说你呢！"一个声音在我身旁响起，"你是谁，怎么霸占了我的地盘？"

我看到眼前的水里，多了一个人。

此时，黎明的曙光，已跃过山峰，普照大地。水里是个女人，害羞似的，不敢将身子探出水面。我仔细一看，不禁乐了，是昨晚在酒店里读托马斯·曼的《魔山》的女孩。

她虽然没将身子探出水面，但透过水面，我还是看清了，她穿着一件浅蓝色连体泳衣。她没戴那副厚厚的玻璃瓶底儿眼镜，装在臂包里的手机已经停止了播放音乐。她皱着眉头，眯着眼睛，似乎努力将入侵者看个清楚。

"嘿，是你呀，民宿女孩！"我同她打招呼道，"需不需要我拉你上来？"

她犹豫了一下，大方地从水中出来了。她走近我面前，眉头皱着，将目光凝聚在一起，仔细地盯着我看了一会儿，做出恍然大悟的样子："方丁，大作家！"

"哦，"我愣了一下，没想到，她会识破我作家的身份，"你知道我？"

"原本不知道，"女孩回答道，"但看了您的名字，尤其是见到了您那卡通式的笑容，觉得有些熟悉，就上网搜了一下，果然不错，就是您。我读过您的书。"

"谢谢。不过，你说错了，我那笑容不是卡通，是帅气。"

"卡通式的帅气，"女孩调皮地回答，"这是美粉给您的评价。"

我再次笑了。这次，是发自肺腑的笑。我得承认，如此自然、舒服，没有心机地笑，许久都不曾有过了。我把身子往一边挪了一下，让她在身边坐下。

女孩毫不介意大半身体被我看到，说："昨晚见您时，我就该认出来的。我读过您好几本书，见过多次您的照片。"

"为何没认出来？"我问。

"原因就同现在一样。在您书中，满篇方言，极有特点。可现实中，您的普通话说得太好了。"

"现实中，方言会影响沟通嘛。"我解释，"尤其是在深圳那样的城市，所有人都是异乡人，讲家乡话更不合适了。"

"这倒也是。"

"你刚才说搜索，用什么搜的？"我问，"酒店里有网络？"

"那有什么稀奇的？现在是二十一世纪，有网络，不值得大惊小怪吧？"

"可我们的手机一点信号都没有呢。昨晚，我就注意到整个小镇都没信号。"

"这个问题，答案很简单。因为手机信号和网络，不是同一回事。"

我发觉，自己犯了个愚不可及的错误。手机没信号，并不代表着有线网络也不能用。我不好意思地笑了。

"您的普通话很标准，可为何写作却是通篇的家乡话呢？"女孩问。

"一名作家，应该用自己最熟悉的方式进行表达。而无论对哪种作家来讲，最熟悉的语言莫过于自己的母语，也就是家乡话了。"

"这倒也是。"

"你说我占了你地盘，你每天都来这里？"

"整个夏天，每天都来。"女孩说，"夏天之后，山里就会变冷，冷得吓人，就没办法来了。"

我再次毫无理由地想起了白蝴蝶，想起了她的坚守。

"每天都这么早？"

女孩点点头。"白天要上班，"她说，"虽说入住酒店的客人不是很多，但上班时基本走不开，因为谁也不知道什么时候会发生什么事。"

"民宿。"我纠正她。

她白了我一眼："那是酒店，你竟当成民宿。对了，你还叫我'民宿女孩'！"

"如你所愿。"我耸肩道，"是你们的家族生意吧？"

"你怎么知道？"她惊讶地问。

"观察。这样破落的地方，除非是自家生意，否则，你这么漂亮的女生不会留下的。"

"你说得对，那是家族生意。若依深圳标准，确实只是间民宿。"说着，她笑了。她不戴眼镜，笑起来很好看。

"你喜欢这工作？"

"但我喜欢看人，形形色色的人，看他们各种各样奇奇怪怪的举动。"

"哦，讲给我听听？"

"比如，有的人有洁癖，要当着他的面把房间清理数遍，他才满意。非但如此，等你走之后，他还要亲自再清理一遍，这才算完。而有些人非要把房间弄得乱七八糟的，才住得舒服。这样的人，保准进去不到五分钟，房间就会乱得像猪窝一样。"

"的确够怪。"

"还有一种人，对隐私特别注意。一进房间，保证把每一个角落都查找一遍，唯恐酒店里会安装有针孔摄像头，会窥探到他的隐私。"

"那么，你们客房里有这种摄像头吗？"

"怎可能会有！"女孩大声地说，好像我这个问题很不可思议，"我们毕竟是打开门来做生意的，安装了那玩意儿，谁还会入住呀。"

"的确如此。"

"您怎么起这么早？"她转变了话题，"昨晚您睡得很晚呢。"

我把房间里发生的事，讲了一遍，对隔壁的床戏，也没隐瞒。她听了之后，笑说："您还真是一个怪人。您朋友给您找女人，您不要，却一个人跑出去烦恼。"

"男女间那点事，如果还要经人安排，总感觉像是去嫖。"

"你去嫖过？"

谈到这个话题，她对我的称呼，由"您"变为"你"。

"实话实说，去过。"

"你还真老实。"女孩眼望湖滨对面。此时天已大亮，对面湖滨已有人在那儿锻炼身体了。"是不是每个男人都喜欢去那种地方？花天酒地、吃喝嫖赌，好像是男人的本性。"她继续道。

"说实话，我真不清楚。我去的次数极少，都是不可推托的应酬才去。”

　　“你没必要向我解释。”她把目光收回来，放到我脸上，“说你奇怪还真不假，即使你经常去那种地方，对我来说，又有什么呢？我们这儿的人常说一句话：不要对陌生人撒谎。你没必要这样做。”

　　我苦笑道：“我说的就是实话，我从来都没撒过谎。”

　　“就你这句话，肯定就是谎言。”

第九章　小镇女孩

女孩站起来，大大地舒展了一下腰肢。

她身材不错，皮肤白净。看着她，我又想起了宋小诗，她的皮肤也是如此洁白。尤其是夏季，她穿着运动短裤，修长洁白的大腿便整个儿都露出来了。

"喂，你看够了没有？"女孩冲我喊道。

我一愣，这才回过神来。刚才思绪飘飞，眼睛却没从她身上移开，难怪她会误会。我嘿嘿笑道："窈窕淑女，君子好逑。谁让你身材这么迷人呢！"

她脸一红："你们男人都一样，都是这么色眯眯的！"

"我这是欣赏。欣赏！"

她把头扭了过去，对我的话未置可否。"天亮了，我要回去了。你走不走？"她问。

我也站了起来："我也该回去了，洗个澡，换件衣服，也该出发了。"

"出发？"她收住正要迈出去的脚步，"这么早就要走？急着赶路？"

"是的。"我回答，"我们这次出来，是旅行，完全放松地玩。这个小镇，只是途经。恰好三爷有个红颜，住在这儿，所以就在这里休息一夜。对了，昨晚，我们一起来的那三个女人中，年长的那个是三爷的红颜。"

"我又没看到，谁知她长什么样！"她小声嘟囔道，眼睛骨碌碌地转着。但马上，一种失望的神情便从中溢出。

我猜到了她心中所想，鬼迷心窍地自作主张道："如果你有空，欢迎你加入我们。"

"是真的吗？"她再次确认，"我真可以加入你们？"

"有何不可？"我说，"只要你信得过我。"

"信，相信得很呢。"她边点头，边说，"你长得帅，心肠好，这样的男人，谁都相信。"

我笑了。事后想来，邀她同行是我下意识产生的念头。当我意识到，这接下来几天的旅程，还得面对三爷的一次次未知的安排，我心中产生了一种恐慌。我担心昨晚的事情会再次上演，在一次次演砸的同时，我心底尘封的那份美好会被损耗殆尽。

"当然，还有一点。"我神情庄重地对女孩说。我看到她的脸色蓦地变了，知道她误解我了，连忙道："你得能从酒店工作中脱身出来。毕竟，要玩好几天呢。"

"这个简单。"女孩马上兴奋起来，"只要我与父亲说一声就行。"说着，她走到湖边，"我现在就回去收拾东西。你要说话算数，不能偷偷溜跑噢。"

"放心，不会的。"我答道。我们就是想溜，也得能溜得走呀。办理退房，你能会不知道？

"对了，我姓舒，叫舒离。"说完，她纵身跳进湖里，以优美的游姿飞快地朝湖中间游去。但没游多远，她又回来了，"还有一句话，我忘记对你说了。"

"什么？"

"祝你生日快乐！"说完，她嫣然一笑，开始游向对岸。

望着她的背影，我愣了很久。今天是我的生日，三爷特地策划了这次出行，但他无论如何也想不到，这句"生日快乐"会被一个女孩抢先对我说了！

这令我有点儿感动。我一直以为，经历过许许多多多的事，我已不易感动了。但这个才见过一面的女孩，却用一句话让我破了防。

不过，这是个好玩的女孩。我对自己说。一共才见过两面，说过几句话，便心甘情愿跟我走。心细而又胆大。

我想，接下来的旅程应该会更值得期待。

八点钟，我走出酒店时，金有余已将车开了过来，三爷站在车旁抽烟。

由于早上游了几圈泳，回来后又洗了个澡，我精神抖擞，神清气爽。我拿着手机，站在路旁，不停地把酒店周围的景致拍摄下来，好像这儿的一花一草都是人间罕见的美景。

三爷和金有余笑话我，精力旺盛得无处释放了。我回敬他们："我可是休整了一整夜呢！可不像你们，折腾半宿。"接着，我又说："那仨美女呢？怎么不见她们？"

"她们天一亮就离开了。"三爷语气平淡地说。

"还是三爷本领大，招之则来，挥之则去！"

"那是肯定的。"三爷大大咧咧地说，"连这点都做不到，还当什么情感大师？"

"我不敢想象，你这种态度，竟然还有女人主动献身！"

"嘘，小点声，"三爷说，"这只是咱们兄弟随便说说，要是真让她们听到，可就不好了。"

我歪着头笑了。

我将目光看向金有余，好奇地说："你真打算将蔡诗诗带去深圳？"

"金哥我从不说谎骗人。"

"可到了深圳后，你准备安排她做什么呢？"我又问。

"帮她找份工作应该还不成问题。"金有余说，"至少，我相信自己能办到。"

我微微摇了摇头。看来，他把蔡诗诗的要求看简单了。但我并没有指出这一点，我相信，当他无力解决这个难题时，三爷会伸出援手。

我刚刚将烟点着，舒离走了出来。只见她身穿运动短装，脚蹬登山鞋，背着运动背包，完全一副驴友打扮。她把这次出行太当真了。由此可以看出，她在这里的生活多么贫瘠无聊。难怪邀她同行，她那么迅速就答应了。

我觉得，对她的理解又增深了一层。

出了酒店，她先是四下环视一圈，直到看到我站在越野车旁抽烟，脸上的笑容才绽放开来。她快步走了过来。

我赶紧向三爷及金有余介绍："这位是舒离小姐，想跟咱们一起走走。"接着，我给舒离介绍我的同伴："这是郭总，我们都叫他'三爷'，这位是金总。"

舒离与他们彼此问了好，然后，一起上了车。

三爷主动坐在了副驾驶位上，舒离和我并排坐在后面。在上车时，舒离用甜美的声音告诉他，她是我的忠实读者。三爷看着我，意味深长地笑了。

"读了《魔山》，你对其中的人物有何印象？"我开口与她谈起来，"比如，'两个全都'的女人，就是她俩儿子都死了的那个墨西哥女人，你是否认为，如果她被称为'舒舍夫人'更合适？"

"我没这感觉。你为什么这样认为？"舒离把目光移到我脸上，玻璃瓶底儿下的眸子凝视着我。

"她是舒舍夫人嘛，这个名字取得很有意思，"我说，"你想啊，舒舍这两个字有什么不同？"

"少了个'子'（予）字。"舒离脱口而出道。

"是啊，所以，两个儿子全都得病死了，这不就是没有了'子'吗？所以，我认为，应称她为舒舍夫人，会更加合适些。"

舒离笑了："你这是按照汉字来解释，可这本书的作者，托马斯·曼，是地道的德国人，说不定连汉语都不懂呢。"

"谁说不是呢，"我笑道，"如果是中国作家来写这本书，舒舍夫人，就一定是那个'两个全都'，中国作家向来讲究名称本身所蕴含的意义。"

"这未必是好事，"舒离说，"有不少作家喜欢把所有的东西都写出来，好像不交代清楚，读者就不能理解。他们往往忽略了读者的智慧。"

"还好，我不大喜欢啰唆。"

舒离尴尬地扭了扭身子："我说的，自然不包括你。你的作品畅销，本身就说明了你对文字的把控力。我读过你几本书，都值得称赞。不过，说实话，我更喜欢你作品中的那些短诗，每一首诗都很精彩。"

"这你就有所不知了吧，"三爷从前面扭过头来，对舒离说，"丁哥在没写小说之前，就是很优秀的诗人。他的诗歌，非常受女读者欢迎。"

说完，他意味深长地笑了。舒离也笑了，不过，脸再次红了起来。就好像是微波炉，只要被人扭动开关，马上就会红起来。

就在这时，我的手机响了起来。

号码似曾相识，但显示的却是陌生号码。我本不想接，可对方像是有什么重要的事，执着地打来一次又一次。

我小声咕哝道："别是诈骗电话吧？"

"那正好！"三爷说，"咱们这会儿都闲。你开免提，调侃一下他。"

我没那么做。我隐约觉得，这个电话非常重要。于是，我摁下接听键，把手机放到了耳旁，说："你好，我是方丁。"

"呃——你好。"话筒里传来一个女人的声音。有些慌乱，好像压根儿就没想到，我会在电话里问好。愣了一会儿，她赶紧说："是我。"

声音听起来耳熟，满满的豫东平原口音，可我想不起来她是谁。因为，在我印象中，曾经联系过的人，我都存在了手机通讯录中。但这个号码不在其中。

"这么久不接电话，有事在忙？"她用普通话小心地问。

"啊，不，不是，"我迟疑了一下，犹豫着问，"很抱歉，请问，您是哪位？"

这些年，因手机普及，个人信息被严重泄露，"我是你领导""猜猜我是谁"，这样的诈骗电话，层出不穷。所以，我下意识想到是否遇到了骗子。可对方的声音，的确又似曾相识。

"是我，宋小诗。"她说出这个名字之后，沉默了下来。

我愣住了。怎么都没想到，会是她打来的。

我眼前又浮现出那个头扎白色蝴蝶结的女孩："大家好，我叫宋小诗……"她用流利的普通话介绍完自己，露出两颗小虎牙。就是那两颗小虎牙，以及她的自信和机灵，天真无邪的微笑，在我心里留下了难以磨灭的印象。

我摇头苦苦地笑了。

这人啊，还真禁不住想念。不管相距多么遥远，也不管多久没联系，只要你一旦想起，对方总会马上出现，或者就如现在，打来电话，让你措手不及。

时间在沉默中过去。不知过了多久，宋小诗说："你没存我手机号？"

"啊，是你！这我没想到。"我支吾道。

自方昆告诉我，她答应做他女朋友，我便有意将她和她的手机号码一起封存。时隔多年，那串熟悉的号码也真就有点熟悉而已。我深吸一口气："对不起，我换手机，许多号码都丢失了。你找我，有事？"

她先是轻叹一声："你的声音，没变，就连说话也还是满口家乡味。"她的话，听起来很轻松，完全不像遇到什么难题。我悬着的心慢慢放松下来，嘿嘿笑了两声，什么也没说。"但你就这么不待见我？不说给我打电话，连我打电话给你，也不行？"她继续道。

"没，没有，我没那样说过。"

听筒里传来她咯咯咯的笑声，如银铃一样悦耳。她说："你还是以前那个样子，一紧张就会结巴。”

"没，没有。"突然，我也笑了，有什么好紧张呢？对我来说，她已经变成回忆，一个遥远的回忆，"我才不紧张呢。"这样想着，我的语调也变得轻快了许多，"对了，你还没说，你找我有什么事？"

"好像没事就不能找你！"

她又叹息了一声。这声叹息，让我的心不由得为之一紧。但我努力不让自己对此发表意见。我静静地等她继续说下去。过了一会儿，她才再次开口："你还在深圳吧？有没有到处乱跑？"

"是的，还在深圳。"我如实答道，"在京城待了一个多月，刚回来，下个月还要过去。"

"去京城？那要经过咱们这里呀，不回来看看？"

"不，不了。"我回答道，"我搭飞机，从深圳直飞京城。事情比较多，时间也很有限。至于回家，以后有机会再说吧。"

她再次沉默了。我早已经习惯了她的沉默。自认识她开始，她就常常无缘由地陷入沉默，而每当这个时候，我也只好什么话都不说，静静地陪伴着她。不过，那已是二十多年前的事了，如今想来，我们也有那么久没见了。

"那你下星期会在深圳吗？"

好像过了很久，她才突然开口说话。这把我吓了一跳。我的思绪刚才不知飞往哪儿了，一时之间竟忘记了还在与她通话。

"什……什么？"我再次结巴起来，"你刚才说……说的是什么？"

她轻叹一声，把刚才的话重复了一遍。

"下星期？"我抬头看了一眼三爷，他点点头，我回答道，

"下星期会回来。我现在外出，昨天才刚离开深圳，要一礼拜左右。"

"我知道，朝圣嘛，你还真是个大忙人。"宋小诗说，"到时候，我给你电话。"

"可你还没说是什么事呢！"我大声喊道，可这时，听筒里传来了清晰的电话盲音，她已挂断电话。

我不知道她为何会突然打来电话，她什么都没说就挂了电话。这么多年了，还是如以前一样，由着自己的性子，做什么事都凭一时心血，而从不顾虑会给别人带来什么影响。还有，她怎么知道朝圣？难不成，也如丁璐一样在网上看到了我的行程？

我突然烦躁起来。

三爷从前排回过头来，直盯着我，盯得我毛骨悚然。"是女人吧？"他问。

"不，哦，是的。"

"我要向你道歉。"

"道歉？为什么？"我愣住了，不知道他是什么意思。

"这些年，我一直以为，你是心未定才不想结婚。现在我知道错了，"他拍了一下金有余的肩膀，"有余，咱们都错了，丁哥并不是咱们所认为的那种人。"

"什么错了，哪种人？"金有余从后视镜看了我一眼，满是疑惑。

"我问你，"三爷长吸一口烟，"一个男人，被一个女人弄得神魂颠倒，连说话也结结巴巴的，说明了什么？"

"说明这个女人太厉害了，男人怕她。"金有余说。

三爷又说："我再问你，如果他们很多年没见面了呢？为了这个女人，男人身边从来都不缺少漂亮女子，但从未动心，一直单身呢？"

"那说明，这女人是这男人心底的痛，或是深爱的那个人。"

"你这次总算开窍了。"三爷说着，像抚摸孩子似的，轻轻地拍了拍金有余的后脑勺。

"你们这一唱一和的，胡扯什么呢？"我无力地回应道，"再拿我开涮，我真生气了！"

"开涮？怎么可能！"三爷暧昧地说，"是你的样子出卖了你。刚才，接那个电话时，你的表现很喜怒无常。一个男人，只会被心爱的女人搞成这样。怎么样，我没说错吧？刚才打电话给你的，是不是你以前的情人？"

"不，不是。"我连忙否认，"只是一个朋友。"

"朋友？"三爷不以为然地说，"男女间谈友情？狗屁！不过是没能得到对方，自我安慰和自我欺骗的说法而已。"

我在心底沉沉地叹了口气。

尽管不愿承认那个令我心痛的事实，可也不想，也不能引起误会。我只好用一种无动于衷的语气说："别胡说了，她是我嫂子，亲嫂子。"

三爷盯着我望了很久。"哦，是这样呀！"他说，"那是我弄错了，抱歉得很。下周，等咱们回到深圳，我宴请你们，也好当面向你嫂子道歉。"

"那倒不用。"

说罢，我扭头朝身旁看了看，舒离好像故意不去探究我的隐私，此时，已头靠车窗，沉入了睡乡。

我深吸一口气，胸口被揪得发紧。我怎么都没想到，这个远在家乡的白蝴蝶，只是轻轻掀动翅膀，就会掀起一场轩然大波。

或许，是因为三爷不断抽烟，车内沉闷得出不来气。我打开车窗，一股热气从外面袭来。金有余连忙叫着"别，别"，用总控制开关将车窗又关上了。接下来，有很长时间，我们都没再开口说话。

太阳慢慢爬上天空，把越来越多的炎热洒向世间。

今天，是火星大冲日。炎热将达今年极致。今天，还是我第三个本命年生日。我默默地想，她却不记得了。她应该记得的，因为这个日子，对方昆也是一样。公路上，白晃晃一片，只盯着前方望一会儿，我的眼睛便开始模糊。

越野车飞速向前奔行。我使劲摇了摇头，但大脑一片空白，如多年前被班主任惩罚时一样，我找不到一个合适的字词来打破让人窒息的沉闷。

公路两旁的村庄，稀稀疏疏，像是棋盘上的残局，只剩几个溃不成军的棋子。

此时，越野车已离开高速公路，正沿一条两车道的柏油路往山中行驶。路旁的红色陡崖坡，让我意识到这里已属于丹霞地貌，看来，离目的地不远了。我靠在椅背上，看车辆在盘山道不停地绕圈。

这是一种十分熟悉的感觉。我想到了多年前游历时，也曾有一次，乘车在盘山公路上行驶了很久。那一次，我的身旁，也如现在一样，有个可爱的女孩。她是潘帅，另一个让我心头发紧的人。

时间已近正午，整条公路上连车辆都很少见。路边的村庄，也不知在什么时间消失得无影无踪了。山里寂静无声，只有坐在前面副驾驶位上的三爷，嘴里不停地发出吧嗒吧嗒咀嚼槟榔的声音。

"今天，咱们出发得早，一路上又畅通无阻，照这样下去，很快就抵达金山寺脚下了。"三爷头也未回，兀自望着前方，突然说。

哦。我轻轻应答一声。侧脸看到舒离还沉浸在梦乡，呼吸匀称，偶尔还咂巴一下嘴。她什么时间开始睡着的？我不知道。很显然，我的思绪飞走的时间有点长。

我总是这样，思绪一旦飞走，便对身旁的事浑然不知。

我突然意识到，当年，与白蝴蝶一起从录像厅里出来时，若我没有沉浸在星爷所构筑的世界中，而是认真体味她的话，或许，她就不会说出那句"方丁，你什么都不懂"了。

但现在，还想这些，有何意义呢？

无论承认与否，她都不再是当年的白蝴蝶。她成了我的大嫂，我的亲人。

三爷说：当爱情转变为亲情，爱情便已变了味。我和白蝴蝶，算得了爱情吗？懵懂少年，懂得什么是爱情吗？既然连爱情都算不上，为何我还要如此耿耿于怀呢？更何况，她已经成为我的亲人！

潘帅说："方丁，你就是个情感白痴。"如今看来，确实如此。我白痴的时间太过漫长了，直至如今，还未能从那段少年的冲动中走出来。

三爷说：爱情，譬如朝露，要及时把握。我又怎能浪费那么多时间，活在无意义的追忆之中？

我将目光不自觉地看向了舒离。不得不说，这个细心而胆大的女孩，乍一看，并不漂亮。但青春阳光，为她增色不少。

三爷没像对别的女人那样对她。否则，她根本不会有机会独自酣然入睡。三爷对付女人的本领，我见识过，能用三言两语把各种各样的女人逗得喜笑颜开，花枝乱颤。与他在一起，女人从来不会感觉沉闷，更不会因为无聊而睡着。

"谢谢你，三爷。"我不由自主地说。

"客气个什么！"三爷头也未回，但似乎很清楚我心中所想。

"方丁，你不错，"金有余头也未回，神情专注地把持着方向盘，"欺骗女孩子很有一手。这么清纯的少女，就被你骗到了。"

"怎能说是欺骗呢？对待读者，我向来真心。"我说，"她是感受到了我的认真，才会放心大胆地跟咱们走。"

"这确实是个不错的切入点。"三爷说，"你最大的问题，是一涉及情感话题就惊慌失措，不知所言。或许，你真的可以与舒离试试，开始交往。"

"现在，说那些还为时过早。"我说，"况且，与她在一起，我感到很放松，我不想破坏这种感觉。所以，暂时，我不想去考虑那个问题。"

"这是对的，可以试试。"三爷说，"有余，丁哥的这种态度，值得你学习。对女人，一定要有充分的尊重。只有这样，你才能有机会得到她的赏识。任何一段感情的建立，都是从赏识或者好感开始的。"

"葡萄牙诗人希尔·维森特说过：寻情逐爱，犹如一场高傲的围猎。"金有余说，"我既不像丁哥那样，文采飞扬，帅气逼人，又不像三爷你这般，口吐莲花，腰缠万贯。我只是个普通而不起眼的临时工，什么样的女人会赏识我呢？人贵有自知之明，我知道，自己没那么大能耐到处让女人赏识。"

我惊讶异常："你这张口就是希尔·维森特，还不够文采飞扬？认识你这么多年，我还第一次见识到，你对外国文学是如此娴熟！"

三爷说："你难道忘记了，他大学是新闻传媒专业？如果我没说错，文学应该是该专业里的必修课吧。"

我点点头。金有余这才是"深藏不露"呢！

"不过，你刚才的话，我还是要严厉批评你的。你那是错得离谱的想法。"三爷对金有余说，"咱们谁也不是生来如此。我这些年，哪一点儿你不清楚？哪一件事，甚至这几位红颜，你哪一位不认识？你很清楚。就算我一无所有，口袋空空，她们仍愿意为我付出。这不是能力问题，是态度。态度你明白吗？"三爷叹息一声，"给你说这些有屁用。这些年，但凡你想清楚了这一点，也不至于总是一句话就将天聊死了。"

一句话就能将天聊死，也可能是话术所致。但在金有余这里，显然并非如此。作为一名资深公文写作者，他为领导写过的讲话材料不计其数，深谙话术之道。只是，他不愿使用。

我想起昨天还塞在合水街道时，他对我说过的奉承话。虽让人肉麻，但至少说明，他会说。可见，三爷说他是态度问题，可谓一针见血。

金有余嘿嘿笑了。"跟着三爷你，我还费那个劲，改变什么呢？"他又恢复往常那副口吻，"你总是会对我伸出援手的，不是吗？"

"你呀，真不知该怎么说你了。"三爷无奈地摇了摇头。

"这正是跟着三爷幸福多！"金有余无赖似的说。

我的心头，突然涌现一阵恐慌。事后，当我回忆起这阵恐慌时，我意识到，若我就此叫停，我们即刻原路返回，或许，后面这一系列不可控的事就不会发生。遗憾的是，此刻，我只是被恐慌所扰，并不知道它预警的意图。

"不过，实话实说，每个人都有自己为人处世的方法，"三爷又说，"与女人在一起，亦是如此。只不过，有些方法，更行之有效。但我想，不管哪种方法，尊重都要放第一位，也不管你交往的对象是什么人。比如你是领导，天天对下属呼来喝去的，下属会用心给你干事吗？肯定不会。表面上对你唯唯诺诺，但心底说不定早已把你的家人都问候一遍了。"

"三爷，这个话题有点扯远了，"金有余说，"你给我说过，闲谈莫论人非，怎么你今天却论起是非来了？"

"我只是举例。"三爷说，"越是卑微、不起眼的人物，越不能忽视，越要对其尊重。当你能做到这一点，无论对谁，你都会尊重了。那样，你就具备成功的第一个因素了。"

"接下来呢？"金有余态度虔诚地问，好像一个聆听老师教诲的学生。

"用心。"三爷掷地有声地说，"在一些成功学里面，这也常被称为'方法'，但我认为，'用心'二字更恰当。尊重是前提，但为了让自己的尊重使对方有所感应，就要花点心思，想些办法了。这就好比是做生意，谁愿意投资之后，却得不到任何回报，甚至连投资的部分也亏损得一塌糊涂？要想不这样，肯定得在投资之前花点心思在项目筛选上。在投资之后，多花点心思在项目的运营及维护上。这就是所谓的用心。"

我不自觉地点了点头。

"但话又说回来，你上辈子烧了高香，成为有利的弟弟。"三爷说，"生活、事业，我能尽所能帮你。不过，天下无不散之筵席，咱们早晚还是会分……"

"干吗要分？为了我终身的幸福，我也得像苍蝇那样坚守地围在你身边。"金有余连忙表忠心道。

"你当我是有缝的蛋呀！"三爷在他后脑勺打了一下，不过，这次是轻轻的，没用力。

金有余笑了，没说什么，嘴角微微上翘，浮现出一种轻易不被发现的笑意。

车里的空调关掉了。打开车窗，缕缕凉风吹进来，吹乱了舒离的短发。从窗口望出去，能看到山里云环雾绕。山上长满又高又大的树木，青翠的叶子把山下覆盖得严严实实的。看着这些，我的脑海里又浮现出方昆的身影，仿佛体会到了那些被大树遮天蔽日的杂草的痛苦呼唤。

大树底下好乘凉。面对遮天蔽日的大树，恐怕也有人感觉痛苦吧。

在过去二三十年里，我常想，难道因为方昆比我早出生一个小时，我就得处处受他影响？在这种不甘心的思绪下，我让自己不停忙碌，唯有这样，才能更加优秀，才能把方昆远远地抛在身后。可事实上，这些年，除了偶尔逢年过节的问候电话或短信，我俩几乎都没怎么说过话，更没见过面。

一想起方昆，我就痛苦难受。我使劲摇了摇脑袋，想把他从脑海里驱走。我把目光转向舒离身上，有件事干着，就不会再想起方昆了。

我安静地凝望了一会儿这张熟睡的脸庞。这张脸，还没经过社会浸淫，乍一看，没有眼前一亮的外貌，但若摘掉那厚厚的近视镜，五官却很精致，恰到好处地各守其位。

"或许，这样的女子才适合过日子呢！"

我暗暗地想着。可紧接着，马上又摇了摇头。这还是个小女生，我又怎能有非分之想？不，不行，绝对不行！

"你是不是抽风了？"三爷眼望着后视镜，问我。

"这天，怎么有一种闷燥的感觉？"

我赶紧胡乱找个理由。但这理由太烂了，因为，吹来的风是那么凉爽宜人。

"丁哥，太不会说谎了。"三爷转过身子，面向后面。他抽出两支烟，递给我一支，我们点燃了。他吸了一口，又问道："是不是想起女人了？"

"你胡扯什么呢？"

"你脸上都写着呢。"三爷说，"方丁，"他直呼我的名字时，往往意味着有重要的事与我谈，我赶紧把耳朵侧了过来，"听三爷一句话，有些人，有些事，该放下就要放下。"

我辩解道："任何事，我都能拿得起，放得下。"

三爷认真地看着我说："恰恰相反。你是拿得起，放不下。我不知道，在情感上发生过什么，但把一个人记在心底十几年，也足够了。"

见我又想辩驳，他摇摇手，制止了我。

"听三爷的话，该放手时要放手。李正说，让我想办法将你带上情感的道儿。我现在行动，晚了十五年，但终归行动了，你也得动起来啊——"

三爷朝熟睡的舒离，努了努嘴，对我说："这个女孩，就适合过日子。"

"你又胡扯了，"我说，"我说过好多次了，我和她今早才认识。"

"我知道。"三爷说，"但那并不影响你们继续发展下去。"

我耸了耸肩，表示无话可说。

三爷说："我见过太多女人，敢肯定地对你说，她适合过日子，更适合你。"

我有些哭笑不得了，第一次注意，她的性格，既有蔡诗诗的矜持安静，又有丁璐的调皮主动，难怪三爷说，她肯定适合我……

正看着，我突然发现，她闭着的眼皮下，眼珠骨碌碌地转了几圈，看来，她已经醒了，只是听我们在谈论她，没好意思睁眼罢了。

我觉得脸发起烫来。虽不知道我的家乡话她能听懂多少，但还是有种做坏事被抓现行的感觉。我干咳两声，结束了话题。

金有余突然开口："午饭是在山下面吃，还是到寺里再吃？马上就要到了。"

"哦，到了？"舒离大大地打了一个呵欠，扭头向窗外望去，"看来，我这一路睡了好久啊。"

三爷坐好身子，面向前方，对金有余说："在山下吃，吃完再上山。今天这个大日子，香客会很多。"

金有余点头："不管什么时候，迷信的人永不见少。"

"迷信和信仰，得区分开。"三爷说，"文明度越高的国家，越倡导信仰引领。寺庙是宗教活动场所，来这里的人，还是以信仰为主。"

"我不这么认为。"金有余竟罕见地发表起自己的观点来，"若非为了迷信，人们也不会一窝蜂地在这个日子拥进寺庙里来。"

三爷呵呵笑了笑，拍了拍金有余的肩膀，没说话。这让金有余，突然不安起来。"我说错了吗？"他问道。

"没有。"三爷笑道，"你忽略了另外一件事。"

"什么事？"

"金光寺的地理位置。"

我没来过这里，不清楚三爷所说的地理位置有何深意。就在这时，舒离突然开口道："前面那就是金光寺？"她语气兴奋起来，用力扯了扯我的衣服，"快看，那上空有一尊佛像，在天空中！"

第十章　故人

天上有佛像？我笑着摇了摇头，感觉她有些夸张了。天空上面，怎么可能会有佛像？

我的身子向她靠过来，顺着她手指的方向望去。果然，在一座云蒸霞蔚的山峰上空，一座大佛腾空而起。在阳光照耀下，那大佛金光闪闪，真如佛祖显灵。

"乖乖，"我惊呼道，"真有佛像！我去过很多景点，其中不乏佛教圣地，能看到佛光的地方也只有几座名山大川。那还是因为山峰较高，在阴沉天气时，阳光照在云雾表面，经过衍射和漫反射作用形成的一种'日晕'现象。可这座山不高，现在又阳光明媚，却出现这种佛光普照，也太罕见、太神奇了吧！"

"这就是我刚才所说的金光寺的地理位置，很特别。"三爷解释道，"尽管如此，也并非每个人都能见到此种景象。用佛家的话来说，有佛缘的人才能见到这种佛光普照的景象。"

"我明白了，为何你会投资这里。"我冲三爷伸出大拇指。

"这个景，值得你方大主编来一趟吧？"三爷笑道。

方大主编。三爷不经意地提及了我的职业身份。我顿时明了："值得。"

越野车靠路边停了。金有余从后备厢里拿出一台专业的单反相机。我接过相机，不停地从多种角度，将这奇异的景象尽数拍了下来。

"回头，我策划个专题，好好介绍下这里。"边拍摄，我边对三爷说，"届时，你再组织些专家及资深游客就此展开讨论。尤其在这种雾霾严重的情况下，这里不仅空气清新，还佛光普照。一定会引来更多关注。"

"我就说嘛，邀请你来，一定会有意想不到的回报！"三爷笑道。

看着手中的专业相机，我笑了。三爷口口声声说是"我的大日子"，要带我经历一场"爱的朝圣"，踏上"情感之道"，原来也有所图。我猜想，在山上，朝圣仪式肯定也不简单……

一口气拍了一百多张照片，我才收起相机，将其放回后备厢。这里，凉风习习，吹在身上很是惬意。我们没急着赶路，站在路旁，点了一支烟。

"如果我没猜错，金光寺也是观看火星大冲最好的位置吧？"我问三爷。

"不错。"三爷点头笑了，"方圆百余公里内，再也没有比这更合适的位置了。"

"看来，在投资这里之前，你做了非常充分的调查。"

"我一向都说，我取得的每一点成绩绝非仅靠运气。"

我信服地点了点头。这话在我们第一次见面的酒席上他就说过。当时，我还认为，他只是个爱吹牛的家伙。

"三爷，"金有余先看了一眼舒离，才接着往下说，"那个……你同追姐讲了吗？"他说话吞吞吐吐的，好像在说一件的很令人难为情的事。

"什么那个？那个是哪个？"

"三爷你又拿我开心了，"金有余顾左右而言他，"山上，清汤寡水的，对我这种一日不可无肉的人来说，的确是非常大的挑战。不过，坚持坚持也能过去。可如果没有……"说到这里，他嘿嘿地笑了一会儿，"三爷，你最懂我了……"

"我知道，你好吃，一日不可无肉。"三爷说，"你放心，虽是山上，但别院与寺庙是分开的，那里是可以喝酒吃肉的。我已告诉追姐，准备了足够的肉食……"

"不，不，"金有余赶紧摇手，"我的确好吃，无肉不欢，但这次，我说的不是那个意思。"

"那是什么意思？"三爷故意装作糊涂。

"是……"金有余又看了看舒离，她也一脸好奇地望着他，他的脸红得像是一块红布，"唉，不说了。"他扭头朝车上走去，接着，传来了发动机启动的声音。

三爷朝我使了个眼色。上车之后，他说："有余，你这是怎么了？说话吞吞吐吐的，完全不像你！你不把话说明白，我也不知道你到底想让我干什么呀。"

"你不知道？每个人都知道！"金有余开动车辆，嘟囔着说。

"每个人都知道？"三爷脸上露出夸张的表情，他转向后面，问我，"丁哥，你知道有余说的是什么事吗？"

"我也不知道呢！"我伸开双手，做了个浑然不知的动作。

"你们呀，都太坏了！"金有余脸涨得通红，愤愤不平地说。

这时，就连舒离也明白了我们所谈，问："是不是你们男人在一起就只会讨论这种事？也太无聊了。"或许，她发觉自己说得太露骨了，补充道："你们之间，应该有更重要的事谈论才对，毕竟，你们都是大人物！"

金有余假装愠怒道："就是，你们两个太无聊了！男女间那点事儿，还得让我直白地说出来，可恶！"

"你那点事，还用得到挂在嘴上？"三爷不以为意地说，"现在，我与舒离小姐谈话，你就别乱掺和了。"他把身子侧过来，面向后方，"舒离小姐的话，我可不敢苟同。"

见他如此郑重其事地驳斥自己，舒离一下子又脸红起来。

"什么话？"她小声地问，没了底气，好像唯恐自己说错了什么。

"我们谈论的事。"三爷说，"其实，男女之事才是真正重要的事。"

舒离刚想说"谬论"，三爷制止了她："冲冠一怒为红颜，历史上，这种事不在少数。明末，吴三桂引清军入关，是为此。古希腊，持续十年的特洛伊战争，也是为此。你能说，这事不重要？"

对三爷的话，舒离没说什么，更没表示出赞同还是反对。她只是微微笑了笑，目光又看向窗外的那佛像似的云朵。

三爷永远清楚，什么时候叫停，也没再继续下去。他说："那佛光可不常见。据说，非常灵验，尤其是男女婚配方面。我听贾大师说，几乎每天都有因此来烧香或还愿的人。等到了山上，舒离小姐不妨许一个愿，说不定立马就灵验了呢。"

"那好呀，"舒离回答，"到山上，我就许个愿。"

正说着，越野车在一个青砖小院前停住了。

"午饭，咱们就在这里吃，吃完后上山。"三爷说着，下了车。我们跟着也下了车。只见这小院干净别致，颇有古建筑的韵味。

"这是仿明清时期的建筑，"三爷介绍道，"是我提的建议。"接着，像害怕我们不相信他的话似的，补充道，"多年前，当地政府在规划打造这个旅游区的时候，我也参与了。"

"哦，"这一点，令我意外，"一直都没听你说过。"

"我是作为投资方被邀参与其中的。"三爷说，"丁哥，初来时，你问我，为何涉足自己不熟悉的领域。其实，也并非完全不熟悉。我做装修工程那么多年，对地产市场还是有一定了解的，更清楚，如何将一个项目做得更有特点，更具吸引力——"

我若有所思道："怪不得，你突然搞起了文化公司。你像那武林高手，打通了任督二脉。装修，本质上是包装策划……你并没脱离原来的业务，而是进一步拓宽了它！"

三爷呵呵笑了笑，扭头对金有余说："现在，你明白为何我喜欢和丁哥在一起了吧？同聪明人谈话，一点就通！"

"这么多年才领悟你的做法，算什么聪明人！"我的脸，羞得像一块红布，"三爷，你这是变着法子自夸呢！"

三爷继续往下介绍："当初，我建议，既然要打造风景小镇，就干脆弄得有特色一点，将其打造成一个古色古香的历史文化名城，说不定更能吸引游客。现在，到处都在追求复古。你看，就连这餐馆也是仿明清风格。"

我抬头望去，果不其然，青砖门楣上，悬挂着一个木质招牌，上边用金色隶书写道：聚春园。

聚春园，是一家颇具盛名的百年老店，据说名菜"佛跳墙"就出自此店。"你确定这是正宗的聚春园？你来吃过？"我问。

"我敢保证，味道还算地道。"

刚走进来，便立即感觉到了这里生意的红火。

四五个跑堂打扮的小青年，来回奔波忙碌，迎客人、端饭菜、上茶水，吆喝声此起彼伏。放眼望去，大厅内二三十张餐桌，座无虚席，好一番热闹的景象！

三爷对其中一个跑堂的嘀咕了两句，我们便被引到二楼一个雅间。刚才，我还在担心没地方可坐，这下，完全把心放进肚里："三爷的安排，果然周到。"

"这种生意特别红火的店，一般不愿让雅间空着等人。"三爷道，"之所以等咱们，是大师的面子。"

"哦，大师的面子比三爷还大？"

"大师你认识，"三爷故意卖关子，"当年，还是你介绍我与他认识的。"

这些年，我在报社工作，接触的人多一些，介绍给三爷认识的也有不少。但要说大师，我还真不知道是谁能称得起这个名号。

"想起想不起，都与我无关，不过，我可以负责任地告诉你，等一下，因为你贵人多忘事，有你受的。"

我不相信，有人还能强迫我做不愿意的事。这人到底是谁？我越发感到好奇了。但看三爷不想说出他的名字，我也没再问下去。

跑堂的送来茶水之后，三爷开始打电话。他拨了两通电话，都非常简短，只说了一句："我们到了，聚春园！"看来，确如他所说，行程中的一切，他都提前安排好了。

挂断电话，他无聊地伸了个懒腰，见我们都瞧着他，故弄玄虚地笑了："一切都安排好了，咱们只管吃喝就行。"

"追姐答应给我安排了吗？"金有余一脸急切地问。

"刚偷过腥，你还不满足？"三爷白了他一眼道。

"没偷腥，倒还不想。偷过腥，才会迫不及待……"

"当着舒离小姐的面，你如此口无遮拦，我们男人的脸都被你丢尽了。"三爷点了支烟，长吸一口，才接着说，"追姐同意继续带楚楚过来了，但结果怎样，得靠你自己争取。"

"好，我就知道，三爷你最好了。"

"追姐，是三爷的另一个红颜？"舒离问。

三爷点了点头。"追姐是个能干的女人，"他掩饰不住得意，"我在这里的许多事，都是她帮忙打理的。连当地的一些大佬都对她赞赏有加。"

"看来，男人都花心，"舒离喃喃道，"还为自己的花心而沾沾自喜。"

冷不丁地被人这么一说，三爷愣了一下，但马上，他就哈哈笑了起来。

"你这是要将人一棍子都打死啊，"他指着我说，"你有所不知，你身旁的这位丁哥，可是出了名的用情专一呢。"

"三爷，你就别拿我说笑了。"我赶紧说。

"我这也是实话实说——"

我不愿意把话题扯到自己身上，打断了他："饭菜还要多久上来？你约的人，还要多久到？你得催一下，我快饿死了。要是饭菜在他们到来之前端上来，我可不等他们。"

"你放心，我邀请的人从不迟到，保准在饭菜上来之前赶到。哦，对了，"三爷转向金有余，"这一瓶酒肯定不够。到了这里，你也可以放开量喝了。你再去提一瓶。"

"三爷，你也真是的，"金有余嘟囔道，"刚才进来时，你要是说了，我不就多提一瓶了吗？现在，又要辛苦我一趟。你看我这身材，跑这一趟可不容易呢。"

"把钥匙给我，我去拿吧。"我说。

"不用。你要是去了，舒离面对我们两个大男人，会不习惯的。"接着，他又对金有余说，"提酒是次要的，关键是接人。接追姐去！"

"好，我马上去！"金有余赶紧站起来，跑了出去。

"还真是一物降一物。"舒离抿嘴笑道，"金总老是拿丁哥说笑，但在三爷面前，老实得很呢。"

"是谁老拿丁哥说笑？"门外，一个男人的声音，响亮地传了进来，"看我怎么收拾他！"

一个身材魁梧、头顶锃亮的男人闪身进入房间。看到他，我赶紧站了起来，走过去，同他紧紧地握了一下手。"原来是你！"说着，也不管他拒绝与否，我热情地抱住了他。

"几年不见，你变化可真不小！"与来者分开时，我上下打量了他一番，"如果不是三爷预先告诉我，恐怕我还真认不出你来！"

"那说明你是贵人多忘事！"

我讪讪地笑了。他锃亮的头顶之上，整齐地排列着六个戒疤，不由得说："你到底还是出家了。"

"是的，就在金光寺挂单。"

"以后，再也不能叫你假和尚了。"

"那倒不必，在老友面前，我还是假和尚。"

假和尚在我身旁坐下，似乎一进房间，他就已然了解他的位置。他在我左边，舒离在我右边。紧挨着他的是三爷。余下的三个位子，自然是金有余和两位还未到来的美女。

三爷满脸堆笑，抽了支烟，递给假和尚："大师，抽烟！"

"三爷，别叫我大师，还是跟方丁兄弟一样，叫假和尚吧！"他挥挥手，拒绝了三爷的烟，"从我受戒那天起，这些就真的都戒了。"

我吃了一惊："烟酒都戒了？你这出家也太不容易了。"

假和尚名叫贾茂文，年龄比三爷略长两三岁。十几年前，在深圳文艺圈声名显赫，经常作为嘉宾出席各种各样的活动。可谁也没想到，有一段时间，他突然从文艺圈消失，再露面时就以和尚自居了。数不尽的文艺活动，再邀请也不怎么参与了。慢慢地，他成为一个曾经的传奇，不时被人想起。

在这种情况下认识他，对我来说，完全是一个意外。

那时，我还是一名诗人。从西藏回来后，在一位老诗人提携下，三爷出资，几个文艺社团联合为我办了一场诗歌朗诵会。那次活动在当时深圳最高的建筑——地王大厦顶层观光厅举办，被不少媒体和诗人戏称国内最高端的诗歌活动。

在深圳，登顶地王大厦，是不少人的梦想。在这样的场地举办活动，我倍感开心。可在朗诵进行的过程中，我突然对此产生了质疑：我的诗歌，真如这些专家学者所称赞的那样，值得谱成曲子，向整座城市展示？看着那些专业演员在舞台上，极尽全力地演绎我诗歌中的每一个意象，听着他们或雄浑或清脆的嗓音，朗诵每一行诗句，我感到脊背发凉，身上长满了鸡皮疙瘩。

我心神不安地走出人群，坐在后排的一张椅子上发呆。"假和尚"贾茂文就是在这个时候出现在我身边的。

"怎么了？突然觉得没意思了？"

我呆呆地望着他。这场活动，邀请了五十多人，我虽不能全部认完，多少也有点印象。但他却完全陌生。看着他光秃秃的脑袋，我疑惑地问："请问您是？"

"我是假和尚，"他变戏法似的从怀里掏出两个玻璃杯，然后，又从口袋里掏出个纯净水瓶子，瓶子里是一种透明发亮的金黄色液体，他冲着我摇了摇，"这可是我珍藏了五六年的好酒，"他诡异地笑了笑，"我老婆不让我喝，但我偷偷地拿出来了。"

"你还真是个假和尚，"我接过他递过来的小半玻璃杯洋酒，轻啜一口，质感犹如天鹅绒般的圆润，的确是极品。

"原本，我也想出家，但心不诚，总是贪恋这杯中之物，只能当个假和尚。"他淡然而笑，"祝贺你，这活动很高端大气。"

"你认识我？"我好奇地问。

他又是一笑，指了指大厅入口处的海报，那上面有我的巨幅半身肖像。

"不过，说句不中听的话，这样的活动搞了之后，你的诗歌写作是否就提升一个档次呢？在我看来，所有的文艺活动都是文化人缺乏自信而搞的。"

"哦。"第一次听到这种言论，我却没感到突然，甚至在内心深处产生一种与他惺惺相惜的感应，"的确如此。但作家与平台又是相辅相成的。平台需要作家来搭建，作家又需要平台来展现。在你看来，该如何平衡这种关系呢？"

"这个嘛，"他手里不知从哪里弄了一份节目单，看了一眼，还有一个节目，活动就要结束了，赶紧把杯中酒一饮而尽道，"这个以后有机会再讨论。"他指着我手中的酒杯说，"那个，你还喝不喝？"

"不喝了。"我把杯里的酒喝干净，把杯子还给他，"谢谢你的美酒。"

"与你闲聊很高兴。"他把杯子重又揣进了怀里。这让我非常好奇，因为杯子进入他的怀中之后，好像突然消失了一样，从外表来看，他只是穿着一件单薄的短袖唐装，根本就看不出里面装有任何东西。

"你和我比较对味，相信以后会有许多共同话题可聊，不过，"他把那个纯净水瓶子也装进了口袋，"我现在必须要离开了，不然，等一会儿就麻烦了。"

我不知道他所说的"麻烦"是什么，见他要离开，由于不怎么认识他，就没挽留，向他道了声珍重之后，目送他离开了。

那晚，我向提携我的老诗人提起假和尚时，老诗人当即道："你呀，真糊涂，怎么不留下他呢？"

"您认识他？"

"岂止是认识。"老诗人说，"我一说他名字，保准你也知道。他就是贾茂文。"

"啊，原来是他！"我吃了一惊。这个名字我太熟悉了。刚来深圳时，我通过文本认识的第一位诗人，就是他。我一直想见他的庐山真面目，但没想到，他在我面前，我却让他悄然离开了。

"我不知道是他，"我后悔地说，"要是知道是他，怎么也不会让他离开了。"

"也不怪你。这几年，他从来都不参与任何文艺活动，几乎从深圳文艺圈销声匿迹了。谁能想到，他会突然出现呢？"

是啊，谁也想不到。令我更想不到的是，没过多久，我再次遇到了他。

那次活动之后，经人推荐，我进入报社，在旅游周刊部当了一名编辑。

入职后，我利用网络平台搞了个文艺沙龙，策划了一系列的旅游活动。这些活动，主要面向全市的文艺工作者。在一次徒步攀登梧桐山的活动中，贾茂文的身影出现了。我紧抓机会，与他聊了起来。

"寄情山水，比那些乱七八糟的活动有意义多了。"假和尚说，"美中不足的是，你这活动只面向文艺工作者，局限性太强了。我有不少朋友，三教九流都有，如果你愿意，我可以组织他们一起参与你的活动。"

把活动对象限制为文艺工作者，也是出于无奈。当时，我才二十五六岁，刚进入报社，急需一些成功案例证明自己的能力。所以，对假和尚的提议，自是求之不得。后来，我们一起组织了几次大型的活动，如徒步穿越东西涌，创造了参与人数达五百人的纪录。

在那些活动中，我与假和尚结下了深厚的情谊。后来，我们更是进入各自的朋友圈，更加全面地了解了彼此。

三爷与假和尚就是在这种情况下认识的。

只是，我怎么都没想到，他们的关系走得更远。我更没想到，他真的出家，成为三爷口中的大师了。

"这么多年没见你，想念得很。"我说，"但以后，我也只能称你为大师了。"

"称呼而已，无须纠结，一切随缘。"

"大师，寺里的活动，都安排妥当了吧？"三爷道。

"放心，三爷，一切都安排好了。"说着，大师冲我笑了一下，"丁哥的影响力特别大，我们准备的三千套书，已经没有了——"

"什么意思？"我打断他的话，问道，"还有我的事？"

我迄今仍对"朝圣"的安排一无所知，不清楚三爷到底都策划了什么。

"当然，你是主角嘛！"大师呵呵笑道。

这时，金有余提着酒进来了，身后跟着两个漂亮的女子，自然就是追姐和楚楚了。

"刚才，有琐事缠身，晚来了几分钟，还请贵客见谅。"一进门，追姐便声音甜美地说。

她是个姿态柔美的女人。我却在心底嘀咕起来，难不成我也见过她，否则，怎么会有种似曾相识之感？

"无妨，你能抽出时间见我们一面，我就已经很欣慰了。"三爷招呼她道，"赶紧进来坐。"

追姐款款走到三爷身旁，与三爷轻轻地握了握手后，将目光看向了我："这就是今天的主角，你的作家朋友？"

"是，帅气又有才华的作家方丁。"三爷说。

追姐的身体猛然一震，死死地盯着了我："方丁？"

我也第一次将目光聚在她脸上："追姐——你是潘帅？"我的身体，不受控制地站了起来。

"什么？"三爷的声音，也猛地抬高了，"追姐就是丁哥念念不忘的潘帅？"

我的目光在他们二人脸上变换，不知道该说什么好。我觉得，三爷过于夸张了，他怎么可能不知潘帅的名字？

"你同三爷讲起我？"短暂的讶异后，笑意重又盈满脸上，她说，"我以为，你早把我忘了呢。"

"怎么可能。"我终于弄清了，那股似乎相识之感，局促地说。

"你是怎么说的我？"潘帅似笑非笑，"是不是说，我脸皮特厚？"

三爷抱起肩膀，一副看热闹的表情。

"我说，你是我生命中第一个女人，"我脸涨得通红，硬着头皮说，"但当时，我瓜娃子一个，什么都不懂……浪费了你一片好意……"

潘帅哈哈笑了两声。"既然你知道自己是瓜娃子，我也没什么好说了，"她走过来，拥抱了我一下，"这倒也能解释，一位作家，缘何还要三爷帮忙……"三爷轻轻摇了摇头，她及时止住，改口道，"不过，你大可放心，我和大师的安排，保准你有一个终生难忘的大日子……"

我看了一眼舒离，她脸上的表情，十分复杂。而大师，则低声念叨着什么。

因突然变故，原本的座位被打乱了。

三爷坐主位，大师和潘帅，坐在他左右两侧。我坐在潘帅右侧，坐我右侧的，则依次是舒离、楚楚和金有余。金有余右侧是大师。

坐好后，潘帅越过我，目光直视着舒离，问道："这位小姐是——？"

我还未回答，三爷抢先答道："这位舒离小姐，是慕丁哥大名，从江西小镇，一路跟随丁哥到这里来的。她是丁哥的忠实粉丝。"

"哦，很高兴认识你。"潘帅冲舒离点了下头，转过脸，对三爷说，"先前我并不知道，你所说的朋友就是方丁。现在我知道了，而我又是他的第一个女人，你怎么着都得允许我们重温旧梦吧？"

"这是自然。"三爷哈哈笑道，而我，真想找条地缝钻进去。

"哦，老天，你还真和当年一样，一说话，就脸红！"潘帅轻轻拧了我的胳膊一下，"我喜欢。现在，这样清纯的人可不多见了！"

三爷呵呵笑了："若非你们有一段风流往事，我一定会提醒你，千万别吓着丁哥了。但现在，随便。"

"好，"潘帅索性挽起了我的胳膊，"咱们先吃饭，吃完饭就去我闺房！"

我怎么都想不到，世界竟如此之小，我看了一眼三爷，又看了看潘帅，心底的复杂够写一部书了。

"非礼勿视，非礼勿听，非礼勿言。"贾大师嘴里念念有词，紧紧地闭上了眼睛。

美味佳肴陆续被端上来，很快，整张圆桌上便满满当当，再无一点空位了。

楚楚将酒分好之后，率先举起了酒杯，对我说："今天是第一次见到丁哥，但大名早已耳闻。昨天，还从大师这里获得丁哥大作一部。读了后，喜欢。今有幸认识，还请多多关照。"

"你知道是方丁？"待我们饮毕，将酒杯放下后，潘帅问楚楚道，"那我叫你陪他，你还扭扭捏捏，不怎么乐意？"

"你也没告诉我，方丁是位帅哥呀，"楚楚笑道，"他的作品写那么好，人却单身，我以为一定是因为相貌丑陋……"

"我若知道他就是方丁，肯定会亲自上阵了。"说着，潘帅使劲地挥挥手，"不管了，既然三爷同意了，方丁，今天你就是我的了。"

"追姐，你这吃着碗里，看着锅里的做法，可不大好呢。"舒离说着，端起杯子，说，"作为丁哥的粉丝，我们都清楚，丁哥是个用情专一的好男人。可你呢？先是有了三爷，又为丁哥介绍女友，现在又要横插进来……我就算是个局外人，也看不入眼了。小女子虽不胜酒力，却也斗胆举杯，若侥幸赢了你，请你放过丁哥。"

舒离这么一举杯，我们所有人都愣了，没想到，她一开口，言语间就有如此的火药味。

潘帅将目光看向三爷。

三爷淡淡地说："这是你们女人间的事，就用女人的方式解决吧。"

潘帅点头，端起了杯子："要说喝酒，追姐我从没畏惧过谁。既然要喝，咱们就连干三杯，敢不敢？"

"谁怕谁！"舒离毫不畏惧地回答。

"那好。"潘帅端起杯子，一饮而尽了。我注意到，在她喝酒时，嘴角浮现出一丝诡计得逞的笑容。

没有任何意外，两瓶高度白酒下肚，三个女人都喝得醉醺醺的，而我们三个男人，却因没怎么喝，异常清醒，不了解内情的人，肯定会错认为我们别有用心呢。

幸好，有贾大师这位证人能够证实，因为三位女人拼酒，我们压根儿就抢不到酒喝。

女人拼酒，我们男人只能见缝插针地说话。

"事实证明，这条路，你走对了。"贾大师以茶代酒，对我说，"小说，让你的才华得到了更充分的展示。"

我拘谨地笑了。事实上，我很清楚，那么多年的诗歌写作才让我的小说语言变得克制，干净。

"在寺庙里，你竟然还关注我？"

"那当然了。"贾大师微笑道，"寺庙里也有电脑，有网络。我们这叫与社会接轨嘛。更何况，我只是在金光寺挂单，无须被寺务缠身。"

"你真出家当了和尚，可嫂子……"

"早就离了。"贾大师淡然道，"儿子也跟着她了。我现在可说是无牵无挂……兄弟，看来，这些年，你丝毫没关心过我呢！"

"这的确是我的错，对你关心太少。"我识趣地举起酒杯，

"在大哥面前，我甘愿自罚三杯，以向大哥谢罪。"

"那倒不必，"贾大师制止了我，"就冲你刚才喊我一句大哥的分上，我也不能罚你。我业已出家，如果还斤斤计较，那还不如不出家！话说回来，网络时代，俗世中人，的确都是透明人，但出家人要心神宁静，又怎会陷于那浮躁的网络之中呢？所以，你不知道我的情况，错不在你。"

的确如此。这些年，我并非不感激这位当初帮助过我的人，我曾在网络上多次搜索他的消息，然而网上都是他出家前的事。他出家后，仿佛凭空消失了一般，网上再也找不到他的任何蛛丝马迹。只是，令我万万没想到的是，我找不到的人，却与三爷保持着非常密切的联系。

我将目光看向三爷："大师不联系我，我能理解。可三爷，明知我常打探大师的消息，却从没提起过你们的联系，岂不是故意隐瞒我？你这样做，说实话，我很伤心。"

"伤心个屁，"三爷说，"这些年，你天天这里飞到那里，我见你一面，也得看你日程。谁还有那个闲心把打过什么电话、见过谁，向你汇报！要说这事只能怪你自己，谁让你天天都那么忙碌！再说了，你这次空闲了，我不是马上就带你过来，让你们见面了吗？就这，你当时还犹豫再三，不愿过来呢！"

与三爷争论，唯一的结果只能是自己败北，对此我心知肚明，我端起酒杯："反正这件事，你有点儿不地道。我先喝了，你看着办吧！"

尽管抢酒似的抢了几杯，但马上，几个分酒器都被那三个女人抢去了。我们只有瞪眼的份。

"趁你还清醒，我把接下来的安排给你说一下。"贾大师说，"傍晚，会辛苦你一会儿。"

"但有安排，无不遵从。"

"今天，你是主角。我跟你说过，祝你生日快乐了吗？"未等我回复，他就笑了，"不管那些了，等会儿生日蛋糕送上时，再说也不迟。"

"还订蛋糕了？"我非常惊讶，"搞那么大阵仗？"

"那是，你的大日子，岂能敷衍！"三爷道。

我向他道了声感谢，又问："要我做什么，尽请吩咐。"

"傍晚，在寺前广场，有一个小型的签名仪式。有不少你的粉丝，会排队让你签名。"

我看向三爷，没想到，他所谓的仪式，竟然是这么一件事。

这几年，自从我的第四本长篇小说意外受到读者的热捧之后，我的每一本新书出来，出版社都会在全国各地的大书城搞签售仪式，让我与读者见面。这些活动，虽拉近了我和读者的距离，却也让常我疲于应付。

所以，我的眉头不自觉皱了一下："我以为，寺庙会远离这些红尘俗事。"

"这个活动，很有意义。"舒离这时开了口，"这样一个特别的日子里，在这样一个神圣的地方，与自己喜欢的作家签名合影留念，对许多读者都是一件值得回忆的事。"

"你真这样想？"我说。

"是的。"舒离很认真地点了点头。

"那好吧。与读者一起度过，或许，三爷能赋予更多的意义。"我问贾大师，"读者会很多吗？"

"活动宣传做出去之后，这几天，每天都有不少人来。上午，就有三百多人取走了你的书籍。"贾大师说，"有一半人留了下来，等着傍晚找你签名。"

三爷悠悠道："这场活动后，丁哥，你将成为在寺庙搞签售的第一位作家。"

我摇头苦笑一声。到了此时，说拒绝的话显然不合适了。

三爷说："大师，别院还给我们留着的吧？"

"留着呢。三爷特地交代了，这次，以方丁兄弟为第一优先。"贾大师道。

三爷问："有很多人想订小院？"

"不少。"潘帅说，"有几位大佬找到我，想让我帮忙订。但我按照三爷你的说辞，全都推脱了。"

"谢谢，"我竟有些感动了，"你们完全没必要，因为我而拒绝他们。"

"他们可以等，最多等一个火星大冲周期，"三爷道，"而这个日子，对丁哥你而言，一生也只会遇到这么一次。你比他们更重要。"

"真羡慕你们。"舒离说，"你们虽非亲兄弟，但比亲兄弟还亲。"她端起酒杯，"我敬你们，你们的这种情谊太令人感动了。"

潘帅和楚楚也端起了杯子。

"咱们女士共同举杯，"潘帅说，"为你们的兄弟情谊，干杯！"

这三个女人，罕见地共同举起了杯子。

第十一章　别院

景观车把我们载到山上的别院。

此处，青石苍劲，林木郁郁，舒适凉爽。一堵高大的花岗岩围墙，足有一丈高，墙上覆盖着厚厚的青苔。墙的上方，安装有倒刺铁丝网，让人忍不住想象墙内该是一个怎样的世界。

一扇厚重的木门上方，安装有监控。我们走进它的拍摄范围时，大门轰然打开了。两个面无表情、身着保安制服的粗壮男子出现了。

潘帅冲他们挥挥手，他们齐刷刷地敬了个礼后，便站在一旁，注视着景观车缓缓驶入。

眼前的建筑，均是仿明清时期的四合院结构。放眼望去，有大大小小的十四五座院子，散落在树荫之下，彼此间有连廊串联，花鸟虫鱼环绕，颇为超凡脱俗，悠然自得。

我问三爷："这种地产，租比售的市场要好吧？"

"不愧是旅游周刊的主编，一语中的。"三爷笑道，"建成后，我摸索了两年才摸到门路，没想到，你却一眼就看破了。"

"术业有专攻，我不过恰好见识得多些罢了。"我说，"但仅靠金光寺，市场会好吗？"

"有追姐和大师在，我从不担心你说的问题。"三爷答道，

"这几天，你好好观察一番，就会明白我所言非虚了。"

景观车在靠里的一座院子前停下。贾大师率先下了车，不紧不慢，朝院内走去。三位女士喝得东倒西歪的，我和三爷、金有余各自搀扶一位，走进院内。

"房间已按照先前所说，准备妥当。"站在院子中间，贾大师对我们说，"你们先休息，之后，咱们再稍做讨论晚上的朝圣之事。"

我们各自进入不同的房间。

我和舒离进入的房间，是一室一厅。正厅，壁桌上，一炷檀香升起袅袅青烟，香味溢满房间。六个黄中泛红的香桃摆在果盘里，让人忍不住口舌生津。壁桌两侧，摆放着六张楠木椅子。里间，红木架子床、紫色蚊帐、高档被褥，无一不彰显这里所接待的，都是非富即贵之人。

可一张床，我和舒离怎么睡？我刚想找贾大师，让他给我另安排他处，但回头一看，他已了无影踪，只好重又走进房间。

舒离已和衣躺下，睡着了。她没少喝酒，看样子，醉得不省人事。有人说，江西女子向来喝酒厉害，的确不错。她喝的酒，比我们每个男人都多。

我理解三爷的意图。她在餐桌上的表现，也的确令我感动。只是，感情上的事，勉强不得。我与她，萍水相逢。她比我年轻至少十岁，我又怎能……

我知道自己并不完美。这些年，尽最大努力让自己变得尽量有原则，有底线。我也说不清楚，这种原则和底线有何意义。只是，一旦设定底线之后，我就常被那种无形的东西约束着……也能保持最后一丝清醒。

更何况，今天我还遇见了我生命中的第一个女人……

但酒意一波又一波凶猛地袭来，最后，我叹息一声，在床的另一头倒下。

大约是心理作用，没睡多久，我就醒了。舒离还在睡，睡得很香，不时咂嘴，好像在享受什么美食。我怕自己的动作把她惊醒，悄悄下了床，打开门走了出去。

院子里有三棵树，每棵树上都挂满了累累果实。我这才注意到，这竟是桃树！难怪房间里的壁桌上摆放有香桃，想必就是来自这桃树之上了。

在其中一棵树下，有一张石桌，贾大师正坐在桌旁，独自饮茶。此时，日头已经偏西，阳光透过树叶打在他脸上身上，橘黄色的光芒给他笼上一层淡淡的光，使他就像得道的高僧，更像"佛光普照"的佛像。树上，秋蝉不知疲倦地叫着，声音响亮高远。但与从前方寺庙里传来的诵经声掺和在一起，却让人意外地感到宁静。

贾大师微笑着朝我招了招手。我走过去，在他面前的石凳上坐下了。

"你是最早醒来的，"贾大师洗杯，倒茶，放在我面前，"看来，还是年轻啊。"

我端起喝了。这茶有种淡淡的清香，有一丝甘苦，喝下去之后，心神安宁了很多。把茶杯放下，我说："你终归活成了想要的样子。"

"惭愧。"贾大师将茶水重新注入茶杯。

"我还是不敢相信，三爷会承包这里，并且请你帮他打理。"

"你应该能想到的。"贾大师说，"三爷对宗教，一直是比较虔诚的。"

我想起了初识三爷时，重阳夜登高祈福之事。我以为，那是他一时心血来潮的行为，如今才明白，那是他虔诚的体现。

贾大师接着说："三爷是个行动派，他的想法不会只停留在说说这一层面。他看到社会上存在的问题，很清楚源头在哪里——这好像是他的特殊能力，总能直抵事件的本质——他想到通过宗教来重建信仰。但他对宗教这些事又不大了解。而我，也需要一个平台，让自己所学得以充分发挥。所以，我俩就一拍即合了。"

"我没想到，三爷暗地里竟干出了如此大事！"

"三爷的这种大情怀，将我吸引得很牢。以前，我一直缺乏毅力，任何事只要我觉得没意思，就会打退堂鼓，就想离开。离开文艺圈、离婚，均是如此。但在这里，因为三爷，我非常笃定地认为，金光寺将是我一辈子的坚守。"贾大师指了指墙外，"这里，距金光寺仅一墙之隔。坐在这院子里，能清楚地听到寺里和尚的诵经声。就是在这里，我领悟到，所谓心未定，是未遇到合适的事、合适的人。"

我想到了自己的情感生活：是未遇到合适的人吗？或许。

"看来，你已悟道了。"我说。

"说什么悟道呢，"贾大师淡然一笑，"修行，重在过程。所谓'悟道''正果'，终归是'欲'。出家人，不该想这些。"

"此时的你，和以前的你，我不知道哪个是真的你了。"我笑道。

"凡所有相，皆是虚妄。又何必拘泥于相？"

日头已经居于西方，开始往山后坠落了。我们来时所见的"佛光普照"，已然消失无踪了。想起那奇异的景象，我好奇地问："来时，看到了寺庙上空，有佛光普照景象，偶尔出现，还是经常性的？"

"谈不上经常，但一年中，总会出现两三次。你们运气好。这也让今天这个日子更加特别。"

"据说，每个寺庙在成为名寺之前，总会有这种异象出现。至于它是如何形成的，却从无合理的解释。我想，你们也不希望专家来论证这件事吧？"

贾大师笑而未答。

"中午，你提到了活动宣传，你们也有官方网站？"我问。

他点点头："在网站上，我们只放了一两张那种图片。但如果你搜索金光寺，会找到许多'佛光普照'的照片，那都是香客们拍下上传的。那些照片，为我们带来了更多的香客。只是，那种异象何时才会出现，没人能说得清。所以，别看金光寺规模不大，一年从头到尾，也是香客不断。"

我觉得有义务帮三爷推广，主动说："这几天，我好好想想，从哪个角度再推广一下。"

"晚上的活动，你不要怪三爷。"贾大师说，"那是我的主意。三爷有大情怀不错，但我不想他在这个项目上亏太多钱。"

原本，我确实心有想法，觉得用我做文章，至少得同我说一声。但与三爷的大情怀相比，我那点虚名算不了什么。"有用吗？"我问。

"晚上，恐怕得辛苦你了。"贾大师又将我的茶杯注满，"聊聊你吧。这些年，你一定经历了非常多的事情。"

"的确如此，不过，发生了这么多些事，该从何说起呢？"

"不急。"贾大师说，"就从你为何放弃诗歌，转写小说开始吧。"

"说放弃是不准确的，我从没放弃过什么。"

说到这里，我笑了。我突然意识到，的确如此，我从没放弃过什么。少年时懵懂的情感，长大后的文学创作，我生活与工作中所经历过的每个人、每件事，我都能如数家珍般地一一道来。甚至少年时，我发表作品时的样刊，乃至那装样刊用的信封、邮票，我都完好无缺地保存着。

"我写小说，是为了将来更好地写诗，"我继续往下说，"你以前是位了不起的诗人，很清楚我的问题。咱们第一次见面时，你就告诉我了。你问我，搞了那样一场活动后，我的诗歌写作，是否就能提升一个档次？说实话，这些年，我始终没再写诗歌，是缺乏自信。我害怕写出来的诗歌还不如以前所写的。这与你所讲的每一句话都不谋而合。所以，我常想，早在十几年前，你离开文艺圈时，就对这些已经看得很开了，对此，我是敬佩得很呢。"

"瓶颈，不自信，"贾大师说，"这是多数写作者到一定程度时会遇到的问题。你很不错，走了另外一条路，来突破。"他端起茶杯，轻饮一口，"舒离是你女朋友？"

我把和她的萍水相逢，如实说了一遍。

"你确实算得上成功的作家了。"贾大师说，"不过，你也得有心理准备，追姐也是个目标明确之人。"

"大师，你这背着人说话，可不像你噢。"随着一声娇滴滴的声音传来，我头皮一麻。不用回头我也清楚，是谁来到我身后了。

我不自觉地跳起来。转过身，看到潘帅端着果盘，里面放着几个刚洗好的桃子，笑容满面。

从见到她开始，我就像个手足无措的瓜娃子，这会儿，脸又红了。但我还是硬着头皮道："中午，你喝了不少酒，却又最早醒来，看来，平常你应酬不少呢。"

她将果盘放到石桌上，看向贾大师道："大师，你要留下吃桃吗？"

贾大师呵呵笑道："原本，我想带你去寺里参观一番，此刻看来，只能再找机会了。"他站起身来，"我若再待下去，就是不识趣了。非礼勿视，我还是离开为妙。"

贾大师匆匆离开了。石桌旁，我和潘帅相对而坐。我的大脑一片空白，连接下来要干什么都不知道。过了一会儿，我伸手拿起一个桃子，狠狠地咬了一口。

"见到我，你无话可说？"她终于开口道，声音里有种调侃的意味。

我想告诉她，我们的见面完全是个意外。但这样说，明显不妥。我的大脑像关闭了一样，找不到其他词句，我只好闭上嘴巴，什么也不说。

她笑了，从桌上伸出手，抓住了我的胳膊。我的身体，一下子僵硬了，桃子从手中滚落下来。

"浪费可不好，"她手疾眼快，伸手接过坠落的桃子，"这可是我亲手栽的桃树呢。"

她将桃子放进我的手里，又像刚才那样，抓住了我的胳膊。她的体温，经过玉手传过来。

肌肤相触。想起多年前红火星的光亮中，她曾完全属于我，我忍不住吞了一口口水。

"你就真没有什么话，要跟我说？"

我喉头发干，不自觉地嚼起了嘴里的桃子。香桃味，她的味道。我想起往事，大脑开始变得缓慢，嘴也笨拙起来。

她身体朝我倾过来，声音低沉了许多。

"这些年，我一直自问：当年，我留不下你，真是因为那该死的诗和远方，还是我没有吸引力？"她说，"现在，我知道答案了。"

我觉得自己必须得说点什么："你……很漂亮，一直如此。"

"可你都不愿意看我！"

我想告诉她，是我自己的问题，可那该死的语句又不受控制，全都离我而去了。我只好将目光转回来，看着她，嘴里啃着桃子，像个无赖。

她扑哧笑出声来："为你端上刚摘的新鲜桃子，静静地看着你吃。这个画面，我在脑海里演练过无数次。但你此刻的反应，我从来都没想到过。"

我感觉自己的脸又红了。

这时，她不再笑了，而是直视着我。"是真的吗？"她问，"三爷说，一遇到喜欢的女人，你就会手足无措，舌头打结……你一直还单身？"

我没想到，三爷会这样告诉她。但随即释然了。三爷要她帮忙，自然要将我的"症状"告诉她。我犹豫一下，最后终于说："我可以吸烟吗？"

她先是一愣，接着笑了，认真地点了点头。我从口袋里掏出烟，将烟点着，吸了一口。

"看来，你受三爷影响较深。"她说，"连烟，都抽一个牌子的。"

我没回答。沉默横亘在我们中间，气氛有些尴尬。

"你确定，咱们一直这样坐着，不说话？"

我的目光看向果盘中的桃子，暗暗深吸几口气，努力让自己自然一点。

"当看到这些桃子时，我应该想到些什么。"我说。

"你说过，你喜欢这种又甜又脆多汁的香桃。"她的手从我胳膊上移开，伸向石桌上的烟，"我就种了，我到哪里，就种到哪里。这样，不管在哪儿见到你，都能让你吃到了。"

我好奇地问："我听说，你家乡的果园是你们当地的文化名片——"

"又有什么用？你从来都没去过。"

"我已不写诗了。"我渐渐地放松下来。只要不谈论情感，我的语言，就会顺畅。这让我颇为无奈。"好多年了。"我说。

"所以，我也想开了，"她冲我笑笑，"当年，若你留下来，或许就不会有现在如此出彩的你了。"

她抽出一支烟，用打火机点燃，像模像样地吸了一口。"你关注过我，我已知足。"她说。

我没否认，默默地吸了一口烟。

"我也找过你，跟着你的脚步走过很多地方。但可惜，始终没能追上。"

"我不知道！"我大吃一惊，从没想过这一点。"我从洱海去的深圳，然后，就留在那里工作了。"我说。

"我知道，"她微微笑了，"我跟着你也去了深圳。"

我感到下巴都掉在地上了。

"我去了洱海，登了苍山，也像信徒那样，叩拜上弘法寺。但我想，我的朝圣一定不够虔诚，所以，才总是与你错过，无法得到你。"

"你应该打电话给我。"我嗫嚅道，"那时的深圳，还需要边防证，你没证，不安全……"

潘帅盯着我，嘴角抽动了一下："你换了号码。"

这是事实。我刚来深圳，单位就给我配了新手机，号码易记。我与许多文友在即时聊天工具上保持有联系，忽略了告诉他们我的新手机号。

潘帅接着往下说："那段时间，我每天浑浑噩噩，毫无时间概念。我在梧桐山上玩了大半天，天黑了，也毫不在乎。直到新年的钟声敲响，我才意识到我在山上跨了年，也因此，我赶上了新年的头炷香。"

头炷香！

我明白了，她与三爷相识的契机。

"我意识到，上头炷香的，都是非富即贵者……我就是个误入的孩童，吓坏了。"她又吸了一口烟，"我躲在黑暗里，不敢出声，浑身发抖。虽是新年，深圳的天气，一点儿都不冷。我上山时，穿的还是一件短单薄的长袖T恤。但那会儿，我头上淌着汗水，身上却冻出了鸡皮疙瘩。"

我能体会那种怪异的感觉，想握着她的手，表示关心，但手在穿过石桌时，却落在了果盘里的桃子上。我拿起一个橙黄色的香桃，递到她面前："你吃桃。"

她笑笑，把刚吸了一口的细烟，放进烟灰缸，然后，接过桃子。她没直接吃，而是变戏法地拿起一把水果刀，轻轻削了一片，放进嘴里。她的动作那么轻柔，让我都不好意思直接再用嘴啃着桃子吃了。

她只吃一片，就没再吃了。她用刀子轻轻地将桃子切片，一片片摆在果盘边缘。然后，她拿出两枚精致的水果叉子，将其中一枚递给我。

"吃吧！"她轻声说，充满了柔情蜜意。

这种吃法，实在别扭，我吃了一片，便放下了。"后来呢？"我问。

"后来，"她抬起头，眨了下眼睛。她的眼睛很大，脸上似乎也没受到岁月的浸淫，不怎么能看到鱼尾纹，"后来，我发现不少达官贵人，为上这头炷香，也像普通香客一样彻夜排队……"

我的眼睛瞪大了，将目光转向身处的别院："难怪这别院修建得如此精致。当时，你就打定主意，做这种旅业式地产？"

"不，这是两年后的事情。确切地说，是三爷的主意。当时的我，只是组织几个人干起了代排队的事……三爷去了不少景点实地考察，非常有魄力，以这种别出心裁的模式修建了这些别院……"

"还真是留心处处皆商机呢。"我又问，"追姐，是怎么回事？"

"你真想不到？"她用闪亮的眼睛，凝视着我，"追，当然是追你了。那时，我就跟在你屁股后面，循着你的足迹前行。一路上，有人问我的名字，我都是随口说：阿追。"

她的话，让我感动。其实，在这里一见到她，我就意识到了这个名字的意义。

"后来做生意，就得学会自赋意义，'追求客户心愿的圆满'，便成为这个名字的诠释，我也慢慢地成了追姐。"

"我有个问题不明白，你如何分身，既是诗人，又是追姐？还有，你的诗歌——真是你写的？"

"你应该知道，我结婚了，我丈夫是位诗人吧。大多时候，他出面招呼大家就行。除非有重要客人，但那种情况，一般我都会提前接到消息。高铁、飞机、汽车，让我们一天内几乎能到达国内任何地方。"

"所以，你的诗，是你丈夫所写？"

她没马上回答。她将四个桃子，全都切成了薄片，整齐地摆放在果盘里。桃核上，一点果肉都没剩，比我用牙齿啃得都还要干净。我惊讶地望着她，再次证实了三爷挂在嘴边的话：专业的人，做专业的事。

她放在烟灰缸里的烟，早已熄了。她重新点起一支，吸了一口，才回应我的问题："每年，我仍会自己写一首诗，只为了给一个人看。"

我的脸，不自觉地红了一下。早些年，她的网络空间，我常进去浏览，对她贴在上面的诗歌也会评论两句。但我用的是网名，且自转写小说后，我几乎就没怎么读诗歌了。

许多疑问得到解答，我说不出来是什么心情。多年前，她因为爱，化身阿追，沿着我的脚步，走过了许多地方。但她的爱，所托非人，我这个榆木疙瘩、情感白痴，没给过她任何回应。她遇到三爷，赋予了追姐以新的意义，她也成为其红颜，为这新意义而左右逢源……

但现在的她，是她原本想成为的样子吗？她的亲人、她的丈夫，对此完全都不在乎吗？

尴尬的沉默再次出现了。"他们都不知道，"她说，"我对他们说，我干的是销售。有钱，每年还能有不少时间陪伴他们，对他们不就足够了吗？"

不够，家人更需要坦诚相待。我想说。但随即我意识到，自己还是单身一人，家中的母亲也有相当长时间没回去看望过了。我把想说的话，咽下了。

我们都陷入了沉默。

又过了一会儿，她将嘴唇伏到了我耳边："今天是火星大冲日，你想和上次一样，让我成为你的女人吗？"

我愣了一下，没想到她竟会如此直白。

她用手指夹起一片桃片，连手指一起，送进了自己的嘴里，声音若有若无：

"你说，我是你的第一个女人，你也是我的第一个男人。我说我喜欢上你了，那千真万确，当我身下的那片殷红为你而绽放时，我整个身心都被你掏空了。"她的嘴移到我的嘴边，我看到她的眼睛里有一湾晶莹在闪动。

我的注意力，被她拉了回来。

"我跟随你的脚步，到了贵州、云南、广东，回来后，谣言便与我形影不离了。再也没有媒婆上门提亲了。所有人都知道，我追着一个男人跑了。有些不三不四的无业青年开始在我家周围盘桓，他们说，苍蝇不叮无缝的蛋，我成了一个地道的坏女人……"

她的声音越发含混不清，我感到自己的身体开始燃烧，在她浓郁的香桃气息中，将要沉沦……

若不是这时有开门的声音传来，我真不知道，接下来会发生什么……

开门声响之后，接下来相当长时间，整个世界寂静无声。没有人从房间里走出，也没有人说话，甚至连秋蝉的鸣叫都静止了。

我嘴里叼着烟，但很久都没吸。阳光毒辣，我感到整个人都被烘烤透了。汗水，从全身的各个毛孔不受控制地往外溢出，T恤的前心后背，都紧紧地贴在到皮肤上，别提有多难受了。

潘帅的嘴唇依旧在我耳边，呼出的气体，炙热难耐。

"这个大日子，你不愿再让我成为你的女人？"她的声音极低，但在我耳边却如惊雷。我的耳朵不自觉地朝后缩了缩。

她突然大笑起来。"我是逗你的，你不会当真了吧？"她笑得上气不接下气，"快别愣着了，找你的小女朋友去吧。再不去，她的目光都能杀死我了……"

我回头朝我房间望去，只见那里房门大开，但丝毫不见人影。我知道潘帅是在说笑，但还是耸耸肩，起身，离开了她。

回到房间，舒离正坐在厅里的椅子上读书。还是那本《魔山》。她身旁的茶几上放着一杯清茶，她不时端起，轻啜一口。

她的脸，化了一层淡妆，雪白光滑。细长的睫毛，在粗笨的镜框下扑闪扑闪的，别有一番趣味。

"她这个样子，还真让人喜欢。"我暗暗告诉自己。

先前，她决定离开小镇，与我同行时，说实话，我并没觉得她美。是她的质朴与纯真打动了我。特别是见过蔡诗诗为了逃离小镇，不惜对金有余投怀送抱，我更加愿意伸手帮这位单纯的女孩一把。

但中午她在酒桌上的表现，活像是个打翻了醋坛的女子，难怪潘帅会说她是我的小女朋友。可此刻，她又安静得像只猫咪，自打我走进来，除了起身给我倒了杯茶，目光再没从书上离开……

我坐在她身旁，静静地打量着她。可越看，越不能很好地理解她。

外面的蝉鸣，不停涌来，房间内却寂静无声。而我，竟有种想吻她的冲动……

我端起茶杯，轻饮一口，但滚烫的茶水，把我的嘴烫了一下。我啊了一声，把杯子赶紧放下。她看了看我，道："心急吃不了热豆腐。水烫，你就等会儿再喝。"

我嘟囔着掩饰自己的窘态："我怎么知道会这么烫——"

"如果你渴得很，就喝我这杯，"她把她的茶杯推向我这边，"我这杯已经不热了。"

"那怎么好意思。"我嘿嘿笑道，但还是端起她那杯。水温刚好。我一气喝了大半杯："这茶既解渴，又好喝，果然与我喝过的不同。"

"你还会贫嘴呢，"舒离掩口而笑，把书合起来，"你在外面喝了茶，吃了水果，还会渴？"

我嘿嘿笑了笑："原来，你都看到了。潘帅说，你眼里冒火，能杀死人，我以为她是说笑呢。"

"你乱说什么呢！"舒离鼓着腮帮，"对了，你怎么认识贾大师的？还有那个追姐，她真是你第一个女友？"

"也谈不上女友，"我搔了搔头，"都是多年前的事了，一两句话也说不清。抽空我再慢慢告诉你。"

"好。"她脸上不自觉地泛起一片红晕，"你睡了多久？我醒来就不见你了。"

"睡了一小会儿。醒来后，看到大师在院子里，就过去同他聊了聊。"

她嘴唇嚅动了几下，刚想开口时，三爷走了进来。

"我以为你们还没起床呢，"三爷大声说着，眼睛却朝里面的床上望去，床上的被褥与我们睡之前一样，叠得整整齐齐的，没一丝凌乱，他目光中有些失望，看了看我，又在舒离的脸上停留了片刻，"难不成，你们压根儿就没睡？"

"怎么可能，"我答道，"你知道我，不午睡，下午一点事就干不成。"

"哦，那么说来，只是午睡？"

我知道三爷话中的意思，但故意假装糊涂道："还想弄什么？"

舒离一脸严肃地望着他，似乎对此十分敏感，三爷嘿嘿地笑了笑。"你猜，"他打了个哈哈，"现在，请你们移步，到广场去，活动差不多该开始了。"

走出房门时，我压低声音，对三爷说："你该提前告诉我，潘帅在这里的。"

"先前，我并不知道她就是潘帅，你的第一个女人——"

"你不知道她的名字，谁会信呢！"我着重强调道，"你们不仅是情人，还是商业伙伴！"

"她告诉我的是另一个名字：潘追娣。她的身份证上，也是这个名字。"三爷说，"但现在我明白了，那个名字，应该是为了生意。"

潘追娣。我明白了。就像初夏一样，我并没有记着潘帅的真实名字，难怪她会说我是——情感白痴。

在这种失落中，我们很快就抵达了殿前广场。广场上，聚集了乌泱乌泱的人群，将我吓了一跳——

第十二章　朝圣

广场正中央，竖着一尊由花岗岩石雕凿拼装的释迦牟尼佛坐像。

"这尊坐像高三十三米，用了三年时间才雕凿完成。"三爷介绍道，说这也是与别的寺院不同之处。

我抬起头，刚想认真地打量它，却被如云的香客给挤到一边了。香客们举着一尺长的巨香，虔诚地拜倒在佛像前，一个接着一个，一个送走一个。

另一侧，排起了长龙。三爷指着那排队的人群，对我说："我说过，你将是在寺庙搞签售的第一位作家，既是第一次，就得有效应。"

"可是，这也太夸张了。"舒离吐了下舌头，"这至少得有一千人，都要丁哥签名，丁哥的手要累断了。"

"不用为丁哥担心。"三爷狡黠地笑了，"比这更多人的场面，他都经历过。"

三爷说的是实情。不过，那是出版社和书城合力的效果。但在这名不见经传的金光寺里，竟然也能聚集这么多人，确实有点出乎想象！

我注意到，那些排队的人，每人手中都拿着我的书。尽管这些书是寺里赠送的，但这么多人爱书，我还是十分感动。

广场周围，摆放了几十张我的肖像海报。我注意到，有不少被人偷偷地画了心。那心有红色、紫色的，舒离只看一眼，便笃定地说，是用女人的口红所画。

"活动结束后，我也要一张这样的海报。"舒离说，"上面，得有你的签名。"

我惊讶地看着她，过了一会儿，还是点了点头。

活动持续的时间比预计长了许多。我的手因为不停签字，酸疼不已，但我尽量撑下去，并不让自己显得勉强。面对每位读者，我都愿意将最好的一面展现出来。不少读者提出合影的要求，我一一满足了他们。这无疑将签售时间拉长了许多。

最后，还是贾大师想了个办法：每位读者在我签名时，可以站我身旁，由摄影师统一拍摄。待第二天，他们离开时，找客堂寺僧认领照片即可。

读者们都很善解人意，爽快地接受了这个建议。这样，速度就快了许多。

在拍照过程中，三爷默默地站在我身后。金有余则自告奋勇，当起了摄影师。"可别小瞧我，"他下巴上扬道，"我是新闻专业出身的，摄影也是必修课。"

这两个男人，以各自的姿态，让我心中充满暖意。

这个过程一直持续到夜幕降临。橙红色的火星，成为一颗耀眼的明星，升上夜空，贾大师才宣告活动暂告一段落。

"各位施主，方丁施主会在寺内盘桓两日，你们可以在明后两天内前来，向方施主索取签名，或合影。但今晚，就到此结束了。仪式要进行下一项——"

那些未排到的人，虽不甘心，却也只能如此。不过，那越升越高，越发明亮的红星升上夜空，让他们意识到，这个特别的日子里，重头戏还未上演。

还有仪式？我莫名地看了看三爷，他微微点了点头。

贾大师接着说："今天，是个大日子，金光寺上空出现了'佛光普照'这一圣像；晚上，红月亮和红火星同现夜空。这满是奇迹的大日子前所未有，给本次朝圣带来了更多期许。下面，请各位平心静气，随寺僧诵唱的《心经》许下愿望——"

十二名寺僧走到前面，盘膝而坐。他们一张嘴，整个星空都宁静了。他们的诵经声，穿透红尘，带给我一种空灵之感，盘绕心头的困扰也消失不见了……

余音绕梁，久久方才散去。人们睁开眼睛，看到十二名寺僧离去，两名小和尚用手推车，徐徐推来一只巨大的九层蛋糕。

"各位都清楚，金光寺在男女姻缘方面，向来灵验。想必，刚才不少人许下了姻缘之愿。没许愿的，也没关系，可以跟方丁施主一同许。"贾大师说，"感谢各位，知道今天是方丁施主的生日，特地奉了香火，送来了祝福。现在，请方丁施主上来，切蛋糕，与大家一同许愿。"

我感动地看了三爷一眼，他微不可见地扬了扬眉，示意我上前。我从小和尚手中接过蛋糕切刀，走上前。贾大师又说："有个女孩，今早与方丁施主相识，就被他的魅力折服，不远千里跟来了。我们请她来与方施主一起切蛋糕。大家说，好不好？"

我和舒离都愣住了。

"不，这不合适，"舒离连连摇手，"被丁哥的女读者误会……"

"在这个充满奇迹的大日子，咱们不排除任何可能。"贾大师说，"说不定，舒离女施主许下愿望，成为方丁施主的女朋友呢？愿望成真，岂不是美谈一件？"

"就是，在一起，在一起。"三爷在下面拍手回应，"在一起。"

许许多多的人，也跟着一起喊道："在一起。"

舒离红着脸，站在了我的身边，与我一起，握住了那把切刀。不等交代，金有余迅速用相机拍下了我们切蛋糕时一幕……

蛋糕由寺僧分发给众人。我们一行几人离开广场，回到了小院。

金有余将相机交给贾大师，由其安排人员前去照相馆快洗。

"不要在乎经费，"三爷交代寺僧，"每个镜头，都多洗几张。"

晚饭在别院里吃。

桃树下挂了两只防蚊灯。一张圆木桌，替换了石桌，能坐下十余人，菜肴与酒水均已摆好。看着它，我的头有点儿大了。

"还喝？"我看了看四周，"在这里？"

"放心，这别院别人既进不来，也从外面看不到。"三爷答道。

"真是一帮酒鬼！"我撇了下嘴。

"你的大事都解决了，肯定要庆祝！"三爷暧昧地笑了。

舒离脸成了红布。

按照上午的席位，我们各自坐好。潘帅开始为大家斟酒。酒呈琥珀色，晶莹透明，醇香扑鼻。

想起晚上的仪式上没看到潘帅，我好奇地问她去了哪里，怎么没见她。

"这么一会儿不见，就想我了？"潘帅调侃我道，"你可别忘了，三爷就坐在你身旁呢。"

我感到自己的脸再次发起烫来。

"好了，不逗你了。"潘帅正色道，"这是我和大师约定的，对外及对内，各不干涉。我只负责对外沟通，而与寺中对接的则是大师。实不相瞒，在这里多时，我是连寺里都没去过。"

"我没想到你们会分这么清。"三爷看向她和大师，"这的确能让你们更好地各司其职，却过于冷冰冰的了。我更希望你们是个整体，遇到问题商量着来，拿出更好的对策……"

他们二人都没说话，三爷又道："这两天，是个大日子，追姐，我真心请求你，去寺里看看——"

"好。"潘帅举起杯子，与三爷干了杯中酒。

有人说，喝醉后解酒的最好方式是继续喝酒。我不知是否真就如此，但这个晚上，我们每个人都喝了很多的酒，个个都像酒仙附体，越喝越精神，越喝兴致越高。直到寺庙里敲起晚休的钟声，我们还在不停举杯。

"我得先离开了，"贾大师站起身，"明天，还有不少事要打理。你们继续，如有雅兴，也可以夜游寺庙。除了个别地方及寺僧休息之处，今晚全寺开放。"

"大师，你去休息吧。"三爷说，"我们还没尽兴，再喝会儿，再赏会儿月。"

虽说还继续，但我们以聊天为主了。我们与自己女伴低声私语。

"丁哥，你以前见过红月亮吗？"舒离眼神迷离地问我。

我点点头。我的工作，需要我关注这种奇特的天文现象。

"红月亮，又称为血月。本世纪，已经发生过好几次。它每次出现，时间都不长。今晚这次，将持续四个小时，会是本世纪时间最长的一次。"

她长长地哦了一声。

看来，对这种现象，她并不怎么了解。我继续给她解释："今晚，最大的看点是红火星和红月亮的邂逅，这是比牛郎织女鹊桥相会还难得的事，是独属于天文学的浪漫。"

"难怪那么多青年男女要朝圣。"舒离说。

"丁哥，它们几点才会相遇？"金有余突然插话进来，大着舌头问我。

"凌晨三点半，它们距离最近。用专业相机就可以拍出非常美的图片。"我答道。

"相机被拿去洗照片了，"金有余说，"但凌晨三点还需要两个小时。我可不等它们！"

说完，他摇摇晃晃地站了起来。楚楚也赶紧站起来，扶着他朝屋内走去。我不知道他使用了什么伎俩，让楚楚对他如此顺从。但显然，这个大日子，他们也乐在其中。

"那么，你呢，丁哥，是要回去休息，还是想继续喝？"三爷笑着问我。

我耸耸肩："我无所谓。"

"那就先回去休息吧。"三爷说，"舒离要看红月亮，就将闹钟定到三点半，届时，把大家都叫起来，共同欣赏。"他站起身时，冲我使了个眼色。

我自然清楚他的用意。

"好，好，"三爷边说边向他的房间走去，"明天，我听你好消息。"

酒，毕竟喝了不少，走起路来，有种头重脚轻之感。舒离的状况，更不乐观。她比我年轻十余岁，喝酒经验不足，喝得急，如今，酒劲涌上来，她的脸红红的，走起路来，摇晃得厉害多了。

"丁哥。"她含混不清地说着什么，将身子的重量，全都靠在了我身上。我边用力地扶着她，边仔细倾听她的话，终于弄明白了，她在不断地重复着这样一句话："我不是——坏女人，我可以——向你保证——"

房间里，下午临出门时的那杯茶，仍放在案几上。我走过去，端起它，一口饮完了。

就这么一眨眼的工夫，舒离已将衣服脱掉，扔在了地上。

"丁哥，"她呵呵笑着，脚步凌乱地朝我走来，"你看，我身材好不？"

她全身上下，只保留了内衣。因为青春，她肌肤光滑，富有弹性，让人热血偾张。

"你喝多了，"我在心底长叹一声，"你忘记了，清晨，在湖里游泳时，我就欣赏过你美丽的身体了？"

"你只想欣赏吗？"她摇晃着走到我面前，将手递了过来。我怕她摔倒，连忙将杯子放在案几上，扶住了她，她顺势搂住了我的脖子："你就不想进一步探索我的身体吗？"

她呼出的气体，吹在我的脖子上，弄得我有点儿心猿意马了。但我还是尽最后一丝克制，对她说："你喝多了。"

"我不管，我要你吻我。"她像个小女孩那样，撒起了娇，"那么多人做证，我是你女朋友，你可不许耍赖。"

我哑然失笑道："你想要我耍赖？"

"我不管，你要吻我！"

我在她的额头上轻轻地吻了一下。但我怎么都没想到，这个女孩，这个热爱游泳运动的女孩，却搂住我的脖子，轻轻一跃，双腿盘在了我的腰间，然后，将柔软而又带着芬芳的嘴唇，印在了我的嘴上。

她这一连串的动作，是在眨眼间完成的，让我来不及有任何反应。从她散乱的瞳孔中，我看到了我的眼睛，变得又大又圆。

而让我更加哭笑不得的是，几乎就在下一秒钟，她却发出了轻微的鼾声：她嘴巴咂巴了一下，搂住我的脖子，将脑袋依在我肩上，睡着了！

她的身体，依旧紧紧地盘在我的身上！

我将她抱到里间，轻轻地放在了床上。她又咂巴了一下嘴，翻了个身，便朝里睡着了。

"这个小丫头，差点要了我老命！"我摇头苦笑着。

一股浓浓的睡意袭来，我和衣躺下。临睡前，朝窗外看了看，红星已升至中天，变得又大又圆，将周围的夜空也染红了……

醒来时，我迅速起身，走进洗手间，冲了个冷水澡。洗澡时，我渐渐记起了在刚才短暂的睡梦中，我先后梦到了两个女人：潘帅和那个我第一次去深圳的火车上，坐在我对面的女人。

潘帅可以解释得通。这次的重逢，让我对她有了更为深刻的了解。可那个火车上的女人，又怎会进入我的梦中呢？

要知道，她只是我生命中的过客，过去了，也就真过去了。

我与她谈过的话，只有寥寥数语，甚至都不知道她的名字！

或许，是我洗澡的声响吵到了舒离。我从洗手间里走出来，她也从床上坐了起来。我注意到，她的衣服也已经穿好了。

"到时间了吗？"她问我，似乎压根儿就不记得睡前发生的事了。

"什么？"我一时之间没反应过来。

"浪漫的邂逅。"舒离说，"是不是到时间了？"

我这才明白，她指的是红火星与红月亮的相遇。"我没看时间，"我如实地说，"我只是突然觉得需要冲个澡——"

舒离微微笑了笑。她拿起手机，看了眼时间："还有二十分钟就到凌晨三点半了，它们相遇的最佳时间。这二十分钟，咱们要干什么？"

"你需不需要冲个澡？"我提议道。

"好建议。"她从床上一跃而起，从自己的包内掏出了一大堆女人用品，冲进了洗手间。当她将水龙头打开时，我清晰听到她的一声叹息……

红月亮从天空消失时，东方的夜空变成了青灰色。舒离站起身，在桃树下长长地伸了个懒腰。

"走吧，丁哥，咱们回去睡觉！"她打了个哈欠。

这是一句无心之语。但听起来却充满了暧昧。

"你去睡吧，"我对她说，"这个时间，我该起床了。"

"我不睡够八个小时，就一天没精神。"她打着大大的呵欠，朝屋内走去。

年轻时，我也总觉得觉不够睡。但随着年龄增长，我的睡眠时间变得越来越少了。

我坐着又抽了一支烟，估计她睡着了，这才起身，走进房间，拿出泳衣，朝后山走去。

昨天前往寺庙的殿前广场时，三爷曾向我介绍，路旁这一百多亩的山林种有不同品种的香蕉。那一串串黄灿灿的果实，看上去，着实诱人。微风穿过香蕉园轻拂而来，带来了那种透彻心脾的果香。

"那是种植区，寺里的和尚都有自己的'责任田'。"三爷说，"打理它，的确非常辛苦，但收获常让人忘记辛苦。这是贾大师主推的寺务之一。"

我注意到，香蕉林中有一片湖。那湖对我是不小的诱惑。

到了湖边，我惊讶地发现，有人在游泳。从那锃亮的头顶来看，是个和尚。

我换上泳衣，做了几个热身动作，下水，开始游起来。

湖不大。没多久，我与那人碰面了。"我一猜，就是你。"贾大师哈哈笑道。

"怪不得没有别人，原来，大师在此呢。"我也笑了。

"你小子！"贾大师像个孩子，朝我拍了一下水，"怎么样，赛两圈？"

"谁怕谁！"

接着，我们比赛起来。蛙泳、仰泳、自由泳，不限方式，不限赛道，我们像鱼儿一般，快速地在水中穿梭。连续游了三四个来回，这才上了岸。

"你小子，不错，一口气也能游三四公里，体质可以！"贾大师抽出烟，递给我时说。

"你比我更厉害。"我佩服道，"比我先游，还能和我一起游四公里！"

"我这是每天坚持的结果。"贾大师说，"反而是你，不容易。"

我耸耸肩，将烟点燃："昨晚，那么多香客，真让我吃了一惊。金光寺没建多久，规模也不算大，为什么会有这么多香客？"

贾大师微微一笑，颇有拈花悟道的意思。他的目光，朝前望去。这里虽是湖边，但地势比前面的寺院要高。所以，坐在湖边，能看到前面的寺院。它被参天树林覆盖着，郁郁葱葱，散发着勃勃生机。

"你对国人心理有何研究？"他以问代答。

"猎奇和迷信，支配着大多数行为。"

说着，我像受到启示一样，豁然开朗了。"你们是有意不组织专家对日晕进行调查的。"我说，"那样，'佛光普照'就更能满足世人的心理了。"

贾大师未置可否地笑了笑。

我接着说："来时，我对三爷说组织专家调研，难怪三爷没表态。我明白了，那些名刹古寺，为何也从来不组织专家进行研究了。"

"我一直说，修行不在于出家与否，其实，社会才是最好的修行之所。"贾大师说，"现在看来，果然如此。方丁，你虽没读过经书，对世间万物的理解比和尚我还要透彻。所以，你非但具有佛缘，还颇有慧根——"

"不用了，"多年前，我们刚认识不久，他就曾劝我出家当和尚，见他又要重提旧事，我连忙打断他，"我尘缘未断，就只能继续在红尘中修行。"我长吸一口烟，"昨天，在山脚下，三爷说，文明度越高的国家，越倡导信仰引领。还说，寺庙是宗教活动场所，该正向发挥作用。看来，你受三爷影响较深。"

"多年前，三爷找到我时，和我深入谈论过这个问题。"贾大师点燃了第二支烟，"他说面对问题，有识之士，有大情怀的人，就会有所行动，力所能及地干点什么，以改变这种状况。"

"你是怎么回答的？"我好奇地问。

"我说，信仰缺失了，个人之力又能发挥什么作用？不过是螳臂当车罢了。"他看了我一眼，接着说，"三爷说，他想通过商业配套的模式投资一座寺庙。那着实让我惊讶许久。这些年，我几乎就在这一问一答中度过。质疑，肯定。再质疑，再肯定。令人欣喜的是，在这两种状态下，寺庙声名渐起，被越来越多的人知道了。"

"你和三爷都是有大情怀的人。"

"三爷说，他不在乎钱，否则也不会参与到这种投资中。他第一次找我，就明确这一点了。但我心有执念，毕竟，他投了那么多钱，我不能让他亏太多。"

"你确实心存执念。"我笑了，"朝圣仪式上，推蛋糕出来时，我就知道了。"

"最初，这儿完全不像现在这个样子。地理位置偏僻，附近也没什么像样的建筑。虽说这座寺庙有五百多年历史，但清末毁于战乱。民国时，又进行了重建，但规模小得不成样子。你可以想一下，农村的房舍是什么样子的，这寺庙就是什么样子的。"

"那也太小了吧！"

"所以，三爷一下子砸那么多钱进来在这儿建商业，我可是心疼了好久呢！那时间，我可是一点把握都没有呢！"

"现在，不心疼了吧？"

"现在，我越发觉得，三爷对人性的了解超出常人太多了。"

"深谙人性，有情怀，擅长运用规则，大胆有魄力，不正是他的成功之道吗？"我笑道，"咱们一不小心就破解了他的成功密码，非得要他好好地请咱们喝一场才行！"

天边的青灰色，已变成红色。贾大师站起身来，活动了一下四肢："这新的一天，要开始了。来吧，咱们再游两圈，回去开工！"

所谓"开工"，是指兑现昨晚的承诺，满足香客签名及合影的要求。尽管今天香客锐减，但一整天下来，我还是与差不多两百人留了合影。

在这间隙，贾大师带我参观了金光寺。

"作为旅游周刊主编，你参观过的寺院，肯定你自己都记不清了。金光寺是个小寺，无法与那些寺院相比。"贾大师说，"所以，我带你去看看别的寺院没有的。"

他带我去的是藏经阁。这在不少寺院都有，但我相信这里一定与众不同。

"我们无法与古寺名刹相比，但这几年，经过我的网罗，金光寺藏经阁的经书却也蔚为可观。"

藏经阁共有两层，每一层都有三间屋子那么大。假和尚打开下面的一层，我发现进入一个书的海洋。满屋子的书架，每个书架都直顶天花板，上面摆满了经书。要收集这么多经书，也不是容易呢！我不由得对假和尚充满了赞叹。

"当然，作为一座寺院，光有经书也不行，还要有些别处没有的东西。"他朝藏经阁里面走去，在最里面的一个房间前，停住脚步。房门上挂着一个木牌子，上面写着："佛光编辑部。"

"这是……"我吃惊地问，"这里竟然设立有编辑部？"

"这是我在这寺里的主要工作，主编这本名为《佛光》的刊物。"

"那你工作量岂不很大？"

"的确很大。毕竟，办刊物与抄佛经不同，刊物除了专业性之外，还要考虑可读性，兼顾传达相关政策。这是件很费脑力的劳动。正因如此，国内的佛教刊物一直不多，尽管寺庙多得数不胜数。"

"你真是越来越让我吃惊了。"我感慨道。

我看到已经编辑完成的刊物。每一本都以"佛光普照"的景象为封面，采取了不同角度的拍摄，在主编位置上清晰地印着贾大师的名字。

贾大师随手拿起一本，递给我："拿一本留作纪念吧。"

"刊物发行量怎么样？"

"这季刊，至今已办六期，每期印量五千本。基本上全发行出去了。"

"那也不错了。发行完，应该能满足编辑部运转所需的费用了。"

"不。"贾大师说，"佛教的刊物与书籍，都是全免费向香客派送的。我们这几天派出的三千本你的书籍，也是免费的。"

"啊，"我吃了一惊，"那你们岂不是要花不少钱？"

"我们也接受香客的捐赠。但在这方面的支出，三爷从来都比较爽快的。"

我渐渐发觉，三爷与贾大师，形象高大了许多。

"与此同时，我还在干一件事。"离开编辑部时，贾大师说，"坚持抄经。"

"抄经？"

"是的。目前，我已抄好几本经书了。"

"哦？"

"我这手抄经书，可与别人不同，我使用的是自己的血。"

"啊，血书？"我讶然异常。万万没想到，在他嬉笑的外表下面，竟潜藏着如此虔诚的心。

在二楼，贾大师展示了他抄写的经书。鲜红的经书，用毛笔小楷抄写得工工整整。牛皮纸做封面，每本经书单独成册，共有九本。

"我这个人，心性不稳，只好借由抄写经书达到修心的目的。"

我动了深入了解这位传奇人物的念头。

"别想了，"他看出我心中所想，直截了当地说，"我不会让自己成为你作品中的人物。你最好趁早打消这个念头。"

"果然是大师，一语中的。"我认真地说，"以后，不管你同意与否，我都得像三爷那样，称呼你大师——"

"一切随你，不过都是虚名而已。"

受火星影响，气温还是居高不下。一直端着专业相机拍摄的金有余，满脸汗水，全身衣服也湿漉漉的。

"三爷，我这一天累得，像个孙子似的。你得犒劳我！"夜幕刚刚降临，金有余便冲三爷大喊道。

"好，你说吧，要怎样犒劳你？"三爷爽快地答应了。

"我还要楚楚！"金有余面不改色，声音依旧很大。

楚楚一大早就离开了。所以，金有余的要求很是难为三爷。

三爷费了不少口舌，好像又应承了什么，两个小时后，楚楚才再次出现。不过，与昨晚相比，她像变了个人，目光躲闪。我隐隐觉得，昨晚回房后，她和金有余发生了什么不愉快的事。

这一晚，我们又在别院里喝了不少。

除了楚楚的眼神躲闪，三爷也引起了我的注意，他有点儿心神不安，完全不在状态。

"你们想不想听三爷的糗事？"从头到尾，金有余都兴奋异常。喝到最后，他用筷子敲杯子，让大家安静。

"好啊，好啊！"潘帅唯恐天下不乱似的，雀跃道。

金有余看了看三爷，说："我给你们讲一下，三爷与夫人之间的事吧。"

我刚喝了一口水，闻言，一下子全喷了出来。

"你确定？"我问。

"她虽是我姐，但没什么不可以讲的。"金有余没心没肺地说，"不就是那点儿事吗？看穿了，也就没什么了。"

看来，金有余也喝多了。

"好了，好了，快说吧，扯那么多没用的干吗。"潘帅催促道。作为三爷的红颜，对三爷与夫人之间的事，她比较有兴趣。

"那是发生在我姐——就是三爷的夫人——第二次怀孕时的事。"金有余说，"有一次，他去鬼混——别用那种眼光看我，我是他的兼职司机，他要去哪儿时，我可管不着。回来时，夜已很深了。当我把车在车库停好时，看到我姐在车库出口等我们。我心里咯噔一下，暗叫不好，被她抓了个现行。三爷却一脸平静，全然一副尽在掌握的样子。可越走近，我越紧张了。因为，我看得清清楚楚，我姐手里提着一把菜刀。那菜刀好像磨了很长时间，在昏暗的灯光下，闪闪发光——"

听到这里，每个人的呼吸都屏住了，跟着金有余，把心悬了起来。连楚楚，眼睛也瞪大了。金有余环视大家后，对众人的表现很满意。可他故意吊大家的胃口，停在这儿，不往下说了。他拿起酒壶，给自己加上酒，慢慢饮起来。

"后面呢？你倒是快说呀。"潘帅催促道。

"是啊，你就别在这儿卖关子了，快说吧。"坐我身旁的舒离也催促道。

"好吧。"金有余放下酒杯，在楚楚脸上亲了一口，这才继续讲下去。

楚楚身子微不可见地缩了一下，但没躲开他。

"不瞒各位，看到我姐提一把明晃晃的菜刀，气势汹汹地站在那儿等着我们，我的心可是悬在嗓子眼了，但三爷面不改色气不喘，我就知道，他一定有了应对策略——"

"三爷做了什么？"潘帅问。

"他先是深深吸了口气，正准备走过去时，我非常不安地扯了扯他，低声问他：'三爷，怎么办？'你们可知道，三爷是怎么回答我的？"

"怎么回答的？"潘帅又问。

"三爷小声地对我说：'有我在，别担心，没有三爷我应对不了的局。'啧啧，你们当时没在场，不能看到三爷那种泰山崩于前，而面不改色的场面。那个魄力真是常人所不能及呀！"

"你就别卖关子了，快点儿说，接下来发生了什么！"潘帅面露不耐。

金有余说："只见三爷慢慢踱着方步，慢悠悠地朝我姐走过去。当时，他走得很慢。我敢说，他的大脑一定在飞速运行，一定在思索一个万全之策。只见他慢慢地踱到我姐面前，装作没看见她手中的刀，用十分关心的口气，呵斥道：'这么晚了，你怎么还没休息，真是胡闹！'说着，他伸手就去拉我姐，让她跟着自己赶紧回家。"

强弩之末。这种情况下，每个男人都会如此。大家不由得露出失望的表情。

金有余忙向下讲："可你们想想，我姐憋了一肚子怒火呢，怎肯就因为这一句话善罢甘休。我给大家学学她当时的样子吧。"说着，他站起来，用一只盘子当作菜刀，右手提着，左手抬在半空中，指着三爷，"你这个丧天良的，今天不老实交代，又到哪儿鬼混了，老娘我跟你没完！"

金有余一副泼妇形象，大家全被他逗笑了。笑后，把目光转向了三爷，好像十分同情他的处境。

"大家想想，三爷是什么人，怎么会被这一句话就吓倒了呢！只见他温和地对我姐说，"金有余惟妙惟肖地模仿起三爷来，"亲爱的，看你说的是什么话，我是那种不负责的男人吗？

你这不怀孕了吗，我寻思着，给你买些补品，就让有余送我去了香港。"

"编，使劲地编吧。"金有余又模仿起姐姐的模样，"你连港澳通行证都没有，我看你怎么去的香港。"

"怎么没有，"金有余说，"三爷从口袋里掏出一个蓝色小本本，那的确是港澳通行证。说实话，三爷什么时间办的证，我一点也不知情。显然，我姐也不知道。只见她当时愣了一下，用怀疑的目光，看着他，说：'那么，你买的补品呢？'"

"'补品没买到，但保胎药买到了。'三爷说着，走到车旁，打开车门，从后座提出一袋药品。各位，我向你们保证，那药品，先前我根本就没看到，也不知道他是何时放在车上的。"金有余自顾自地说，"一切都像变戏法一样。好像只要三爷需要，什么东西都能手到擒来。那药的确是香港产的。我姐确认了之后，这才转悲为喜，同他一起离开了。一场危机就这样化解了。"

"就这样结束了？"潘帅向三爷问道。

"男人嘛，对老婆，还是得多加呵护。"三爷笑道，"家和才能万事兴嘛。"

我注意到，三爷的笑有点儿勉强。

我以为自己喝多了，但使劲儿揉了揉眼睛，确实如此。

"好了，时间不早了，咱们撤吧，"三爷站起来，身子摇摇晃晃的，潘帅赶紧站起来，扶住了他，"明天，有大把的时间，可以聊天、扯淡。"

"这么早就睡，岂不浪费了如此良辰美景？"金有余说，

"如此美景如此夜，咱们应该尽情放纵才是。"

"那你说，接下来要干什么？"三爷问道。

"朝圣！"金有余没来由地说出这么一句，他看大家面露惊诧，故弄玄虚地笑了，"这是咱们来此的主要目的，可不能忘记了！你们也看到了，今晚的红火星比昨晚更清晰了，不正是朝圣最好的时机？还有，你别忘了，昨天，你还让追姐去寺里逛呢。何不就趁现在？"

"真不知该怎么说你好。"三爷摇头笑了。尽管如此，他却没表示不同意见。于是，我们几人，你扶我挽，摇摇晃晃地离开廊院，朝前面的寺院走去。

夜风吹来，凉习习的。可因为酒精，没走几步，我们便已经大汗淋漓了。

"热死了，"金有余边走边脱掉上衣，露出他粗壮的上体，"还是脱掉衣服爽快，三爷，丁哥，你们也脱吧，深更半夜的，也没人看见。"

"有何不可！"三爷也极为利索地把上衣脱了。

我愣了一下。

这可不是我印象中的三爷。

他虽然洒脱，不拘小节，但作为一个老板的体面，他还是有的。

可此时，在夜幕的掩盖下，他却脱掉上衣，露出了旺盛的体毛！

我看了他一眼。他摇晃得厉害，便明白，他今晚喝醉了。

这也让我觉得诧异。以往喝酒，他可从没醉过，至少在我面前没醉过。

我又想到喝酒时，他的心不在焉……

"丁哥，你也把衣服脱了！"三爷大着舌头对我说。

"我就算了。"我用最后的理智拒绝了。

寺里的路灯，晚上十一点便已熄灭。除了个别住寺的香客，香客全被清理离开了。住寺的客人，也被通知，熄灯后不允许在寺里走动，否则，出了事故，要自行承担。

所以，我们如入无人之地，从容而又安静地在寺院里走动。路灯已经熄了，但月色很好，能够看清寺院里所有的建筑。

不过，说是夜游，不如说具有某种明确的目的地更为恰当。因为，路过一座座建筑及殿堂，我们没驻足，就连看到广场上的大佛时也没瞻仰。在金有余的带领下，我们直接走进了大雄宝殿。

供案前的长明灯，将殿内照得如同白昼。殿内香烟缭绕，静穆庄严。佛坛上并列着三尊高大的金色佛像。我们煞有介事地各上了一炷香，然后，走马观花地看了殿内其他佛像。观看完这些佛像，金有余笑道："三爷，现在功力有没有倒退，还能不能担起'三爷'这个称号？"

金有余语气里满含挑衅。

"在这里？"三爷明显吃了一惊，"这是圣地，亵渎神灵的事，可不能做！"

"你说，爱是神圣的。圣地朝圣，岂不是最好的选择？"金有余有意激三爷，"难不成，你功力退了，担不起'三爷'……"

三爷的眼神里，有片刻犹豫。但随即，他双眼发红了："你想赢我？没门！"

看到他们同时解下皮带，我立即明白，他们要干什么了，连忙对舒离说："已经很晚了，咱们回去吧。"

舒离醉醺醺的，不明白眼前的事。她嘟囔着说："刚来到这里……他们都还没走呢。"

"想看，我明天再带你来，"不由分说，我抓着舒离的胳膊就往外走。

"哎，丁哥，别走呀，这次行动，你是主角呢！"金有余喊道。

走到门口，我头也没回地说："这种事我不掺和。"拉起舒离快步离开了……

第十三章　一生所爱

醒来时，天还没亮。外面朦朦胧胧的，世界还在寂静的睡眠之中。我身边的舒离也还在沉睡中，不时咂着嘴巴，完全没存任何戒心。

既已醒来，我便再也无法入睡。我的头痛得厉害，这是连日醉酒留下的后遗症。"这酒，还真是穿肠毒药，"我小声嘀咕着，轻轻下床，去倒水喝，"每喝醉一次，身体就会明显地差很多。"

不管承认与否，随着年龄增长，我的酒量倒退了不少。以前喝醉，睡一觉醒来便也好了，可现在不行。从里面卧室走到外面客厅，全身就被汗水浸湿了。这是体虚的表现。水杯里有半杯凉水，我又加了半杯，一口气把它喝完，然后，打开门，在台阶上坐下了。

夜风吹来，凉凉的。一支烟抽完，我的大脑完全清醒了。想起昨夜的事，我的脸发起烫来。"那是真的吗？"我轻摇脑袋，极力否认。但那是真的。

一想到"三爷"这个称呼，李正的话，就在耳边响起了："好家伙，他一天约见了三位女笔友！"

"三爷"这个称呼，几乎使所有人都忘记了他郭侯这个本名。这个称呼，让他风光无限，如今，却成为他的负累。

他是个成功而又体面的人。无论投资任何领域，都能赚得盆满钵满。他的两个儿子也很棒，老大今年本科毕业，在上个月，又以优异的成绩被京城一所大学录取了，九月开学将正式入读研究生。老二今年中考，也被深圳八大名校之一的高中录取。三年后，也将毫无悬念地入读重点大学。他的妻子把家中一切处理得井井有条。而他的红颜，总是心甘情愿为他付出……

不知从什么时间，他发生了改变，开始变得虔诚，并愿以一己之力，为世人的信仰重建做点事。这几年来，他从没给我讲过他的朝圣、他的大情怀。昨天早晨，在与贾大师的谈话中，我认识到了他完全不同的另一面。

但昨晚，他的大情怀又变得如此不堪……

"一念成佛，一念成魔。"点燃烟时，我喃喃自语道，"还不如现实一点，什么都不想，一切顺其自然。"

"我完全同意。"背后，突然传来一个女人的声音，我虽被吓了一跳，但不用回头也知道，一定是舒离，"咱们都应该活在当下。"

"你怎么醒了？"我撩了一把长发，"是我吵醒你了吗？"

"不，不是。"舒离在我身边坐下了，"我刚才醒来见你不在，想着你可能出来了，就起来看看。"

"让你担心了。"

不知是不是接近黎明，月亮努力发挥着最后的亮光。我能清晰地看到舒离脸上的表情。她很动人。有那么一刻，我真想把她拥入怀中，轻吻一口。可我只是狠吸一口烟，叹了口气。

"怎么了？压根儿就看不上我？"她幽幽地问，"要不然，你也不会三更半夜地不睡觉，跑到院子里发呆了。"

"没，没有的事。"我连忙解释道，"刚才口渴得厉害，就醒了，然后，看到月色不错，就出来坐会儿——"

"可你……"舒离的声音低了下来，"你连碰都没碰我一下……昨晚没有，今晚也没有！"

我愣住了。我没想到，我的克制会让她感到冒犯。

"呃，"我沉思许久，决定如实回答，"你是个好女孩，我也很幸运有你这么一位美女读者。只是，现实与文学作品不同。在现实中，咱们每个人都有必须要负的责任。我不希望因一时冲动，犯下终生后悔的错误……"

"可如果我对你说，我愿意呢？"她目光直视着我。

尽管她戴着厚厚的玻璃瓶底儿眼镜，我还是看到了她眸子中的熠熠光辉。我没想到，在如此清醒的状态下，她会如此直截了当地表白，一时之间竟有点儿不知所措了。

过了好大一会儿，她扑哧一声笑了。"看把你吓的，"她说，"我逗你玩呢。你比我差不多大了十岁，我才不会爱上你呢！"

"你个小丫头！"我笑了，轻轻在她背上拍了一下，她顺势偎在了我怀里……

客人早饭在寺里吃斋，是别院推出的特色项目。但寺里的早饭，一般在可以看到掌纹时吃。所以，当三爷打着哈欠，和我一起坐到早餐桌前时，我颇为吃惊。"你怎么起得这么早！"我问他。

餐厅里静悄悄的，所有的僧人都像被消除了声音，连吃饭时也听不到一点儿动静。三爷做了个"嘘"的动作，我马上噤声，安静地用起早餐来。

"不知怎么搞的，从昨晚开始，我就有种心神不宁的感觉。"离开餐厅时，三爷回答我的问题道，"就好像有什么重要的事，而我恰好给忘记了。"

"我想，正是你的心神不宁，才有了昨晚的荒唐行径？"

"昨晚，你注意到了？"

"喝酒时，有好几次，你走神了。"

"昨晚，大殿里的事，我希望你保密……"说着，三爷摇头笑了，"算了，做都做了，还害怕别人知道！无所谓了。"

"这与你的虔诚背道而行。"

"虔诚？我从来就不是虔诚之人。"

"你就别装了。"我如实告诉他，"这两天，贾大师同我聊了许多。我对你的了解，也不再是单一的了。"

他叹息了一声。"我以为，我可以走得更远，但没想到……"他微微摇了摇头，"我想，我可能要戒酒了。"

我愣了一下："不是说笑？"

"只是突然有了这种想法，但谁能说得准呢。"

"我明白了，你起这么早，是因为昨夜的事而内疚——"

"当我开始戒酒时，我荒唐的情爱也将正式画上句号。"

"你总算意识到，你情感上的言行是荒唐的了？"我说，"就算如此，估计你也戒不了。叫猫不偷腥，难呢。"

他未置可否地笑了。

"潘帅呢？她不起来吃早餐？"我又问。

"她一大早就带楚楚离开了。她在市内有住处，你也能想到，这别院主要是面向客人的……"稍一停顿，他的眼睛瞪圆了，"你呢？怎么起这么早？你不会还没下手吧？"

"怎么可能。"我轻描淡写道。

凌晨，在返回房间后，舒离的主动，让我的克制瞬间破防。

"我不是小孩子，知道他们在大殿里是怎么回事。但我从不认为朝圣是仪式，它是行动，何时何地都可以进行。就如我喜欢你，立马付诸行动，这是我自己关于爱的朝圣……"

我愣住了。她开始吻我。 "幸好，今晚的火星与昨晚相比，并不逊色……"她含混不清地说。

事后，在我怀抱里，她沉沉睡了，好像永远也睡不够，更别提起床吃早餐了。

"不浪费就好。"三爷长吸一口气，若有所思地说。

"一想到她还只是个不谙世事的女生，我就有种罪恶感！"

"什么不谙世事！说不定，她是位高超的逐爱者呢！"三爷脱口而出道。

"若真如此，我反而成为猎物了。"

我们信步走向前殿。在这个过程中，他没再谈他的不安。

天色渐渐地由青灰变白，负责清扫的小和尚正把垃圾装进可移动垃圾箱内。

在山门台阶上，我们坐下了。但谁都没再开口说话。

天空渐渐地升起一缕橘红，好像害羞的姑娘，脸上突然浮起红晕。没多久，山脚下便有一个人影匍匐着朝山上行来。

那人影用了很长时间才来到山门。这时，太阳已经升起来了。能清楚看出，那是个女人。与其说她是行，不如说是爬。她三步一拜，每一次跪拜时，都虔诚异常，额头都触碰在地，匍匐一团。看那么一会儿的工夫，我甚至产生了一种错觉，能够清楚地听到她额头触地的声音。

多么虔诚的朝圣者！

我扭头看了看三爷，只见他不知何时站起来了。我这才发现，我们坐在正门口，等别人跪拜上来，很是不妥，连忙站起来，和他一起站到山门旁。

"这样的朝圣者，应该是寺庙的福音！"我低声对他说。

三爷没言语。他双眼发直，嘴唇紧闭，点燃的香烟烧到手指也浑然不觉。随着他的目光，我再次打量起那个女人来。

她离我们只有几个台阶了。她五十岁左右，但看起来至少年轻十岁。汗水从她脸上如黄豆般滚落下来。她面容清秀，汗水流过，也没留下任何痕迹。看来，她并不是那种喜欢用浓厚的化妆品来妆点自己的女人。

阳光普洒世间。她每一次跪下来，都会在她的额下留下短暂的阴影，似乎在保护着她的额头和面庞。她身穿一套品牌运动装，看起来属于中产阶层。

这一刻，我明白了，信仰与阶层无关。

三爷依旧没言语。早晨的山中，万物寂静，唯有秋蝉在扯着嗓子嘶鸣。我的话，他不可能没听到。就连那虔诚跪拜的女人，也抬起头朝我们看过来。

我越发清晰地看到了女人的脸。她的眼睛很大，嘴唇性感，双腿修长，身材高挑，即便是岁月在她额头上留下了痕迹，但仍比时装舞台上的许多模特儿更加美上几分。奇怪的是，仔细观察后，我对她竟似曾相识。

就在这时，我听到三爷咕咚吞咽口水的声音，接着，他自语般地嘀咕道："真是怪事！"

我看了他一眼，发现他像见了什么可怕的事，神情中满是忐忑和恐慌。我从没见过他这副表情，刚想开口问他怎么了，但因那女人来到面前，住了口。

女人的目光掠过我们，用的是高傲的眼神，像横扫千军似的从我们身上扫过。可随即，她又仔细地打量了一番我们，接着，像触电般，嘴唇嚅动，全身也跟着哆嗦起来。就在下一秒钟，她慢慢向后倒去。我刚想伸手去扶她，却见三爷早已如受惊的兔子，一下子蹿到了她身边，将她搂进了自己的怀中。

女人在他怀里完全失去了知觉。

我从没遇到过这种事，一下子有点儿束手无策。只听三爷冲我喊道："别愣住，搭把手呀！"

我们合力将她抬进寺里。三爷说了句让我更加惊讶的话："抬我房间，快！"

幸好，这里与别院仅一墙之隔。没费多大力气，我就与三爷合力将女人抬回了三爷的房间。将她在床上放下时，我注意到肌肤很白，富有弹性。这种感觉，越发熟悉了。可在哪里见过她呢，我却怎么也记不起了。

三爷有条不紊地忙碌着，将全部精力都用在了照顾女人上。他将毛巾用冷水打湿，叠成方巾，放到女人额头。他看那女人的眼神，就像在看恋人，目光中满是柔情。

或许，是注意到了我在盯着他看。他笑笑，与我走到外面的厅里。

点烟时，他的手不停哆嗦，以至于花了好长时间才把烟点着。他也不掩饰他的情绪，长吸一口，才用颤抖的声音对我说："丁哥，刚才在外面，我说话的语气有些重了，你不要介意。"

我笑了笑，起身，倒了杯水给他，压低声音道："你把我看得太小心眼儿了。"

三爷长叹一声。"你一定想不到，她竟是我一位熟人，"他的眼圈有些潮湿，"分别几十年，我们竟然还能一眼就认出对方……"

我没言语，等着他继续说下去。

"我和她，曾有一段难忘的恋情。但后来由于诸多原因，没能走到一起。"说着，三爷陷入了对往事的回忆之中，嘴角边不时浮现出微笑，但很快，他的脸上就被一种懊悔所占据了。

"实不相瞒，她是唯一让我觉得痛心的女人，"他唉声叹气地说，"尤其是后来，李正跟我说过，她过得很不好。"

这时，我猜到了女人的身份。"她就是陈晓？"我脱口而出道。

三爷叹息着点了点头。在这一刻，我发觉，三爷对金有余说的话，的确是发自肺腑的。他说："对女人一定要有充分的尊重，只有这样，才能有机会得到她的赏识。"刚开始，我以为他不过是说说而已，但此刻，我相信他确是个重感情的人。

外面，知了的聒噪越来越响，阳光也如一个称职的清洁工，在不声不响中溜进房间，把每一个角落都清理得干干净净，顺手又洒满了光明。三爷一支烟吸完，又点燃一支。

"那时候，我是对她动了真感情，我们分手时，我还再三发誓，这辈子非她不娶。这些年，一想起我们分别的情景，我心里就很不是滋味……"许久，他抬起头，看了我一眼，补充道，"她是炮兵，这你一早就知道了。"

"李正跟我说过。"

"在她之前，我就与不少女人发生过关系，现在也是这个德行。但我想说的是，从没有哪个女人像她那样让我动心。在我离开部队时，我难过得差点要死了。你有没有感受过，心一下子被掏空的感觉？毫不夸张，那感觉真的会让人痛不欲生。"

"可你并没遵守诺言，"我毫不留情地指出，"娶了嫂夫人。"

"那也是我至今也感到不可思议的地方，"三爷又叹息道，"有些人，好像冥冥之中注定的一样，一见Ta，你就会对自己说，我的这一辈子，非Ta莫属了。就如咱们第一次见面，我心里马上就认你这个朋友了。缘分这东西，有时真的很奇妙。"

人生在世，总有一两件自己无能为力的事。

"如果再让你选一次，你是选陈晓呢，还是现在的嫂子？"

"是呀，你会做出怎样的选择呢？"另一个声音插进来，轻轻的，柔柔的，似轻风拂面，让人感到舒适。我回头，看到陈晓已经起身了，正站在我们身后，等着三爷回答。

"醒了就好，"我站了起来，"这儿没我的事了，我先走一步。"

我正要走，陈晓伸手拦住了我："急什么，恩人，我一直还没谢谢你呢！"

"恩人？"我再次将目光聚集在她的脸上，随后，我认出她来——我初来深圳时，火车上坐在我对面的那位怀抱婴儿的少妇！

就在昨夜，我还梦到了她和潘帅……我的脸，瞬间红了起来。

"什么恩人，怎么回事？"三爷一头雾水地问我们。

陈晓将多年前在深圳火车站发生的事讲了一遍。

"谢谢你，丁哥！"三爷紧握我的手，"要不是你，我们也不可能在此相遇！"

"别整那些虚的。"我笑道。

"对了，你怎么会来这里呢？"三爷问陈晓道。

"还不是为了找你！"陈晓白了三爷一眼，无限柔情地说，"你不知道，这些年，我找你找了多少地方——"

陈晓的话，让我内心充满了感动。

"你是从深圳过来？"我问她。

"也算是。"陈晓回答，"确切地说，我是从香港来的。"

"哦？"

"恩人，你不知道，我现在的老公是香港人。"陈晓说，"我前夫，好多年都没长进，我就与他离婚了。他喜欢孩子，就把孩子也给他了。"

这倒是个果断的人呢。我暗想。

"现在，我老公在深圳一家上市公司做职业经理人。收入虽不如你们，却也够家里使用。我们还有了一个孩子，是个男孩，暑假后读七年级……"

与潘帅的女儿年龄一样大。我莫名想到。

"这样说来，从昆明过来，没多久你就离婚了？"我又问。

"是的。"陈晓说，"我被扣留时，想明白了一件事，不能给女人安全的男人，是靠不住的。我前夫虽说很努力，够拼，但在深圳，仅努力还是不够。"

我点点头，能够理解她被扣留时的绝望。

"现在，我们在深圳的别墅区有一套房，他要是周末加班时，我会带儿子过来……"

别墅区，里面居住的是深圳的富人，三爷的家，就在那里。

"命运还真够捉弄人的。"三爷摇头笑道，"咱们邻居那么多年，却要通过这种方式才能相见！咫尺天涯，说的就是咱们呢！"

陈晓的嘴巴也微微张圆了。她也没想到，找了几十年的男人，竟然与自己在同一个小区。

"这次，你怎么找到这里了？"我好奇地问。

"网络。"陈晓说，"火星大冲，铺天盖地有你们的照片。许许多多的照片中，他虽站在你身后，但我还是一眼就认出了他……我搭乘昨天的航班，飞了过来。我还想着，你们可能已经离开了呢！神灵保佑，一到山上，就遇到了你们……"

来时，我没带笔记本电脑，也没上网，不清楚这两天网上都发生了什么。但能想象，那场朝圣仪式在网络上的影响力肯定不小。

陈晓笑道："无论如何，现在既然相遇了，以后，就要常联系。大家都在深圳，要常聚……"

这时，我突然想起，我的房间里还有人呢。

"我把舒离忘记了，"我连忙说，"你们慢慢聊，我必须得回去看看了。有事，随时找我，我就在隔壁。"未等他们回应，我急忙离开了。

傍晚，三爷约我到后山的果林里散步，告诉我陈晓已经离开。

"为了找你，这些年她一定去了很多地方。"

"期冀在旅游中与某人邂逅，那是多么渺茫的事！可除此，又能有什么办法呢！"三爷感慨道。

"我那个问题，你还没回答。当时，她醒来了。"

"那个问题，把我害惨了。你离开后，她就不停地问我，如果重新选择一次，我会做出怎样的选择。"

"你是怎么回答的？"我随手摘下个香蕉，剥开皮咬了一口，"我也想知道答案。"

"这不是简单的二选一问题。"三爷说，"这涉及两个家庭。而我们，都不再年轻了。"

"你就是这么回答的？"

"怎么可能！"三爷点燃一支烟，"我告诉她，如果我没结婚，或者已经离婚了，一定会选择她。"

"就这样？"

"就这样。"

"她找了你这么多年，就这样结束了？"

"还能怎样？"三爷叹息一声，"她现在的生活，还算美满。她给我看了她丈夫的照片，平头，儒雅，也算成功。她儿子，阳光帅气。你说，我们能因一己之私欲，破坏各自的美满吗？"

我想说，他和金有利的生活算不得美满。但想了想，这句话还是没说出来。

"而且，还有一件事让我做了决定。"三爷迟疑一下，接着说，"孩子，我和她的骨肉，她流掉了。"

"你这样，对她太不公平。"我的话，脱口而出，"退伍后，她又联系不到你，总不能怀着你的骨肉嫁别人吧。"

"我又何尝不知？"三爷苦笑道，"只是，心里有个坎，过不去。"

"那你打算怎么办？你们都已经是邻居了。"

"对她来讲，这些年一直在找我，或许，只是为了当初一句诺言。但找到我之后，又会怎样，她自己也不知道。毕竟，身处这个社会，有许多事，我们无能为力。比如婚姻，我们就无法自己做主。"

我等他继续说下去。

"当不成情人，当亲人，或许也不错。"三爷说，"爱情最终的结局，也是相爱双方成为彼此的亲人。我们约好了，既然是邻居，就常走动，你来我往，慢慢地，或许能结为通家之好。"

"想法很好。若能如此，她的朝圣也算有了善果。"我说，"可若计划如此，怎么没介绍她认识老金？"

"这只是计划，有利还不知道她的存在，若知道，恐怕会有过激行为。毕竟，陈晓不同于别的女人……"

想到金有利手持菜刀的场景，我能理解三爷的担忧。

"别说我了，你呢？舒离那女孩不错，你不应该错过。"

"你想多了。我年龄比她大了十三岁，这注定我们不会有结果。"

"我比你也大十三岁，不照样成为好朋友？"

"那不一样。"

"有什么不一样的？"三爷说，"连陈晓都看出来了，舒离对你，那是发自内心的爱。你还有什么犹豫的？"

尽管凌晨时分，在她主动下，我已破防，但我还没做好准备接受她。尤其是宋小诗刚打来电话，说几天后要与我见面……

我深吸一口气，道："在感情上，咱们都有一大堆麻烦事，还是不要为彼此瞎操心了。"

"你呀，还真是一头犟驴。"

回到深圳，我犹豫许久，拨通了宋小诗的电话。

其实，自离开金光寺，我脑子里就一直在想，该如何拨打这通电话。尽管她早已成为我大嫂，我发觉，一想起她，仍有一股电流穿过全身。因此，对这通电话，我充满恐惧，不知道接下来会发生什么。

我的心神不安，让我忽略了舒离。当回到那个无名小镇，她从越野车上下来，要跟我们说再见时，我才木然地从自己的心绪中觉醒。我想对她说两句什么，可一时又找不到准确的词语。我扭了扭身子，汗水从鼻尖沁出。我准备去擦时，她用湿巾将它擦掉了。

"我会去深圳找你的。"她说，语言快而急速。没等我有任何反应，她的嘴唇已经吻到了我的脸上，然后，她迅速转身，跑进了她家酒店。

三爷叹息了一声，没说什么。

金有余也像变了个人，没说什么。

我们都在各自的心事中，沉默着……

电话刚接通，那头就响起了她的声音。

"你从外地回来了？"她的普通话依如小时候那样流利，但长期在家乡，还是沾染了浓厚的口音。

我答："昨夜刚回来。"

"你现在哪里？"

"家里，合水街道合熙园。"

"哦，那我这里离你远吗？"

她说了一个地址，在深圳最东部。我苦笑道："从你那儿到我这里，相当于横穿整个深圳。"

宋小诗又问："你有没有开车？"

"没有。我没学过。"

"那好，你发个地址定位给我，我开车去找你。"

我发了定位给她。

"我现在就过去，你在家里等着我，"她说，"可不许再到处乱跑了哟！"

最后这句话，完全不像是嫂子对兄弟说的，我皱了皱眉，刚想说点什么，她便挂断了电话。

她依然没说找我有什么事！

手机响起信息提示音，我看了一眼，丢下手机，走到阳台上。

天气闷热难耐，白花花的阳光晃得人直晕。小区对面是合水街道第一小学。此时，操场上的旗帜耷拉着，没有一丝风，一动不动，像一蹶不振的男人。

从昨晚回来，天就这么闷热了。我原本以为，这是我从山里归来的原因。山里凉爽异常，昼夜温差较大，在那里过一个星期等于避暑。可刚才的信息告诉我，并不是那么回事。

那是一条台风预警信息：今年的第十三号台风，将于今晚抵达深圳。

极端气候，总会带来异常天气。我赶紧返回屋里。

我的房间，是一室一厅的单身公寓。房间不大，却也将我的生活一览无余地装了进去。客厅里，有一个多功能书架，上半部分堆满了书，也有我出版的七部长篇小说。下半部分当酒架使用，放两箱朋友送的红酒，还有几十瓶我在各地出差时，带回的当地产的高度白酒。

书架旁边，是张可移动电脑桌，上面的笔记本电脑已跟随我六年，键盘上的字母全都看不到了。沙发对面的墙壁上，挂着一台液晶电视，但它从没被打开过，上面套着电视罩。

厨房里，厨具俱全，被清洁工洗得锃光瓦亮，整齐地摆放在各自的位置上。

清洁工是报社的同事介绍的，四十多岁的一个女人，做事认真细致。每个周末，都会过来帮我清扫房间。我换下来的衣服，也会被她拿到洗衣店洗好叠好，放进衣柜里。

周末，我常沉于创作而忘记吃饭。那女人就像照顾弟弟似的，跑去菜市场，买回大包小包的食材，下厨烧一桌可口的饭菜。

我感激她的照顾。仔细想想，差不多两个月没见她了。于是拿起手机，发了条信息给她，告诉她我已经回来了，想了想，我又加了一句：这周末不用过来打扫卫生了。

外面，起风了。刚开始，风不大，从阳台吹进屋子，只掀起落地窗的窗帘，轻轻动了几下。没过多久，砰的一声，洗手间的房门猛地关上了。风随之大了起来，像顽皮的孩子，到处乱翻乱撞。

台风真的要来了！

我重新走到阳台，看到对面校园里的旗帜正在旗杆上呼呼地刮着。不一会儿，阴云迅速掠过头顶，接着，天就暗了下来。一支烟没抽完，豆大的雨滴便失控般地砸落下来。

我进屋把落地窗关上，房间里依然凉意习习。我把空调也关了，然后，巡视似的把每个房间的窗户都检查了一遍。

小区外面的街道上，有巡逻车辆经过，大声地播放着"台风期间，请市民及游客待在家里或安全区域"的通知，提醒市民不要外出。接着，风更加猛烈了，裹挟着雨滴，拼命地撞向玻璃，好像对把它关在外面这件事非常生气。

我看了看时间，从我打电话给宋小诗，已经过去三个小时了，足够她来到这里了。可她依旧还未到达，连个电话也没打，我的心中隐隐生起一丝不安。

我更加坐立难安了。不时拿起手机，查看她有无发来消息。可与她的信息记录中，只有我发的那条定位的信息。我想打个电话给她，可又担心她在开车，会让她分神。

我像只无头的苍蝇，在房间里走来走去，不时地走上阳台，在雨中朝外探出头去，观察小区大门口有无车辆进入。我并不担心雨水打湿头发，此时，我顾及不了这么多。

天色渐渐地变暗变黑了，雨越发又大又急了。风声呼啸，在街头巷尾穿来穿去，如入无人之境。大街上，车辆稀少，更看不到一个行人的影子。路灯陆续亮了起来。

偶尔，有车辆经过小区门口时，我就会屏着呼吸，透过雨帘打量车里的人，是否会与门口的保安交谈。但那些车辆都没停下来，而是直接开进了小区，开进了地下停车场。最后，我喃喃地用犹疑不决的语气自语道："这么差的天气，她肯定是来不了啦！"

我在沙发上坐了下来，这才注意到，头发正顺着脊背往下淌水。我用干毛巾把头发擦干，边擦边对自己说："她不会来了。老天，我一整天竟没创作一个字！可不能把时间都浪费在这无休止的等待上。"

正在这时，我的手机突然响了，我一跃而起，慌乱地从茶几上抓起手机。

电话中，传来宋小诗的声音："我已经到了，你在哪一栋，几楼？"

我慌乱地跑上阳台，看到一辆黑色轿车正在楼下的车道上慢慢滑行。透过雨帘，我看清了，那是一辆豪华轿车，比三爷的越野车还要高档。那辆车打着双闪，就像是航海归来的夜航船，在等着船员指挥入港。

"A栋八单元二号，"我回答道，"你再往前开一点点，左手边那栋就是。"我隔着雨帘大声地喊道，仿佛不是在讲电话，而是直接和楼下车里的她对话。

宋小诗轻轻笑了笑，那笑声听起来让人感到满足。接着，她挂了电话，没一会儿，她带着一抹灿烂的笑容出现在我的门前。

"你这个地方，离市区还真远。"她的声音，还如以前那样动听，"我还是走了高速，到你这里，就用了这么长时间！"

我像多年前那样，只知傻乎乎地笑。

"我还担心你来不了呢。"我的双手，不自觉地揉搓着，

"这么多年，你的样子可没怎么改变。"

"少贫嘴了，"宋小诗说，"还不赶紧接着。"

我这才发现，她的手里提着大包小包的东西，赶紧接了过来。

"来就来，还买东西干什么？"

"下了高速，我看到商场，就去逛了逛。"她走进屋里，边打量房子，边说，"反正晚上也要吃饭，就买了些菜。等会儿咱们就不外出了，这种天气也出不去。"

难怪她用了这么长时间才到这里。

我把她买的东西放进厨房，她也跟着进来了。她打量了应有尽有的厨具后，说："有厨房才有家的感觉。不错，你这里工具齐全，我就亲自下厨烧几个菜给你吃。对了，你还没吃过我烧的菜吧？"

我用手摸了一下头发，什么都没说。

"好了，你可以到客厅里坐着等吃饭了。"她像是女主人似的对我说。

我怎么都没想到，我们的见面，会是这样充满烟火味。

坐在客厅的沙发里，看着她在厨房里忙碌的身影，我突然明白了，她这是把我当成亲人来看待了。只有亲人相处，才如此充满生活味。

我的内心，隐隐泛起了一丝苦楚。

但就算拒不承认，又能怎样？她成为我的亲人已是事实，不容置疑。

我突然觉得胸口发闷。我点燃一支烟，走上阳台，企图让风雨给予我洗礼，让我清醒一些。

"你真是个傻瓜，"宋小诗从厨房的窗户，探出头来，冲我喊道，"雨那么大，你会着凉的。你要是没事干，播放首歌来听听。"

"没事干？我能有什么事？"我低声嘟囔着，雨声淹没了我的声音，我并不担心她会听到，"在自己家里，却成了局外人！"

话虽如此，我还是走进客厅，打开笔记本电脑，又翻箱倒柜，找出一个迷你音箱，把它连接在电脑上之后，向厨房里喊道："你想听什么歌？"

"《一生所爱》。"宋小诗说，"要听原版！"

我的心颤了一下，泛起无限苦涩。

我的眼前不自觉地浮现出，第一次听这首歌的情景。

这是电影《大话西游》的主题曲。在我入伍前一天，她回去送我，我们一起去录像厅看了这部电影。

"一生所爱！"我低声嘟囔道。但还是从网上找到了。当动听的旋律在客厅内响起，我的眼眶，却如外面的天气一点儿也不受控了。

饭菜很快做好，四菜一汤。宋小诗边把饭摆上桌子，边说："别看我做得不精致，却是地道的家乡菜。赶紧来吃吧。"

我不喜欢像个客人似的被招呼着。

"喝点酒吧，"我用轻快的语调说，"冰箱里有啤酒，我去拿。"

宋小诗正在盛汤："还是喝点红酒吧。"

我从酒架上，拿出一瓶红酒，在厨房里洗了两个杯子。冰箱里有冰块，我取了一些放进杯子里。但由于不常喝红酒，吭哧着忙了半天，还是没打开它。

"你和你哥还真像，都笨手笨脚的。"宋小诗笑道，"拿来，我来开吧。"

我的脸上，浮过一片阴云。但什么都没说，把酒瓶递给了她。

宋小诗抿嘴笑了。她把开酒器卡在瓶口下，轻轻转动几下，瓶塞便打开了。她把两个杯子都倒上酒，我自己拿了一杯。

"你还扎着蝴蝶结。"

"习惯，总难以改变。"宋小诗用饱经沧桑的语气说，"不管怎么扎蝴蝶结，都不可回到少年时，那种无忧无虑的生活了。"

我点点头。但随即闭上嘴巴，静待她说下去。

她侧着耳朵，仔细聆听着音箱中传出的旋律。过了一会儿，她问："还记得这首歌吧？"

我点了点头："那天，你说我，什么都不懂。"

她的嘴角微微翘了翘："你现在懂了吗？"

"懂，或不懂，还有什么区别？"我摇头苦笑道。

"是的，没区别了——"

我以为她会接着讲下去，但她却闭上了嘴巴。与多年前相比，她的嘴唇上有一层淡淡的茸毛，那并不影响她的优雅，相反，使她更具一种成熟女人的优美。

想起这张嘴唇，曾有那么几次属于自己，我的心里波涛澎湃。如她所说，有些机会，过去就不会再有了……

有很长一段时间，我们都没说话，静静地盯着那台从没打开过的电视机。

外面，雨下得越发大了，风一吹，雨滴敲打在落地窗上，好像有人急促地敲门，要进来避雨一般。

已是晚上十点钟了。宋小诗坐在沙发上，手里拿着电视遥控器不时地换台，好像没有一档节目是她喜欢的。

我坐在电脑桌前的转椅上，不时转动身子，让目光在电视屏幕和她身上来回穿梭。以往，在家时，我会坐在电脑桌前写作，或躺在沙发上阅读。但现在，这两件事都无法进行。

在我扭来扭去中，宋小诗终于放下遥控器，干咳一声。我赶紧坐直了。

"与以前相比，你的样子没怎么变化。很早以前我就知道，早晚有一天，你会成为众人皆知的作家。"

我心里嘀咕了半天，说出来的却是"谢谢"这两个字。

"时间过得可真快，咱们都有十多年没见了。"宋小诗说。

"十八年了。"

"哦，你记得如此清楚？"

"这很容易计算，"我装作一副若无其事的样子，"我参军时，离千禧年还差十天，自此，咱们就再也没见过了。"

"十八年。"宋小诗喃喃地说。她抬头极力往上仰，好像天花板上有什么吸收她的东西。她的头发很长，辫成了辫子，辫梢扎着的白色蝴蝶结，随着她的头部上仰，宛如一只蝴蝶在飞舞。那姿态优美极了。

"十八年，"宋小诗重复她刚才的话，沉默了一会儿，她才将目光从天花板移到我脸上，"刚开始，你还会跟我联系，写信给我，可到后来，你从没再跟我联系过。连一次电话都没打过。"

"还有必要吗？"我苦笑道。

"我知道，对于我选择方昆，你始终心里不痛快——"

"没有的事，"我连忙解释，"你无论选择谁，我都为你高兴……"

"可你从没主动过！"宋小诗打断我的话，"我给过你那么多次机会。初中、高中……你临行前那晚，我做好成为你女人的准备了，可你……"

我愣了一下。这才意识到，初中时她送手表给我，高中时，她主动献吻，是在向我发出爱的信号。可我太迟钝了，什么都不懂！

难怪，她会说：方丁，你什么都不懂！

这样说来，造成现在这样的结局，完全是我自己的原因！

我的脸，火辣辣的。可是，除了一声叹息，我还能怎样？

"别说了，"我无力地说，"事情都过去那么多年，再提也没意义了……"

宋小诗盯着我看了许久，然后，幽幽地说："你说得对，无论我过得开心与否，都已与你无关。这是我自己的选择——"

"你知道我不是那意思。"我解释道，"你是我大嫂，是我的亲人，我当然希望你开心。即便你不是我大嫂，我也希望你开心。"

我清楚，纠结于这个问题，只会让双方更加尴尬，便转变了话题："对了，你还没说，这次来，是出差还是过来玩？我刚才看到你开的车，豪车呢！"

"你不记得，我爸在深圳了？"宋小诗苦笑一声，"以前，要在家带孩子，我没时间来看他。现在孩子大了，暑假后，就要读高中了，不需要我随时随地看着了。所以，我才能抽出身来看望我爸爸妈妈。"

我想起来了，多年前，她爸爸辞去大学教职来深圳下海。深圳是一座移民城市，有头脑能坚持的人往往会大放异彩。她父亲获得成功，可以想象。

我舒了一口气。可接着，她的一句话，又让我的心揪了起来。

"我来深圳，还有一件事，"宋小诗端起茶几上的红酒——这是饭后重开的一支——饮了一口，接着说，"想征求一下你的意见。"

"哦？"我有些意外，"我的意见？"

"在深圳这几天，我发觉我挺适合这座城市，"她说，"节奏快，人与人之间也没那么多的琐事。没人关心你从哪里来，过得好不好。"

我从没想过，这种冷漠会成为她喜欢这座城市的理由。我想对她说，她的这种感觉，在任何一座大城市都会有。在我刚来深圳时，也有过同样的感觉，也曾被人排斥过。

然而，当我融入这座城市时，这就变成了我的城，我的每一次呼吸、每一下心跳，都与它的律动紧密相连。我想说，当她也融入它时，就会像她在农村里的生活一样，也会有人关心她，常常问她过得是否还好。

我想对她说，我刚刚结束的朝圣之旅，就是朋友关心的结果，而正是这次旅行，让我对爱情有了全新的了解。但我说出口的却是："你想留在深圳？"

"是的，留在深圳。工作和生活都在这里，不回去了。"

"可这件事，方昆知道吗？"

"他已没资格决定任何事了。"她的语气，非常坚定，"尤其是我的事。"

我的心猛地一沉："我不明白你的意思。"

"我和他，要离婚了。"

"可为什么？"

"关于他，我不想再提。"说完，她嘴巴紧闭，再也不言语了。

我不能想象，方昆，这个从小就老实巴交的人，到底犯下怎样的错误让宋小诗如此决然地想离婚。

"他同意离吗？"

"不同意又能怎样？"宋小诗苦笑道，"我们彼此清楚，不可能再过下去了。"

"到底什么事让你们走到这一步？"

"我不想说，"宋小诗再次端起酒杯，将杯里的酒一饮而尽，她又为自己加满，"更不想让你有任何负担。"

"我？"我惊呆了，"这关我什么事？"

"你到现在还不懂吗？"她目光紧盯着我，似乎要将我看穿看透。

我尴尬地扭了扭身子，掏出一支烟，将它点燃。我点烟时，手在抖动。我有点恼怒，自己如此不争气。可她的话，彻底将我击晕了。无论我的大脑多么天马行空，我还是无法想象，她和方昆，会因为我而走到离婚这一步。

第十四章　终极之问

我狠狠地吸了一口烟，双手微举，做了个投降状："我确实不懂，你告诉我，到底是怎么回事？"

她微微摇了摇头："那样说，对你也不公平。其实，这种局面，是我自找的。"

"到底怎么了？你得说呀！"我有些着急了。

"咱们之间，还能像在铁轨上那样毫无保留、敞开心扉说吗？"

我记起了，轨道上的热吻，是我们彼此的初吻。我记起了，温暖而燥热的空气，迷离的眼神……但那些都已成为往事，遥不可及。一支烟抽完，我重又点燃一支。

"敞开心扉，是相互的。你最好还是告诉我，你和方昆，到底发生了什么。"

"你还真够顽固的，"宋小诗不以为意地说，"其实，我不说，你也能猜到，你哥，在外面有女人了。"

"他，三脚都踢不出一个屁来，外面有人？"对此，我十分惊讶。

"哪个男人不是这德行？"宋小诗撇了撇嘴，"腰里有点钱，就不是自己了。"

"腰里有点钱？"我不解地问，"当老师能有多少钱？"

"他前几年就辞去教职开起了培训机构……"

她的眼圈开始泛红，她赶紧仰起了头。过了一会儿，她稍微平复，端起酒杯，又一次一饮而尽。

"怎么会这样？"我反复自问，"到底是什么让一个老实巴交的男人背弃自己心爱的女人？"

很快，我就摇了摇头。这个问题，对我这样的情感白痴来讲，注定没有答案。

一瓶红酒喝完，宋小诗又开了一瓶，就像是在自己家里那样随意。我当然不会介意。

外面的雨，丝毫没有要停的意思。每次台风袭来，市、区、街道三级政府，都会一次又一次发出警告，要求人们待在室内，不要外出。在这种情况下，宋小诗开车回去已不大可能，再说了，她今晚喝了那么多酒，也无法开车回去了。

只是，她不回去了，住在哪里呢？

我把目光转向卧室，那里只有一张床。我还没做好准备，让它留下她的痕迹。再说了，她留在床上，我睡哪儿呢？沙发可以坐三个人，但对于我一米八五的身高，还不够长。睡在上面一晚，第二天起来，全身不痛死才怪。

可除了委屈自己，似乎没别的办法了。

打定了主意——尽管这主意并不大好——我又看向了宋小诗。

不知是不是酒精的原因，她脸庞红润，辫子垂在胸前，辫梢的白色蝴蝶结与那红润形成了鲜明的对比。

"你到现在都还没告诉我，你的意见呢？"宋小诗抬起眼看我。她双眼迷离，让我大吃了一惊，看来，酒精已开始发挥作用了。

"你喝多了。"

"才没有呢，"宋小诗说，"你总故意扯开话题。今天，你一定要告诉我，你真实的想法。"

"我想法很简单，"我顺从地说，"只要你的决定问心无愧就行。"

宋小诗吃惊地望着我。

"你的意思是，无论我做出怎样的决定，你都会支持我？"

"我的支持，其实并没你想的恁重要，"我答道，"生活是过给自己的，其中的酸甜苦辣也只有自己深知。没有任何人能替你过，关键是自己要开心。"

"对我来说，非常重要。"她停顿了一下，足有五秒钟，才接着往下说，"我离婚后，你愿意娶我吗？"

"你喝了太多酒，这才会乱说话，大嫂。"叫出这个称呼，我猛然感到，全身轻松了许多，好像压在身上多年的重担，一下子卸除了，"大嫂，别喝了。天不早了，你早点睡。天大的事儿，咱们明天再谈。今晚，你睡床，我睡沙发。"

"我还没喝醉，我还能喝。"

说着，她端起酒杯，就要把杯中的酒喝完，我不容分说夺了过来。"你醉了，"我把杯里的酒一下子喝干净，"好了，不管什么事，咱们明天再说。"

说完，我把她从沙发上拉了起来，推进了卧室里。

"这么多年没见过面了，没想到你这么小气，"宋小诗在卧室里生气地嚷道，"喝你一点儿酒，都不舍得。"

我摇头苦笑了一下，伸手关上了卧室门，把她的声音隔阻在了门的另一边。

电话响起。我侧耳聆听了一下，卧室里没有任何声响，看来，宋小诗已经睡下了。是三爷打来的，我摁下接听键："还没睡？"

"睡不着，"三爷说，"你不也是如此？"

我苦笑了一声，这种情况下，睡着又谈何容易呢。

"我和陈晓在一起，"说着，三爷又补充了一句，"从回来到现在。"

我不自觉地撇了撇嘴。"就知道，没有猫儿不偷腥的，"我暗想，"还说要通家之好呢！骗人的鬼话！"

"你是不是又动歪念头了？"

三爷的声音又响起。似乎隔着时空，他也能看懂我心中所想。

"你们打算就这样下去？"

"以后的事，以后再说。"三爷说，"你大嫂过来了？"

抵达金光寺之前，接到宋小诗的电话，我不经意说了她来深圳的事。他竟然还记得。这个家伙，总是在这些细节上让人感动。

"是的，我们一起吃了晚饭。"我如实回答。

"我看了下天气预报，明天上午，台风就离开了。这样，我安排一下，明晚一起聚聚吧，"好像唯恐我不答应，他又补充道，"没别人，就你我，陈晓和你大嫂咱们四个人，也好让我尽一下地主之谊。"

"这不大好吧？"我说，"如果你要是带着嫂夫人，就另当别论了。"

三爷呵呵笑道："你把陈晓当成我夫人，不就成了？"

我笑了，能想到三爷此时的表情。

"别推三阻四了，"他又说，"就这样定了，我提前准备一下。明天一早，我就去海鲜市场买些海鲜回来，咱们也别去酒店了，就去合欢农庄吧，那里有段时间没去过了。饭后，去明珠夜总会，你看这样安排，行不？"

我皱了皱眉。这意味着，明天还要和宋小诗待一天，明晚还要像今晚这样，孤男寡女地共处一室。

"这样安排，没什么不妥吧？"或许是感觉到了我的犹豫，三爷又问。

我不想向他解释，就答道："行，明天我等你电话。"

挂了电话，我长叹一声。人和人之间，就是如此不同。有的人，处处受女人青睐。而有的人，一生之中，却连最心爱的女人也无法拥有。

叹完气，我点燃一支烟，躺在了沙发上。那上面，还留有宋小诗淡淡的体香。我知道，今晚是别打算入睡了，又叹息一声，坐了起来，走向墙角的电脑桌，打开电脑，准备在文学世界里度过这难熬的一晚。

第二天傍晚时分，雨停了，太阳迫不及待地出现在天空，像要急于证明那是它的领土，容不得侵犯。

坐在阳台上，我慢悠悠地抽着烟，打量着这雨后的世界。

万物都有领土意识。我居住了十多年的房子，自从宋小诗进来，仿佛更换了主人，而我则像个客人，就连抽支烟也要跑到阳台上来。

此时的宋小诗，躲在洗手间里打扮自己已经一个小时了。早晨，我告诉她，今晚有一个朋友约吃饭，她的表情有些慌乱。

当时，我坐在她对面，边喝速溶咖啡，边观察她。起床后，她洗了个澡，头发湿漉漉的，发梢有些许水珠打湿她的衣服。昨晚来时，她没带换洗衣服，洗了澡之后，她穿着我的睡衣。那偌大的衣服，使她修长的身材看起来一如以前那样柔弱。

"我去和你朋友吃饭，不大好吧？"她的手指在头发之间来回穿梭，表情既慌乱又暗含一丝期待，"再说了，你也看到了，我可没什么替换的衣服呢！"

我对她说，三爷是我的好友，刚结束的朝圣之旅就是他策划的。我还告诉她，在深圳这样的城市，网购非常方便，想买什么东西只要在网上轻轻一点，几个小时后就能收到了。我这样说之后，她答应了，然后开始用手机上网，挑选她心仪的衣服。

我又点燃一支烟。

自昨晚见到她之后，我吸的烟明显比以往多了。对面校园里空荡荡的。因台风影响，孩子们这两天都不用上学。旗帜在操场上空孤独地飘舞着。我注意到，它和我一样，在自己的领地却异常孤独。

两小时前，快递员把她网购的衣服送来了，干洗后，她就开始在洗手间内忙碌。

刚开始，我还笑她，把这次晚餐太当回事了。我和三爷关系不错，请彼此的亲人吃顿饭，再正常不过。这些年，我和他家人没少在一起吃饭，有几次，我们还一起外出度假了。

可宋小诗的郑重其事，让我也感到了一丝恐慌。不管承认与否，三爷直击问题核心的能力肯定能察觉出什么。而我最不愿别人知道，在追求女人方面，我输给了木讷呆板的哥哥！

随着时间一分一秒地过去，我把这种恐慌锁在了心底最深处。

"人无完人，总有某方面不够擅长……"我喃喃自语道，"人可以用谎言欺骗所有的人，却永远无法欺骗自己……"

第三支烟抽完，宋小诗终于从洗手间走了出来。她穿着一条碎花连体裙，长长的辫子末端系一个白色蝴蝶结。她的脸经过了仔细的化妆，眉毛弯弯的，双目含情，就像充满青春活力的少女。我仿佛又看到了十七岁的她，不禁瞠目而视。

"我这样的打扮，不会给你丢脸吧？"

"不，不会……你简直……太美了，"我极不自然地说，"咱们要见的，是我好朋友……只是吃顿晚饭而已。"

"是吗？"她微微地笑了，"你朋友真贴心。"

"嗯，这些年来，他帮过我不少。"

我说的是实话。买这套房子时，三爷就曾借过几万块钱给我。在深圳，借钱是最考验情谊的事。

"既然是你这么重要的朋友，就更不能让你丢脸了。"说着，宋小诗低下头来，脸上飞过一片红晕，"其实，你应该把他带到家来……我亲自下厨做饭，这样更能显得咱们的诚意。"

"他已经安排好了，他这个人就这样，什么决定都不喜欢别人拒绝。再说了，这也是他的一番心意，一大早，他就去海鲜市场买了海鲜回来。"

"这样说，我今晚有口福了，"宋小诗把头抬了起来。她脸上的表情，更加妩媚动人了，"既然这样，就去吧。"

在楼下车库，她取出她父亲的豪车。坐在车上，看她熟练地驾驶着它，我一片唏嘘："没想到，你开车技术还真不错。在家时，你经常开？"

"现在，不会开车的人真不多了。"宋小诗回答道，"老师要经常参加这样那样的会，我总不能每次都要你哥开车送我吧。"

虽说方昆是我哥，但在多数时候，我都是直呼他的名字。但宋小诗却比较在意"他是我哥"这件事。自从第一次见面，她便强调这一点了。

"那也是，估计家乡也没有出租车。"我答道。

"那么贫穷的小地方，怎会有出租车呢。"宋小诗说，"不过，买车的人倒不少，几乎家家都有汽车了。"

"这样说来，那也不算穷了。"

"地方穷，人心更穷。就因为穷，才会攀比，哪怕借钱，债台高筑也没关系。"

"人心更穷。"我默念了一遍，"你总结得非常准确。不愧是教书育人的老师。"

"哪有呀，你就别嘲笑我了。"她却花枝乱颤地笑了起来。

我们要去的合欢农庄在一片果林之中。我对它比较熟悉。我初来深圳时，李正就在这里为我接的风。后来，我与三爷一起多次来过这里。

穿过一片郁郁葱葱的翠绿之后，宋小诗指着里面一栋依山傍水的建筑，说："是那边那栋房子吗？"那栋建筑上面有一面鲜红的旗帜，在金色的阳光下，随风飘摇。

我点了点头。

宋小诗熟练地变换了挡位，车速慢了下来。

三爷早已到了。一听到车响，他便从里面走了出来，腰间扎着做饭用的围裙，湿漉漉的手不停地在上面擦拭着。接着，他像个保安员，指挥宋小诗将车停好。其实，他有些热心过度了。农庄周围有不少空地，到处可以停车。

下了车，没等我开口，他便大声地冲院内叫喊："陈晓，快出来，咱们的贵客到了！"

陈晓从院子里出来了。与在金光寺时相比，她更加光彩夺人了，微笑时露出的两排牙齿，在夕阳的余晖下闪闪发光。

恋爱中的女人更加美丽。这句话，在她身上得到了充分的体现。

我挑动眉毛，冲三爷使了个眼色，他不动声色地笑了。

女人间快速熟识的能力，令男人汗颜。这不，刚刚做完介绍，陈晓就拉起宋小诗的胳膊："如果你不担心泥巴会弄脏你的鞋子，亲爱的，咱们一起去摘龙眼。这会儿，正是龙眼成熟的季节。"

"好呀！"宋小诗笑道，"鞋子弄脏可以洗嘛。"她转而问我："你要不要一起？"

"我就不去了，我劳动能力向来极差。还是留在这里，看有什么需要我帮忙的。"

"我那里，你帮不了什么忙。"三爷连忙摇手，"厨房的活，你不会干，也干不来。你还是陪两位女士摘龙眼去好了。你的大高个，正好派上用场。"

我摇头笑了。没办法，只好与她们一起走进果林。

眼下正是龙眼盛摘期。每一棵树上，都挂满了累累果实，远远看去，就像一串串黄色的大珍珠。这里的龙眼，品种优良，扁圆形，果皮褐黄色，果肉白蜡色，个大肉厚，质脆味甜。据说，这是国内唯一品质优于泰国龙眼的品种。

荔枝、龙眼，其实所有的水果，我都不大喜欢。但亦能品出其中的美味。我站在一棵树下，摘下了一大串这美味的珍珠，剥了一颗塞进嘴里，边嚼边对宋小诗说："这种龙眼，如果不是三爷的关系，轻易吃不到。你要是喜欢，多摘点，到时带回去吃。"

"放心，我不会客气。"宋小诗笑道。

一小时后，三爷站在通往果林的小道上，喊我们吃饭。

我们的采摘成果十分丰硕。一个全身上下套着套衫，把自己包裹得严严实实的中年男人，头上冒着汗珠，用两个十斤装的硬壳纸箱，把龙眼装进箱之后，带到了我们就餐的遮篷。

"这是你们摘的龙眼，"那男人低眉顺耳地说，"已打好包了。"

"谢谢，"三爷与那男人握手，"每次来都要打扰你，实在过意不去。"

"客气了，我这点小生意，还多亏了你们照顾才能够坚守到现在呢。"那男人见饭菜都已经摆上桌，十分识趣，"你们吃吧，我就不打扰了，如有需要，随时叫我。"

那男人离开后，宋小诗赞叹道："他看起来，很谦卑。"

"几乎成功的男人都这样，"三爷答道。

"哦？"这一次，连陈晓也显得很吃惊了。

"别看他貌不惊人，他是这农庄的老板。"三爷边招呼我们落座，边解释道，"身家早就过亿了。"

他的话引起了两位女士的好奇。她们朝门外望去，只见那位谦卑的亿万富翁，正在满脸堆笑地招呼别的客人呢。

"或许，这才是成熟的男人。"宋小诗咕哝道，脸上不自觉地掠过一丝阴云。

三爷无声地笑了，端起一只装好汤的汤碗，放到了宋小诗的面前。

"很感谢你赏脸，让我和陈晓有做东道主的机会。"他说，"我和丁哥，认识十多年，这还是第一次招待他家里人。丁哥说，你是他嫂子，不过，看着可不像。"

"我的确是他嫂子，"宋小诗看了我一眼，眼神里充满了嗔怪，但还是大方地从三爷手中接过汤碗，"可我们也算得上青梅竹马，从初中到高中，一直是同班同学。我听他说，在深圳，多次得到你的照顾。他不善于用言语来表达，但他对你的感激却铭记于心。"

"言重了，"三爷说，"我和丁哥，十分对味，也各有所需。所以也说不上谁帮助谁。"

"你们都别客套了，再客套下去，饭菜都要凉了。"陈晓说着，用公筷夹起一条丰腴的蟹腿，放进宋小诗的碟子里，"要说三爷这人，我最了解，对味的，他可以两肋插刀，在所不辞。而那些他讨厌的人，他可是一毛不拔呢。甚至可以让你一辈子都见不到他的面。"

我嘿嘿笑了，看了三爷一眼。

"一辈子见不到面？"宋小诗重复道，她盯着陈晓问，"三爷也是这样的人？"

我注意到，她用了"也"字。我的脸，不自觉地发起烫来。

"可不是嘛，"陈晓说，"为了找他，我可是从清纯少女变成黄脸婆了。这些年，我所走过的地方，比长征还长呢！"

"哦？是怎么回事？"宋小诗好奇地问，"你和三爷是战友，你们相见应该容易呀。"

陈晓为自己夹了一块鱼肉，放进嘴里，小心地吃了一口。"这个世界上，怕就怕故意。"她说，"有人要是故意躲你，你怎么找都不会找到的。"

陈晓的目光瞄向三爷，三爷这时也微笑着看向她。他们的目光在桌子上空相遇了。他们目不转睛地彼此看着对方，目光中满含柔情。

有那么一小会儿，我被他们的柔情感动了，认为这才是超然物外的真爱。但没过多久，理智重又占据上风，我在心里告诉自己，他们的这种情感简直是在玩火。

但宋小诗正在小心地把蟹腿上的肉剔出来，没注意到他们的目光。"这倒也是，"她头也没抬地回应陈晓的话，"咱们拿故意躲咱的人一点儿办法也没有，只能看老天了。"

"好了，好了，你们就别说我了，"三爷站起身子，端起红酒壶，为大家把酒倒满，然后，举起酒杯，"今天，咱们只谈开心的事。那些过去的不开心，都让它过去吧。来，我敬大家一杯。今晚很高兴，和丁哥的家人一起吃饭。"

酒杯放下之后，女士们毫不介意三爷的提议。她们依旧你来我往，你一句我一句，好像有说不完的话。很明显，宋小诗对陈晓和三爷的关系十分感兴趣。

"你用了很长时间去寻找三爷，他一定很感动吧？"

"感动与否，我可不知道。"陈晓回答道，"在见到他那一刻，我一下昏了过去。你不知道，我多恨自己这么不争气。这些年，我一次次在脑海里构想，我见到他时，该会有怎样的表现。可天哪，我竟然昏过去了。想想就丢死人了。"

"这怎么是丢人呢？"宋小诗说，"这说明你太喜欢他了。他一定会高兴得发疯的。"说完，她看了我一眼。我竟莫名地心虚起来。

"这倒也是，"陈晓的脸红了起来，"这几天，他对我可好了。"

三爷轻轻地咳嗽了一声，像是要中止她们的交谈。但她们对此毫不在乎，依旧旁若无人地交谈着，并不时地发出那甜蜜、动人的笑声。三爷只好叹了一口气，端起酒杯，对我说："丁哥，还是咱们喝酒吧。"

晚饭后，两名代驾司机把我们送到明珠夜总会。

我并不想去那里，尤其是与宋小诗一起。我不愿任何与我发生过关系的女人认识宋小诗。但三爷说，他已找初夏订好了房间。想起几天前，遇到初夏，三爷说"回来时跟她联系"，我不免揶揄地说："三爷还真是言出必行呀！"

"那是必须的。现在，属于咱们的夜晚来了。"三爷像个看到玩具的孩子，带头朝夜总会内走去。

一夜一天的暴风雨仿佛憋坏了许多人。夜总会里，每个包房都挤满了人，声嘶力竭的吼叫声像杀猪般从门缝里传出来。

"这些人，还真会糟蹋歌曲！"宋小诗蹙起眉头，说。

"旺盛的精力无处释放，必然会造成这种结果。"我说。

漂亮的迎宾，把我们带进一个二十余平方米的包间，房门一关，那可怖的吼叫声，便被关在了门外。

三爷迫不及待地叫了红酒和啤酒，还有几份小吃，以及两个水果拼盘。然后，说了初夏的名字："快点，把她给我叫过来。"

夜总会的生意好时，DJ往往会非常忙碌。在等待她的时候，我们边喝酒聊天，边听着点歌机里自动播放的轻音乐。

"你很体贴，"宋小诗对三爷说，"相信你一定是个好男人。"

"这就要看你对好男人的定义了，"我回应道，"从体贴、关心人这方面来说，三爷的确周到细致，但他却是个多情的男人，甚至有点滥情了。"

我在暗指，宋小诗提出离婚的事，可能有些仓促了。她也听出了我的言外之意，看了看我，没说什么。

"你说这话我就不爱听了，"陈晓为三爷抱起不平来，"三爷一点儿都不滥情，他对待每个女人，都是真心的。"

这句话，惊得宋小诗张大了嘴巴，就连三爷也不安地扭了几下身子。

对待每个女人都真心。三爷郑重地同我说过，但我始终无法认同。在过去这些年，我最真实的感受是，爱上一个人，那个人就会占据自己的全部内心，再也容不下任何人进驻。无论是潘帅、舒离，还是别的女人，她们可能会让我温暖、感动，但无法让我爱上她们。我的内心，早已被宋小诗满满地占据了。尽管我明知道，我们不可能走到一起，却宁愿守着那份真心，独自生活下去。

曾经沧海难为水，除却巫山不是云。

这是我作为情感白痴所理解的爱情。

"好吧，"三爷端起酒杯，轻饮一口，"每个人对待感情都有不同的感受。你的感受，我不一定赞同。相反，我的感受你也不一定认可。这无关紧要。关键是我们自己的感受，自己觉得如何。自己认为是正确的，就可以坚持，而无须被别人的意见所左右。"

我看着三爷笑了："这些话，你经常同别人说吧？"

"那倒没有。就如朝圣，有人当成仪式，有人却认为是行动。"

我的心，猛地被什么击中了。可到底是什么，一时间又想不起来。我刚想问三爷，他站了起来，走过去捣鼓点歌台："既然来到这里，还是唱几首歌吧？两位女士，都要唱什么歌？"

初夏就像是在门外等候多时了似的，这时推门进来了。"欢迎三爷、大作家，刚才有点忙，好不容易才抽出身，"她赶紧走到点歌台旁，对三爷说，"还是我来吧。请问你们要唱什么歌？"说着，她偷偷地冲我使了个眼色。但由于宋小诗坐在我身旁，我不愿让她误会，只轻轻地点点头，算是示意。

即便如此，宋小诗还是轻轻地叹息了一声。

宋小诗唱了那首粤语版的《一生所爱》，让我惊讶不已，看她的眼神，也不知不觉充满了柔情。

"亲爱的，"陈晓说，"你拥有着非常美妙的嗓音。"

"因为这首歌，我从小就唱，"宋小诗低下头，目光落在面前的杯子上，"这首歌，我第一次听就喜欢上了。我喜欢为一个人而唱——"

"是的，"陈晓平静地说，"为某人而唱往往最用情，也最容易打动听众。"

"你喜欢这首歌吗？"宋小诗抬起头，看向陈晓，"你在深圳，应该经常听粤语歌吧？如果你喜欢，这首歌就送给你。"

"那太好了，没想到我会有这样的荣幸。"

陈晓手舞足蹈地端起酒杯，向宋小诗表达感激之情。三爷制止了她。"这首歌适合你唱，"他把话筒递给陈晓，"也用情一些。"

旋律响起，是一首军旅歌曲。陈晓大方地站起来，清了清嗓子，说："我也尝试着，为我们曾经的兵哥哥献歌一首。"

"为哪位兵哥哥？"我打趣道，"要知道，我也是兵哥哥。"

陈晓微微笑了："那就献给你，我的恩人。"

"人家是唱给三爷的，你凑什么热闹！"宋小诗轻轻地在我胳膊上拧了一下，我咧嘴做了个疼痛的表情，大家哈哈笑了起来。

军旅歌曲慷慨激昂，唱起来声音嘹亮。陈晓不愧为军旅之花，把三爷给她点的这首歌，非常完美地演绎了下来。

"看来，你们都是麦霸。"我由衷地赞叹道。我身子朝后，靠在沙发上，手里的酒杯与三爷碰了一下，接着便喝空了。

初夏过来给我们加酒。她是见惯各种场合的，在加酒的时候，用社交场合的语气说："美女们在唱歌，来，我敬两位老板一杯。"

"来吧，干杯！"

我和三爷来者不拒，一仰脖，把杯中的酒倒进了嘴里。

初夏又一次把杯子加满，端着杯子走到宋小诗面前。

"我可以看出来，这位美女的酒量也不错，"她把杯子放低，"来，我敬您一杯。祝愿您越长越漂亮。"

宋小诗端起杯子，苦笑一下，把杯里的酒喝光了。

三爷突然开口对我说："来，我和你大嫂聊两句，咱俩换一下位子。"

我不知道他的葫芦里在卖什么药，但还是与她换了。

初夏凑了过来，对我说："我给你点首歌吧。"

"你知道，我不会唱歌。"我摇了摇头。

"那我陪你喝酒。"她端起酒杯，看到三爷正和宋小诗把头埋在一起，放低声音说，"那是你新情人？"

"别乱说，她是我大嫂。"

"大嫂？"初夏扑哧一声笑了，"你竟会爱上自己的大嫂！"

"你乱说什么？"我装作生气的模样，"再乱说，我就再也不理你了。"

"咱们虽算不上恋人关系，但我对你也有所了解。"初夏说，"你是个非常自我的男人，从不允许别人走进你心里。但在她面前，你就像个不知道该干什么的小男孩。一个男人，之所以会有这种表现，肯定是深爱着这个女人。"

"我的表现，那么明显吗？"我知道，骗不过她，就直截了当地问。我也清楚，不管宋小诗有没有成为我的亲人，对她那么多年积压的情感，常让我于不知不觉中流露出来。想到昨晚我和她待在一起，她不可能毫无察觉，我的脸就不自觉地发起烫来。

"我没说错吧？"初夏低声暧昧地问我。

"你懂什么，就知道乱说。"

"不要这样病态，"初夏说，"天涯何处无芳草，何必单恋一枝花？人活在世，总要不断地往前看才是。"

"你懂什么，小屁孩，"我拍了拍她的脑袋，好像她真是个孩子，"等过几年，你真正明白什么是爱情了……"我突然想起上次她的同伴跟我说的话，不自觉地停住了。"你——怎么样了？"我问。

"还是老样子，孤家寡人一个。"她无所谓地耸了耸肩。

大海的气息。"你说过，你家人催你结婚，都这么多年了……"我说。

"像我们这样的女人，有谁会爱呢？算了，不奢望了。"她从茶几上抽出一支烟，吸了一口，又放下了，"就这样也挺好，今朝有酒今朝醉。"

"对不起。"

"别傻了，这职业是我自己选择的，与你无关。"她苦笑一声，目光盯着我看了一会儿，突然又笑了，"你不会以为，我没结婚，是因为你吧？老天，咱们都清楚，当年，那不过是游戏……"

我不知道该说什么了。

三爷结束了与宋小诗的谈话，叫了一声初夏，"你去帮我点首歌。"他说了一个歌名……

城市渐渐安静下来，走在空荡荡的街道上，宋小诗清澈的嘴唇上挂着一抹笑意。

"这么多年都没结婚，你恨不恨我？"

"恨你？"我点燃最后一支烟，把空烟盒扔进路旁的垃圾桶，"结不结婚，那是我自己的事，为什么要恨你？"

我突然理解初夏了。难怪到了后面，她会那么放松，在点唱歌曲时，唱得那么美妙——当她以玩笑的口吻，对我说出"游戏"时，其实，她放下了，就如我面对宋小诗一样。

"这么多年了，你还是没学会说谎，"宋小诗说，"不过，不结婚也未必是坏事。最起码，换女朋友不用背负道德压力。"

"你的意思是说，我不结婚就可以随心所欲地换女朋友？"

"难道不是吗？反正你换女朋友也不需要征求别人同意。"

我深吸一口气。凌晨的空气十分清新，台风过后，气温也不再闷热。我感觉郁积胸口多年的东西，正在离我而去——我不再感到窒息，终于可以直面宋小诗，可以向她说出我对她的那份爱恋。

"这么多年了，我从不曾喜欢任何一个女人。"我说，"哪怕她的条件很好，跟她在一起，我能少奋斗十年……"我停住，不往下说了。想到潘帅，那种窒息感重又聚拢在我心头。

沉默。与深夜一样的沉默。我们继续走在这无休止的黑暗中。

今晚喝了不少酒，我俩都跟跟跄跄的。有一次，宋小诗绊了一跤，差点摔倒，我眼疾手快扶住了她，把她摇摇晃晃的身子抱住。

十八年的时光，使她的身体更加成熟，富有弹性……抱住她，我又像第一次抱住她那样，心旌摇荡。

她很快站稳了，可好像很享受这样的拥抱，索性偎着我走起来。"今晚，是我这些年最高兴的时刻了，"她神情欢快地说，

"我喜欢这样的生活。"

我轻轻地摇了摇头："你喝太多酒了。"

"我喜欢这样的生活，"她自顾自地说下去，"我喜欢和你在一起，喜欢别人把咱们当成恋人的感觉。"

我感到内心又一次被触痛了。我重复刚才的话说："你喝太多酒了。"

"不，我没喝多。"宋小诗使劲地摇摇手，像要把什么东西赶走似的，"以前，咱们走在路上，总有人说咱们是天造地设的一双。可现在呢？我十八年都没见到你了！你躲我躲了十八年！"

说完，她又哭又笑，像个孩子似的。有人走过，见惯了这种情形似的，冲我笑笑，就快步离开了。

"尽管这样，我还是很高兴，"宋小诗说，"和你在一起，我总是很高兴……"

我不知道该怎么回答，我听到了体内血液流淌的声音。

"我问你的问题，你还没回答我。"

"什么问题？"

"我和你哥离婚，这事你怎么看……现在，我想清楚了，无论如何，我一定要离婚。"

"就没一点儿挽回的余地了？"

"没，没有，我非常肯定这一点，"说着，宋小诗止住了脚，她抬起头，看着我，"我现在，需要你的回答。"

"回答什么？"

"我离婚之后，你……你愿不愿意娶我？"

我的心，猛然一颤。这个问题，昨晚她已经问过了，可今晚，我还能像昨晚那样回答她吗？然而，除了那样回答，我着实不知道怎么办了。

"你喝多了，"我摸了摸口袋，发现烟盒已经扔了，"这个问题，咱们明天再说吧。"

"你从来都是这样，在感情问题上什么都不懂，"宋小诗的眼睛红红的，"那一夜，你要是……要了我……哪还能有后来发生的这些事……"

她说的是我入伍前的那一夜。我又何曾会忘记呢？然而，当方昆打电话给我，对我说她答应做他的女朋友时，那一夜，便成为我心底永远的痛……

十八年过去了。如今，再提那些还有什么意义呢？

"你喝醉了，"我只能再一次重复先前的话，"回去好好睡一觉就好了。"接着，不由分说，我紧紧地裹挟着她，往合熙园快步走去……

离开深圳，前往京城，我几乎是逃离的。

连续几天，一米五长的沙发让我再也无法忍受，决定要尽早离开这套我自己的房子。

宋小诗很享受这种时光。她打电话给她爸爸，让他把她的行李快递过来，似乎大有住在这里不再离开的打算。

那晚过后，她再没问过我愿不愿意娶她那个问题。但有好几次，我能感觉到，这个问题已经到了她嘴边，只是，又被她硬吞进了肚子里。

我逐渐明白三爷的感受了。有些问题，并非简单的二选一。有些事，注定没有结果。

三爷觅到了解决之道，尽管看起来仍欠妥当。而我，非但对此一筹莫展，甚至连面对宋小诗都有心理阴影了。

有好几次，我想告诉她，我很想念自己的那张床，很想在上面舒舒服服地睡上一觉。可每次看到她那种享受的样子，到了嘴边的话也咽下去了。

"再这样下去，我死定了。"我只能尽量延长在办公室的时间。

办公室四十多平方米，兼备洽谈室、打印室、编辑部等多种功能。因整个周刊部就我一人，而我又常居家办公，我曾多次动心思想将办公室退掉。但老总说，它是报社在合水街道的脸面，不能撤，非得让我保留。

现在，我将大部分时间都花在了这里。

我用两个整版推出了金光寺。老总亲自打电话过来，问我这是个什么地方，为何值得花如此版面。

"一个名不见经传，却致力于信仰重建之处。"我如实告诉老总，"或许，是诚意感动了神灵，'佛光普照'成为那座寺庙的标志之一。"

"'佛光普照'向来只是宣传的噱头，当真不得。"老总谨慎地说。

"所配照片全是我所拍……我可以保证其真实性。"

"若是真的，可以组织一帮专家调查论证，咱们推出一个专题……"说着，老总停了下来，"你不建议做专题？"

"是的。"我直截了当地回答。

"你想问题很周全，好，就用两个版来宣传！"老总呵呵笑着，挂断了电话。

周刊推出后，影响尚可。连贾大师都打来电话，说寺里的预约香客激增，整个暑假都排满了。

但很快，这间办公室也沦陷为宋小诗的阵地。

"比你哥的老总办公室，还宽敞得多。"宋小诗边打量，边对我说。她手里提着一罐她煲的汤，给我送汤来了。

汤是陈晓教会她的。南方女人善煲汤。"用一罐靓汤，挽留不住的男人，就无须在他身上劳力费神了。"陈晓这样告诉她，她原封不动转告给了我。

"这汤，你真该给方昆试试。"我想这样对她说，又怕她生气，就什么都没说。

她拿出一份刚出的周刊，看到了我写的金光寺的内容。

"看了你写的东西，我都有点儿心动了，想去看看这个神圣的地方。"她说，"你的确适合这份工作。这篇文章，比你的小说写得好。"

我不禁失笑："你读过我的小说？"

"寄人篱下，又怎能不了解主人呢？"她说，"你书架上的七部小说，我都读完了。"

"不好？"我好奇地问。

"情感处理不够真实。"她一针见血地说，"看来，对爱情，你还是什么都不懂。"

她说的是实情。在处理主人公的感情上，我那近乎空白的情感经历，限制了我的想象。有不少热血的读者也给我提出了这个问题。他们甚至写信给我，将他们的情感经历告诉我……

但这个问题，从她口中说出却让我很受伤。

我不时地想，或许，就是她多年前那句盖棺论定式的话语，让我对爱情如此恐惧……

但这样的念头，我也只能想想而已。

所以，一接到导演打来的电话，我就迫不及待地选择了离开。

"呃，方丁，反正你要走了，这房子空着也是空着，就借我用一段时间呗。"宋小诗像借一块橡皮擦似的，用一副轻松的口吻对我说。

"你真打算留在深圳，不回去了？"

"真留下。"宋小诗丝毫没有离婚的伤感，"你放心，等我找到工作，我就会搬出去住的，不会一直赖在你这里不走的。"

我觉得，我们很有必要认真地谈谈了。

"那你有没有想过孩子？离婚了，孩子怎么办？"我坐在她的面前，认真地说。

"孩子跟他，"宋小诗说，"他现在是培训机构的老总，能为孩子提供更好的教育环境。"

"你想得倒很周全。"

我们没喝酒，头脑非常清晰。她盯着我看了一会儿，摇着头笑了。

"如今，我能做的，也只是为自己周全考虑了，"她说，"以前年轻，什么都不懂，才会做出让自己后悔一生的抉择。现在，再不周全考虑，这些年的教训算是白吸取了。"

"可你始终都没说，你们是怎么弄到如今这一步的。"

"那个重要吗？"她微微摇了摇头，接着，自己回答道，"不重要。反正结果已定……"她看了一眼我的房间，接着说，"当然，我爸那里也有空房间，只是，我不喜欢爸妈在耳边不停地唠叨。你知道，这人呀，一上了年纪就总喜欢唠叨。若是知道自己的孩子在闹离婚，那唠叨起来就更没完没了……"

话已至此，我还能再说些什么呢？我只好给了她一把钥匙，也没让她开车送，跳上一辆出租车，直奔机场而去了。

第十五章　突变

我能肯定，三爷出事，我感应到了。

那天，台风"山竹"登陆深圳，我在京城的影视基地，心脏狂跳足有一支烟时间。这让我颇为不安，以至于导演找我商量剧本都无法进入状态。

"有事？"导演递给我一支烟，问。

"不知为何，心突然被击穿了，空落落的。"

"害怕你深圳的房子被台风侵袭？"

我摇了摇头。我的房子值不了几个钱。宋小诗借住在那里，会照看好它。

我下意识想到了朝圣。那次的荒唐行径，始终让我有些不安。此时，那种大凶之兆所带来的不安更甚了。

"你壮得像头牛，"导演吸一口烟，瞥了我一眼，"打球也完胜于我，你的心脏肯定不会有问题，别吓自己了。"

除去游泳，羽毛球是我坚持的另一项运动。我相信导演的话，爱好运动的人，心脏往往也比较强健。我点点头，把注意力拉回到他的问题上。

"我是黄昏的孩子，爱上了东方黎明的女儿，但只有凝望，不能倾诉。中间是黑夜巨大的尸床。"导演说，"我知道，你喜欢顾城，可这些诗句有点颓废，我担心会对观众产生不良影响。你看，能不能改一下？"

"现在的观众和以往不同了。他们有自己的见解，不会随便被影响。"我说，"这些诗句，看似消极，却再现了真爱的本质，这也是原作《白痴之恋》的题眼。能将电影看完的人，一定被这些诗句感动，而这不正是您想要的结果吗？"

导演长吸一口烟。"或许，你说得对，我再琢磨一下。"他说，"关于你心脏异动，不要多想，若着实不放心，我可以安排助理陪你去医院做个检查。"

"那倒不用。"我笑着谢绝了他。

两天后，"山竹"离开。我从网上和报社的工作群看了一下，它造成的破坏，没发现什么异常。宋小诗也没打电话给我，我长舒了一口气。

当晚，导演带我去酒吧。他是我的读者，在合作期间总是费心尽力照顾我。自我出道，他就一直关注我。这次剧本改编一个半月，拍摄近三个月，我们每天都有很多时间在一起，关系变得亲密异常。

"酒吧，是灵感迸发之所，向来被艺术家喜爱。"从我刚来京城，他就极力劝说我前往酒吧，"在那里，每个人都能尽情释放压力。这些压力，若被捕捉，极可能会成为一部好作品。"

这与我的创作习惯不同，但我还是遵从他的安排，一有空闲，就陪他去酒吧捕捉别人的故事。几个月下来，这里的调酒师也认识我了，清楚在导演的推荐下，我也喜欢上了名为"荧惑"的调酒。

我的目光，习惯性地环视酒吧时，在一个角落里停下了。我看到一个身着青色连衣裙的女人，背后拖着长长的麻花辫，末尾绑一只蝴蝶结。我感到心跳迅速加剧，血压飙升，脉搏也肉眼可见地狂跳起来。

"难怪'山竹'袭来，宋小诗没打电话给我，"我心中暗忖，"原来，她也飞来京城了。可她明知我在这里，却不与我联系，莫非是故意的？"

导演发现了我的异常，问："你喜欢的类型？"

"是，"我下意识地点头，随即，清醒过来，赶紧摇头，"好像遇到了熟人。"

"这里是酒吧，"导演扬眉鼓励我，"惊喜产生的地方。去吧，请她喝杯'荧惑'，保准你们会产生爱的碰撞。"

我没解释我和她复杂的关系，只是苦笑着向她走去。但快走到她面前时，我停下了脚步。我看清了这是一张更加年轻的脸，五官精致，但她不是宋小诗，没有那种让我心动的机灵与调皮。

我没等她发现我在打量她，便悄悄沿原路退回了。导演惊讶地问："这么快？"

"认错人了。"

"一回生，二回就熟了嘛。"

与女生交往，向来非我擅长，我赶紧摇手："不，不用了。"

"一杯'荧惑'酒不行，就两杯。"导演一副老练的口吻，"从没有哪个年轻人，能抵御得了这酒的魅力。"

我做了个拒绝的手势。导演清楚我的执拗，耸了耸肩，没再劝我。但他还是叫调酒师调了一杯这种让人炫惑的酒送到了那女人面前。她转过头来，点头致意。我借口去洗手间，离开了。

可能是避免客人看到自己醉酒的丑态，洗手间的镜子模糊不清。站在镜前，看着镜中慌乱不堪的模样，我问自己："你为什么要逃？你不是已经放下，不再当情感白痴了吗？"

有人进来，摇摇晃晃，嘴里咕哝着什么。我冲他点点头，走出洗手间，看到导演已经离开了，那女人也不见了。我清楚发生了什么事，又点了一杯"荧惑"酒，兀自喝了起来。

时间又过了一个星期，就在我将要忘记那次的不安时，我接到了金有余的电话："三爷出事了，你赶紧回来一趟吧。"

心脏狂跳几下，心被击穿的感觉，重又涌上心头："怎么了，严重不？"

"电话里不方便说，你赶紧回来吧，说不定还能看他一眼。"金有余说，"确定好落地时间，告诉我，我去机场接你。"

看来，很严重。

我长舒一口气。这是我最真实的反应，我不能欺骗自己。三爷出事时，我的感应已充分表明了我们之间深厚的情谊。我舒气，也正因如此。

这时，电影拍摄已接近尾声。原本，导演是要给我安排一个角色的，可我想起三爷的话，"专业的人，干专业的事"，我担心自己从没学过表演，会把角色演砸，就推脱了。我待在这里的作用也就不大了。发生这样的变故，我马上去找导演商量提前离京的事。

"三爷对你肯定非常重要，他出事，你才会感应到。我当然不能阻拦你回去看他。"导演沉思道，"但你得保证，首映式你一定会出席。"

"我保证。"二话没说，我立即答应了。

在我收拾行李时，导演让他的助理给我订了两小时后飞深圳的机票，然后，开车将我送到了机场。至此，我在京城的假期提前宣告了结束。

在飞机上，我努力不胡乱猜想到底发生了什么事，但我清楚，肯定非同小可。否则，金有余也不会主动提出到机场接我。

出了机场，我一眼就看到了他，急切地问："三爷到底出了什么事？"

他没有马上回答我。走在前面，转来转去地找车子。我只好耐住性子跟在他身后，大包小包的行李越发沉重了。

"还在抢救，重症病室。"打开车门时，他终于开了口，"真是意外之灾呢。"

他眼睛红红的，嘴巴努着，像个生闷气的孩子。他启动车辆，打开空调和后备厢。是他自己的国产汽车，而非三爷的豪车。这让我颇为意外。他是个小气的人，平日里可不舍得开自己的车。

我点了支烟，赶紧吸几口，重复先前的问题："三爷出了什么事？"

"意外之灾。"

"你讲明白点。"

"这很明白呀，车祸不就是意外之灾吗？"

在他简要的叙述中，我总算弄明白了事情的来龙去脉：十天前，三爷去机场接人，当时，因为台风，金有余在单位走不开，他就自己开车前往。行至机场南立交桥下时，一辆泥头车从三围社区闯红灯直冲过来。泥头车速度飞快，一下子把他的越野车给撞飞了。越野车飞过国道中间的绿化带，落在了另一侧的行车道上，再次造成车辆相撞，且是连环撞。

"那是一起非常严重的交通事故，一共有二十多辆车，不同程度地受到损坏，有三十六人受伤。事发后，省里立即派人下来调查此事了。"金有余说，"你应该看过这新闻吧？"

我点点头。在报社工作群里，我的确有印象。只是，当时我是在查看"山竹"所造成的破坏，并没在意这起交通事故。无论如何，我都想不到，那事故会与三爷有关。

金有余不抽烟，我把烟头熄灭后才坐进车里。他将车开出停车场，继续说："目前，警方通报的情况是，泥头车司机醉酒驾驶造成的这起交通事故。在警局，我见到了那个司机，形象邋遢，酒气冲天，像是掉到了酒缸里。"

"怎会这样呢？"我愤愤不平地说，"就算我不懂开车，也很清楚，喝醉酒不能开车上路呀！"

"有些人，不就喜欢如此吗？"金有余说，"咱们去金光寺，半路上停下来喝酒，我不也开了车？事情不落到自己头上，每人都心怀侥幸。"

"三爷受伤非常严重？"

"抢救到现在，医生都表示无能为力了。"

十天，我的心沉了下来。我能想到，医生可能什么办法都试过了，但我还是开口说："那也不能放弃呀，只要还有一口气在，就应该继续抢救。市医院我有熟人，等一下，咱们过去找找他，让他再安排一些专家，想办法继续治疗。"

金有余眼里闪过一丝异样。他没回应我的话，而是用嘴朝前方努了努："就是这个路口。"我这才注意到，车已行至机场南路。在等红灯变绿时，他指了斜对面，"他开车通过时，泥头车就是从那个方向过来的。"

我不自觉地哆嗦了一下。三爷的越野车是豪车，还伤得如此重，要是金有余这种车，估计当场就会丧命。泥头车司机这不是醉驾，是杀人来了。

"放心，我开车不会出事。"金有余声音冷淡地说。

我苦笑一声。我是见识过三爷的车技的，他开起车来，鲁莽，飞快，不计后果，完全像是初学者，金有余则平稳娴熟得多。

穿过红绿灯，我问："是怎样重要的人需要他来接？"

三爷的公司在深圳数一数二，一般客人完全无须他亲自迎接。

金有余摇了摇头："没人知道。他向来如此，从不按套路出牌。"

这倒让我意外。我又问："出车祸时，客人不在车上？"

"不在，"金有余说，"他还没到机场就出了车祸。我问过秘书，也不知道这位客人是谁。"

看来不是公事。三爷的两位红颜，金有余都认识，但三爷仍背着他，不惜放下身段自己开车去见的人，恐怕也就只有陈晓一人了。

我没有将此说出来。

金有余瞥了我一眼，也没再说话。我俩，原本就话不投机，车内迅速陷入沉默。车行上往市区方向的高速，他专心开起车来，嘴巴紧闭。我托腮朝外望去，再次想起了十天前的不安，反复自问：三爷的祸事，真与大冲日的荒唐行径有关联？

表面看来，我镇定得好像漠不关心。可我心底深处，却掀起了轩然大波。在我看来，命运还真会捉弄人。三爷已明确同我聊过将会发生的改变，可命运却同他开起了如此玩笑。

我不喜欢这样的命运，它让人感到无力和绝望。

在医院里，我找到了熟人医生。他是一位主任医师，有着非常丰富的临床经验。但他的话，让我的心揪得更紧了。

"再治下去，也是徒劳无功，不会有什么效果，还徒增花销。"

"可也总不能就这样放弃吧。"

"我们也不会轻易放弃，只是，"医生犹豫了一下，"这也是我们专家会诊最终议定的结果。我们认为，除非有奇迹发生，病人是不可能清醒过来了。"

"请你说明白一点。"

"我们的意思是，病人已陷入重度昏迷之中，也就是我们常说的植物人，醒来的概率非常小。就算家人不放弃，也将是个巨大的挑战。因此，综合考虑，我们还是建议，好好地劝劝病人的家属，让他们放弃吧。"

"谢谢您。"

让我感到意外的是李正和陈志远也在。

"我一听说，就过来了，"在医院外面，李正抽着烟，说，"这几天，非常难熬。没想到，祸事就这样发生了。"

"祸从天降呢！"我抽着烟，全身哆嗦，"没想到您也来了。前不久，我和三爷还在商量着约时间去看望您。没想到，再见面时，他却倒下了。"

"世事无常，这谁也说不准。"

"是金哥打电话通知您的？"

"不，是嫂子，"李正说，"我也很意外。她说，是一个月前，三爷突然交代，如果他有什么不测，一定要立即联系我。"

我愣了一下："三爷这是提前预知了自己将要出事？"

"嫂子也说不上来。你得知道，她完全对三爷死心了，任何事都不想理。"

我不胜感慨。三爷说，他对他的红颜们，全都以真心待之。她们也愿意为他开脱。但他夫人却不这么认为，维系他们关系的，恐怕也就是被三爷称为爱情坟墓的婚姻了。

"从昨天开始，金有余就开始劝她放弃。我真担心嫂子会被他说动，就叫他打电话给你，叫你回来。"李正说，"你不知道，这通电话，他多不愿打。"

"或许，他是担心我忙，无法抽身赶回来。"

李正默默地点点了头，没再说什么。

我把目光转向陈志远。这家伙竟然没继承父业，把工厂搞下去。他一个人去了香港，从事海鲜批发生意。每天四点多钟出海，六点之前就载着满船的海鲜回来了。接着，连抽支烟的工夫都没有，就开始开档做生意。

与上次见他一样的是，他腰间系着一个真皮腰包，包里鼓鼓囊囊的，好像里面塞的全是钞票。

"你也回来了，有心了。"我同他握手道谢。

"李处打电话给我，说这几天会在深圳找时间坐坐。我估摸，他可能会用车就跑回来了。"他的话语，依如以前一样，夹杂着浓厚的本地口音。

我用力同他握了握手，拍了拍他的肩膀。

至此，我算弄清了事情的来龙去脉：三爷遭遇飞来横祸，陷入深度昏迷，可能永远不会醒来，之所以把我们都叫回来，是要讨论就此结束他的生命，还是继续保守治疗。

在这个问题上，医生的建议是，选择一个让他及家人都解脱的方式。金有余赞同医生的看法。但李正不这么认为。

我想，这或许是南方人与北方人的差距，在效率和情感选择上，北方人更倾向于后者。

在吸烟区，李正问我："从机场接你回来，金有余没有同你讲什么？"

"只讲了三爷出事的经过。怎么了？"

李正点燃一支烟，长长地吸了一口。"他给我说过一件事，估计很快就会同你讲了。"他说，"其实想想，他的想法也算正常，毕竟他是三爷的内弟。只是，这事刚一发生，他便这样急不可待，很容易让人联想到别的。"

"什么就正常了？"我被他弄得糊涂了，"联想到什么？"

"这话一说出来，可就显得我小人了。"

"我清楚，你不是那种人。"

李正点点头："所以，我也只能给你说这些了。"

我等着他说下去。

"这事发生在前天晚上。我出来抽烟，他跟了出来。你知道，他不抽烟的。所以，我清楚他有事儿要给我讲。但我什么也不说，就等着他开口。这几天，他极力撺掇放弃对三爷的治疗，我想知道他意欲何为。"

"他说了什么？"

"他说，他决定了，要辞职。"

"哦？"这倒有点出乎我的意料了。

"从三爷倒下以来，他公司的事几乎都是他在打理。你也知道，那么大公司，几百号人，事情多着呢。他的意思是，辞职之后，他全力打理这公司。"

"这没什么不妥呀？"

"如果是嫂子请求他这样做，这的确没什么不妥。"李正吸了一口烟，意味深长地看着我。

我明白了他话中的意思，也想到了前往金光寺时，金有余给我讲过的话，不禁感到了脊背发凉……

我不敢往下想了。

"关于三爷的车祸，我听到了一些别的说法。"陈志远也开了口。

在报社工作这些年，我明白，一些所谓的"小道消息"几乎都没有事实根据，但我也清楚，这些消息也不会毫无根据。于是，我问："什么说法？"

"这消息乍听起来有些古怪，但坊间向来喜欢夸大。"陈志远说，"我是在事发后三天听说的。那时，我还在香港，是市场上的人讲的，具体是谁说的，我记不得了。他说，三爷——当时，我并不知道那就是三爷——的车祸，是有预谋的，司机也不是醉驾，而是被人指使那样干的。那司机原本就和三爷有仇——"

"和三爷有仇？"我愣了一下，"竞争对手，还是情敌？"

"什么仇，没人说。但据说，那司机也是香港佬，多年前，曾在深圳开过厂。"陈志远说，"为了证实这个说法，说这件事的人，还添油加醋地形容了事发现场。说泥头车撞到越野车时，越野车就像美国大片那样，在空中连续翻滚几次才落到另一侧的车道。并且，随后就发生了连环撞击，越野车还发生了爆炸，幸好，在那之前，三爷被人从车中拉了出来。"

我被什么东西猛然击中了。

我觉得自己捕捉到了什么，可却又无法说出来。这种无法说出，并非表达方面的问题，而是不知道那到底是什么。

我使劲摇摇头，却无法走出那种纷乱的情绪……

陈志远从自动售货机上买来了三瓶水，李正接过一瓶，大口喝了一通，对我说："不管怎么说，我认为，咱们还是该坚定立场，坚决不能放弃对三爷的治疗。三爷家大业大，钱绝对不是问题。"

我默默地点点头，但问题是，他的夫人、他的家人，又是如何打算？

金有余说，三爷的父亲，已年近八十，担心老人家受不了如此打击，就没通知。自从三爷成为富豪，每次回去省亲，县镇领导都亲自迎接，让老人家很是骄傲。而今，发生这种祸事，老人家的伤心、绝望，该有多大！

从道义上出发，谁都不愿意一条生命就这样结束。可如果他真成植物人了，那对家人来讲，将是长期的折磨和煎熬。作为局外人，每个人都可以拍拍屁股离开，可他家人呢？该如何面对这份痛苦？

想到这些，我有些犹豫了。我理解医生提出的放弃治疗的建议，也开始倾向这个建议了。

"呃，"我说，"咱们也该考虑一下三爷家人的意见。"

"那是肯定的，最终以他家人的决定为主。"李正说，"可他的家人如何做出这个决定，还是会听取咱们的建议的。"

"可如果咱们好心，却办了坏事呢？除去高昂的医疗费用不说，单就照顾他这一件事，可能就会拖垮一个家庭呢。"

"这倒也是，"李正也陷入了沉思，"难道就没有折中的办法吗？"

"真有，我举双手赞同。"说罢，我一口气把半截烟吸完了。

李正猛地一拍脑袋："你看，我把这事给忘了！"

我好奇地看着他。

"前不久，三爷给我打了电话，啰里啰唆，讲了许多。最后，要挂电话时，他说，若他有什么不测，让我联系追姐。你知道她是谁吧？"

我犹豫着点了点头，不知道三爷的葫芦里到底卖的是什么药。

潘帅要两天后才能赶来。

金有余辞去了单位的工作。他常常牢骚，在街道办工作，工资低不说，还要做牛做马忙个不停。但每个人都清楚，他就是闲人一个。所以，同事们对他的辞职都非常吃惊。

不管怎么说，他都是雇员，还是闲职！他说辞就辞了，除非——犯了严重的错误。

同事之间，传出他包养小三的消息。还说，他之所以如此，是因为他妻子性病缠身，干不了那事……同事又说，他们的婚姻，原本就是场交易，他以为捡到了宝，谁知却是个大坑，他也够可怜的⋯⋯

金有余对此未做辩驳。

辞职第二天，他就到三爷公司开始打理一切事务。我和李正一起去公司，看见他大腹便便坐在三爷的办公室里，向秘书下达指令。看起来，比三爷更像是老总。

让我的眼珠子都要飞出来的是，秘书竟是蔡诗诗！看来，他原同事的传言，并不全假。

若非潘帅到来，这种现状有可能会一直持续下去。

潘帅不是一个人来的，除了一位律师，还有三爷的另一个红颜阿美。我明白了，为何她需要两天才能赶来。她们的到来，让金有利的心情十分复杂。但后者还是控制住了情绪，按照潘帅在电话中的要求，将她两个儿子——他们阳光帅气，见到每个前来探望三爷的人，都很礼貌地打招呼——以及我们几个集合在了一起。还有三爷的秘书和律师。

这阵仗，让我们每个人都觉得，事情不简单。

潘帅与我握了握手，便直奔主题："我来这里，是受三爷所托，宣布一件事。"

金有利的嘴唇抖动了两下，但什么都没说。

潘帅从同行律师手中接过一份密件，在我们面前晃了晃。"三爷曾委托我，当他遭遇不测时，要当着大伙的面，公布这份文件。"她看向金有利，"名单上的人，全都到齐了吧？"

"到齐了。"金有利的声音，毫无感情。

这其中没有陈晓。

"那好，我就向大家公布三爷委托事项。"潘帅看了我一眼，"三爷的好友方丁，是位知名作家，善良正直，三爷请求他当遗嘱执行人。"

我愣住了："我？"

"你说什么呢！"三爷的大儿子语气愤怒地说，"什么遗嘱！我爸还没死呢。"

"很抱歉。"潘帅道，"但三爷立下的，确实是遗嘱。"

"没关系。宣读吧。"金有利拉住了大儿子的手，以防他再打断潘帅的话。

潘帅将密件递给我，经每个人确认密封完整后，我才打开，木着脑袋宣读这份遗嘱：

本人郭侯，湖南人，四十九岁，身体康健，意识清醒，于戊戌年秋日偏食之日，就可能突遭不测之事，立遗嘱如下：

一、遭遇不测后，若伤势严重无法自理，但未死，请将本人送往金光寺别院，交由贾茂文大师处置；若死，请将本人骨灰，埋在别院的桃树下。

二、金猴子文化发展公司，交由李正全权负责。公司收益分配如下：李正百分之四十，本人家人百分之四十，公司员工分红百分之二十。员工分红，按照本人创建该公司时签订的分红方案执行。犬子学业完成后，若接手公司，须聘请李正为公司总顾问，并支付不低于公司收益百分之三十的薪酬。若不愿接手公司，获益分配按前述执行。

三、别院由贾茂文大师全权负责，本人家人不得插手任何寺务。本人爱人当依本人遗愿，每年向其捐赠人民币不低于一百万元，持续十年为限。

　　四、本人红颜知己二人，为感谢她们让本人情感圆满，本人在银行为她们各开了一个保管箱，里面有些许心意，请将保管箱钥匙分别交给她们，由她们自行领取。

　　本遗嘱一式三份，本人一份，潘追娣一份，律所律师黄某一份。该遗嘱自签订之日起，五年内有效。遗嘱执行人，本人委托好兄弟、作家方丁。在遗嘱宣读时，除本人家人在场外，还须邀请本人的秘书、公司律师，本人好友李正，内弟金有余等在场。

　　立嘱人：郭侯，见证人：潘追娣。

沉默。大家面面相觑，一时间，无法消化这些内容。

　　"完了？"金有余首先打破沉默，上前一步，从我手中抓去了遗嘱，"怎么可能是真的，太荒唐了！"

　　公司律师闻言，也走上前来，认真甄别了一番后，说："这份遗嘱，确实是真的。无论是签名还是签章，都是真的。并且，还经过了公证处的公证，具有法律效力。"

　　"可是，可是，"金有利的嘴唇不住地哆嗦，她紧紧地握着大儿子的手，深深地吸了好几口气，这才将自己的话说完，"难道在立这遗嘱时，他就已经意识到自己会出事？"

　　说完，她失声痛哭起来。在这一刻，我突然发现，这个平日里沉默，对三爷在外找女人的行为不闻不问的女人，对他的感情还是如此炙烈。

　　但她的问题，也是我的疑问。

　　我不由得想到了陈志远的话：三爷的车祸，说不定真的另有蹊跷。

我又想到了，在别院遇见陈晓的前一天晚上，三爷心神不安的样子……

遗嘱执行，对三爷这样家大业大之人，不是三两天就能搞定的。光公司财产盘点，就得一段时间。我先将银行保管箱的钥匙交给潘帅和阿美，并确保她们顺利取走里面的东西。

"你就不想知道这里面是什么吗？"潘帅出来时问我。

我摇了摇头，说不想知道。

"是一份信托基金。"潘帅说，"但不是给我的，是给小帅的。"

"小帅？"

"我女儿。"

我顿时明白了。难怪别院那个项目，三爷也要她参与其中。

"这样说来，你和三爷是事实上的夫妻，"我狠狠地吞咽了一口口水，"可在别院，咱们还……"

"不是什么都没发生吗？"潘帅笑了，"我的身体，你早已看过了……从别院回来后，你是不是从心底把我清理出去了？"

我明白了，那是她故意所为。不管是三爷，还是她的主意，我都诚恳地道了声感谢。

想了想，我又问："那天，楚楚发生了什么事？"

她愣了许久，缓缓地说："你真想知道？"

"我想知道。"

"金有余他……"潘帅深吸一口气，声音仍含有颤意，"他是……性变态……"

许多事情豁然明了，难怪，那晚之后，楚楚对她有种恐惧。没有谁会忍受得了性变态的！

"三爷知道吗？"

"每个人都会干一两件脑袋不开窍的事，或许，这就是三爷的短板吧。"潘帅轻描淡写地说，"他给予了楚楚很多的补偿……但我清楚，我和楚楚的姐妹情也到此为止了……"

面对阿美时，我问："你知道蔡诗诗来深圳了吗？"

"她提出辞职时，给我说了。"

"辞职？"我不解地问。

"她和丁璐，都是我公司的员工。这是三爷特地要求的，介绍给你的，一定得是好女孩。"阿美说，"我费了不少口舌说服她们前去赴约。原本，我认为丁璐与你发生点什么的可能会大些，毕竟，她性格主动，又读过你的书。可没想到，最后辞职的却是蔡诗诗。"

"我并不知道三爷会提这样的要求……"

"三爷对你是真心的。我从未见他如此重视一个男人——"

九月二十九日，我忙碌了一个通宵，编好新一期周刊发给美编后，点了一支烟。从京城回来的这几天里，我成功地把宋小诗留下的气息扫除殆尽，房间里重又恢复了单身男人的那种混乱：

该换洗的衣服，丢得到处都是，电脑桌上落满烟灰，看了一半的书籍摊开在茶几上，啤酒瓶横七竖八地躺在地板上，风一吹来，骨碌碌地滚动着。除去这些，房间里还弥漫着一股难闻的烟味。

七点，我洗了个澡，然后，前往明光城，陪李正吃早餐。

住这里，是金有余安排的。他说："那里你熟，离方丁也近，接送你们比较方便。"当时，他在全权打理三爷的公司，费用方面，压根儿不用担心。

但我想，这里距市区如此之远，或许，金有余是想将李正支开。

不过，李正确实对明光城较熟。住在那里，也受到了在位时的待遇。尤其是那位餐厅经理，每次总会亲自为他服务，笑逐颜开的，让他有些不习惯。

今天，他将正式接手三爷的公司，而我，则要送三爷前往金光寺。以后再见，就得有一方跨越大半个深圳了。

"我从没想过还会挑起如此重担，"早餐后，我们一起出来抽烟，李正说，"更没想过，会以这种形式。"

我默默点了点头。发生这样的事，谁都想不到。

"有些人来深圳，努力拼搏，让自己发光。而有些人，则灰溜溜地走了。"想起往事，他的脸上写满了苦涩。

我想说，过去的已经过去。我们还是该打起精神，面对即将到来的未来。我还想说，这些年，我就是这么过来的。包括当年的辞职。我心中只有一个念头，那就是去西部旅游。但旅游归来，我要做什么，却毫无头绪。

"说实话，你有没有恨过我？"李正问我。

"没有。"我长吸一口烟，"怎么会！"

"你是个放荡不羁的人。可是，我却将你招入执法队，用繁重如山的公文对你进行约束和限制……"

"千万别这么说。若不是你，我不会来深圳，更不会留在这里。"

"但你决定留下，却是离开执法队之后。"

这倒也是实情。

事过境迁，回头再看，当年，辞职，逃也似的离开，是对自己的道路产生了怀疑。而当时发生的事，不论是陈志远父亲的案件，李正的突然设防，还是方昆的孩子出生，都只是加重了我的怀疑，让我无法在那种混沌中继续下去。

从西藏归来，我对朝圣有了全新的理解。我下定决心，当个文字的朝圣者，用一生坚守，朝心中的圣城行进。我进入报社，当了一名编辑。这让我拥有了更广阔的视野。

"我常想，如果我多为你说句好话，你转编的事就能搞定了。但当时，我正忙于自己的升职……"李正吸着烟道，"你是对我失望才离开的吧？"

"不，诗和远方。"我笑道，"这的确是我当时真实的想法。"

"你就别嘲讽我了。"李正苦笑，"当时，我这样给三爷说，是因为生气。不仅志远走了，你也要离开——"

"是我不对。"陈志远突然开口道。多年的司机生涯，让他养成了静默的习惯，如果他不开口，常会让人忽略他的存在："我不该带个坏头。"

"当然是你不对。"李正脱口而出道，语气尖锐，但马上，他摇头笑了，"以前的事，都过去那么多年了。还提它干什么！方丁说得对，咱们都该往前看……"

陈志远再次瞬间静默。

"原本，这次该我送三爷去金光寺的。"李正说，"但我清楚，你有更多的疑问想问贾大师。而我刚接手公司，方方面面都得了解、熟悉。天知道这家伙怎么对我如此信任，给我压下了如此重担。"

"专业的人，干专业的事。"我说，"在我们去金光寺之前，他对你的能力还赞不绝口呢。"

金有余开着公司车，准时来接李正了。他没下车，隔着玻璃冲我点头致意。

"让老金继续开车这一步棋，不错。"我笑道。

"专业的人，干专业的事。"李正狡黠地笑了。

"他还是如愿以偿，当上了行政经理。"

"是个虚职，做些迎来送往的事。因为三爷，不仅是他，我也没回头路走了。"

"三爷一直没用他，是对他有顾虑。"我提醒李正道。

"那没关系。三爷对他有愧疚，我没有，下得了手治他。"李正笑道，"我在街道时，比他还难对付的人，不照样治得服服帖帖的？"

"三爷对他有愧疚？是怎么回事？"

"你知道他一直没有孩子吧？是他妻子的问题。那女人年轻时有过一段荒唐的经历，导致一身毛病，无法生育。而且，她性格乖张，天天对金有余颐指气使……"

"三爷与那女人的父母做过交易？"我猜测道。

"这我就不清楚了。"李正说，"我只听说，金有余进单位当雇员，是他岳父的关系。"

我理解了三爷的愧疚。难怪金有余提出要"改变"时，三爷虽为难，但还是为他做了安排。

"金有余的秘书，你怎么安排了？"我又问。

"蔡诗诗？我原打算安排她做前台接待的，但她自己辞职了。我听说，为了她，金有余正在闹离婚呢……不得不说，那家伙等到从街道辞了职才提出离婚，还真够难为他的。"

我想说，这真是一步臭棋，但想想自己，还是什么都没说出来。

金有余坐在车里，默默地等着，李正同我握手道别，大声说："让志远送你去医院。有任何事，随时与我联系。"

第十六章　心有所感

在等陈志远开车时，我又点了一支烟。那名漂亮的大堂经理，朝我走了过来。

"大作家，好久没看到你了。"她的声音宛如黄鹂鸣叫般婉转。

我如实回答："这段时间太忙了，事也太多了，几乎都没休息好过。"

"这段时间，常看到李处和金总，怎么郭总没来？那可是个爽快人呢。"

"哦，你认得郭总？"

"怎能不认识呢。我还记得，有一天早晨，你们还一起吃早餐呢。后来，他带一位女士在这里住了两晚，那位女士，说实话，还真漂亮。"

那肯定就是陈晓了。三爷宴请我和宋小诗那晚，他们应该住在这里了。

"他们在一起时，可恩爱着呢，"女经理继续说，"刚开始，我以为他们是夫妻。后来，又有一个男人拿着那女人的照片来问，我才知道，那女人是别人的老婆。"

我心里猛然一动，忙问："是什么样的男人？"

310

"平头，中年，很儒雅的样子。"女经理歪着脑袋想了想，"听口音，应该是香港人。他的港普很好辨认……"

我的心里，又是一动。几天前，从京城返回时，脑海里闪过的那个念头越发明晰了……

陈志远很快将我送到了医院。下车时，我才从女经理的话语中清醒过来。

"我从这里，就直接回香港了。"陈志远说，"我那是小生意，这么多年，才积累那么一点客户。生意虽小，但一家老小的生活都指望着呢。"

我能理解。与他握了握手，再三表示感谢。

"以后，如有什么需要我帮忙的，随时打电话给我，"他说，"我说过，你是我最好的哥们儿。只要你打电话，我一定会赶回来。"

"好的，谢谢你。"我想了想，还是开口问道，"有件事，我一直心有疑虑。"

"我辞职的事？"

"是。我想知道真相。"

一支烟吸完，他才缓缓开口："我父亲手上的伤，是我弄的……"他看了我一眼，眼睛里竟含有泪光，"这件事，埋我心底那么多年，压得我几乎喘不过气来……"

我紧紧握着他的手，想说什么，但直到他离开，什么都没说出来。

贾大师是昨天下午打电话给我的。他说已经做好准备，可以随时接管三爷："不过，国庆黄金周马上就要到了，三爷的事，最好能在这之前，安排好。"

经过一晚准备，我们确定下来，今天上午出发。我那位医生朋友，帮忙联系了一辆长途跨省转运的救护车。一千二百公里，预计行驶十五个小时，半夜抵达金光寺，不会给香客带来干扰。

金有利也一同跟来了，毅然而决绝。

"如果我不照顾他，他还能指望谁呢？"她语气坚定地对我说，"相爱，不正是如此吗？执子之手，与子偕老。如果这次劫难，真是他的业果，那他就更需要家人守护了。"

相爱，家人。

她的理解，与三爷完全不同。

三爷最后一次给我电话时，我在京城。那是在他车祸前三天。他说，退休后，他会把时间都用来陪家人，无论年轻时犯下了怎样的过错，总可以弥补。在金光寺，那天我们坐在山门口，他曾谈起戒酒的事。他说，当他开始戒酒时，他荒唐的情事也将画上句号。

现在看来，他极有可能没机会那样做了。

这让我伤感了好长一会儿：有些人或事，并不是我们想当然地在等着我们，稍不注意，就可能变成了我们的遗憾。

接着，我又想起了宋小诗。这些年，我一直认为，她是我至今单身的原因。可当她两次问我愿不愿意娶她时，我却顾左右而言其他。我自认为坚如磐石的情感，在那一刻，脆弱得连一句肯定的回答都承担不起。

所以，三爷是幸运的。他虽无法用余生来弥补曾经的荒唐，他的妻子却没因此而放弃他。执子之手，携子同行。他妻子用真实的行动，诠释了自己对爱情及婚姻的理解。

安置好三爷之后，我与贾大师又坐在了院子里那棵桃树下。

"这段日子，像是在梦里。"我长吸一口烟，说，"而梦醒后，我和你依旧坐在这里，喝茶，聊天。"

"人生，本就是一场梦。有的梦长，有的梦短。有的梦精彩，有的梦，就是一场梦魇。但不管什么样的梦，总有醒来的时刻。"

我心力交瘁地点了点头："三爷什么时间跟你谈的后事？"

"陈女士到来后的第二天。就在这里，如你我一样，喝茶时谈的。"

尽管多少猜到了这个结果，我还是吃了一惊。"回到深圳，他就立了遗嘱。"我沉思道，"难不成，他当时就已经意识到了可能会发生这样的事？"

"凡事皆有定数，无须伤感。"贾大师说，"当初，三爷选择投资这里，或许就已想到，有朝一日，这里会成为他的休养生息之所。"

若如此，也算是一桩善缘了。

"不管三爷当时意识到了什么，他都选择了面对。"贾大师继续说，"所以，这个结果，未必就是最坏的。"

我不自觉地皱了下眉。

"你有没有想过，三爷出这样的事，或许是佛祖的旨意呢？"贾大师端起茶杯，轻饮一口，又道，"若这是三爷的朝圣之道呢？"

我猛然被击中了，全身打了个哆嗦。"朝圣"这个词，就这么突然地再次来到我的面前。我想到了那晚，三爷的不安和荒唐行径，或许，是受红火星的影响？荧惑，它又被称为执法、罚星，若此，倒也能解释这些事情。

贾大师接着说："三爷的劫难，或许，就是他以前的业果……"

我抬眼朝寺庙的广场望去，可以看到大殿前那尊高大的佛祖雕像。此刻，太阳刚刚升起，在晨光照耀下，我能清晰地看到，那佛像嘴角上翘，似乎对世人所有的罪孽都能够容纳、接受。

"别的不说，在这个小院，"贾大师说，"三爷每天沐浴在经声中，若突然得了道，或得到了佛祖的谅解，能够醒来亦未可知呢。"

的确。在我刚才凝视那佛像时，一种极为深邃的恬静涌遍全身。我感到自己的目光异常地锐利起来。看到了世人夜以继日的荒唐行径，这种荒唐也包括我自己平日里的一些行为。我感到脸上像被火烤了似的，热辣辣地痛。

就在这时，早课的和尚齐声诵起了经文。那诵经声伴随着夜风将我包围，使我笼罩于更深的宁静。这种宁静，让我想起了港湾，想起了母亲温暖的怀抱。

过了许久，我像佛祖在拈花一笑间，顿悟了一样，心明神净起来。

贾大师看着我，面露笑色。"之前，你问过，我为何会选择出家，"他端起茶杯，轻啜一口，神色变得庄重，"也是为了朝圣。"

朝圣。

我再次默念这两个字。

"遇到合适的事或人，将自己完全献给这人或事。"我缓缓说道。

贾大师微笑着点了点头。

我订的是傍晚返深的车票，十二个小时的绿皮火车，明天一早抵达深圳。高铁只需一半的时间，但那太快了，来不及观看路旁的风景。

这一晚，各种纷杂的情绪一起向我袭来，几乎让我晕眩。但我没有难过。在这种纷杂之中，我隐约看到了一种透明的、散发光亮的物件。它深深地吸引着我，以至于我忘记了三爷，忘记了宋小诗，忘记了路旁的景观，以及所有一切……

第二天清晨，火车经过一整夜奔跑，准时抵达深圳。

查暂住证的时代，早已一去不复返。内地游客无须办理边防证或其他证件就可以随便出入深圳。当我随着人群，疲惫地走出检票口时，听到有人喊我的名字，让我吃了一惊。

那是个女人的声音，满含欣喜与期待。

我停下脚步，回头一看，却是舒离。她身旁放着一个行李箱，背上背着她上次去金光寺时的背包。

"我正担心你不在深圳，找不到你呢！"来到我的身旁，她欢快地说，"没想到，却在这里碰到你了。是不是咱们特有缘？"

"找我？"我一头雾水，"找我干什么？"随即，意识到这样问不妥，忙道，"你怎么在这里？"

"你忘记了，我说过，我会去找你的呀！"她的脸上写满了柔情，"你是个好男人。现今，好男人不多见了。我既然遇到了，当然不会放手！"

我想起了把她送回家时，她曾说过类似的话，没想到，她真来了。这个小丫头，鬼怪机灵得很呢。

从她身上，我隐约看到宋小诗和潘帅的影子。

"即使你要来，也该提前给我打个电话。"我说，"那样，我也好来接你。"

"你手机打不通呢，我也给你发了好几条信息。不过，这样更好，在这样一个举国欢庆的日子里，在茫茫人海中，咱们能相遇，就更说明了咱们有缘，什么都分不开咱们了，"她挽起了我的胳膊，"你说是不是？"

我无声地笑了。

难怪，昨晚下意识里非要坐火车！

看她连行李箱都带了，想来是没打算再回去了。我拎起她的行李箱说："走吧，去我家，先转地铁，再倒公交，还要两小时呢。"

"我还没问你呢，你从哪里回来，怎么还要坐火车呢？"舒离像燕子啾鸣般欢快地说……

门铃不停响起，是在中午十二点左右。

我翻了个身，想不予理会继续睡下去。昨夜在火车上，我思绪活跃，一夜都没合眼，这才睡下不到两个小时，睡意正酣。可按门铃的人似乎在有意同我较量，对峙片刻之后，我还是投降了，起身，趿拉着拖鞋打开房门。

站在门口的竟是方昆。他提着一个旅行手提包，神情有些沉郁、慌乱。

"方昆，是你，你怎么来了？"

我赶紧把他让进屋里。

方昆面无表情地走进屋内，半点也没有兄弟多年未见的那种亲热。

站在客厅里，他环视了一圈，目光最后落到了客厅一角的行李箱上。那是宋小诗的。我虽不赞同她轻易离婚，但我觉得，她和方昆分开一段时间未必就是坏事，所以，就托教育局的朋友帮忙留意招聘教师的事。

在朋友帮忙张罗下，她顺利进入市内一所中学，当了一名临聘教师。

我回来时就打电话给她，她说国庆节过来取行李，这两天应该就会过来。只是没想到，却被方昆撞了个正着。

"你怎么来了？"把房门关上，我重复刚才的问题。

"嗯，来看看。"方昆走到沙发旁，坐下了。

"你来之前，应该打个电话给我，我好去接你。"

"你又不会开车，"方昆说，"反正我知道你的地方，直接打车过来就是了。"

"现在是国庆长假，万一我外出了，不在深圳，你岂不白跑一趟。"

"你不喜欢往人多的地方凑，从小，你就如此。"

我不知该怎么说了。这么多年没见，我自认为变化很大，可在方昆看来，我并没什么变化。我不免有些戚然。

他看到我还穿着睡衣，卧室门还关着，皱起了眉头。"这都什么时间了，你还在睡觉？"

我解释道："我今早刚从外地回来，坐了一夜的火车，累得不行。这不，刚睡了两个小时，你就到了。"

他轻轻哦了一声，目光在卧室门和宋小诗的行李箱之间不停地穿梭。

就在这时，卧室门打开了，舒离睡眼蒙眬地走了出来："丁哥，你怎么不睡了呢？你——"说到这里，她陡然停住了，她看到了房内的客人，调皮地吐了吐舌头，"呀，来客人了，不好意思，我先换一套衣服。"说完，一阵风似的又跑回了卧室，把房门又关上了。

方昆长长地舒了一口气，说话的声音也柔和了。

"女朋友？不是当哥的说你，千万不要以作家的身份经常换女朋友。那会伤女人的心，如果你压根儿就没想过和她在一起的话。"

我原本想解释，这一切都是她主动的，可转念一想，是谁主动，又有何区别？一段美好的恋情，重要的是两人真心相爱，其余的，无关紧要。

于是，我点点头，在他对面的电脑椅上坐下。

我抽出一支烟，递给他："抽不抽烟？"

他接过烟，就那么拿着，没有要点的意思。从他进屋，就像有满腹的心事，郁郁寡言。

沉默片刻，我再次说："你来之前，该打个电话。这段时间忙，家里一点菜都没买。"

"我简单，有碗面吃就行。"

他如此珍惜自己的言语，让我有些不知所措。在烟雾缭绕间，我偷眼瞧着这个和我一样大的哥哥。十几年未见，他和以前一样，沉闷，凝固，坚如磐石。就是这张脸，让我想铆起劲，较量出个高低。但我还是开了口："家里怎么样了？"

家里很好，母亲身康体健，不管怎么劝她，每天都要下地干活。方昆面无表情地叙述着，接着便戛然而止，似乎家里除了母亲之外，再没有任何人或事是我们共同的话题。

我想，他心里并不好受，尤其是与宋小诗的事。

但在这件事上，我没有发言权。只好再次沉默。只是，这种沉默就好像是我俩在故意对峙。

卧室门再次打开，舒离换好衣服，从里面走了出来。

"你好！"她向方昆打个招呼，站在了我身旁。

"舒离，这是我哥哥方昆，我俩是孪生兄弟。"

"哥哥好！"舒离调皮地打量了一番方昆，"不过，你俩看起来不像呢。"

"我一直在农村，看起来显老。"

"才不是呢，哥哥一点儿都不显老。"舒离的小嘴还真够甜，对方昆是左一个"哥哥"，右一个"哥哥"，俨然就是我女朋友。

"她叫舒离，"我向方昆介绍，"和你一样，也是刚到深圳。昨晚我在火车上，一直在想，这个国庆节，肯定会不同寻常。果然，你们的到来，证实了我的预感。"

"是不好的预感吧？"说罢，方昆迅速恢复凝固状态。

"可不能这样说，"舒离抢先说，"哥哥到来，丁哥自然高兴得很呢。俗话说，长兄如父，这也算是丁哥带我认识家长了。"她煞有介事地伸出手，"我是丁哥的女朋友，还是他的忠实读者，全网都知道。很高兴认识你，哥哥。"

方昆疑惑着同她握了手。

我头皮一紧，好一个全网都知道！金光寺的朝圣仪式，现场有好几百人……我注意到，她鼻梁上那副厚厚的玻璃瓶底不见了，她佩戴了隐形眼镜，把她精致的五官完美地呈现出来了……我这才明白，她来投奔我，是认真的，不是玩笑。

"但我们年龄差距这么大，"我暗忖，"她体会到代沟，就不会这么疯狂了。"

方昆一直心不在焉，没注意我的不安。"有喝的没有？"他说，"嗓子都快冒烟了。"

"冰箱里有啤酒，来一瓶？"

他点点头，如小时候一样沉闷。我想不明白，他这种性格，以前是怎么当的老板？我站起来，准备去拿啤酒，却被舒离按住了。

"你别动，我去拿，"她迅速朝厨房走去，眨眼工夫，就提着两瓶啤酒出来了，"开酒器在哪里？"

"灶台上的橱柜里，和杯子在一起。"

她又一次返回厨房，再出来时，手里多了两个玻璃杯和一个金属开瓶器。

"真是个好姑娘，"方昆说，"你们怎么认识的？"从走进屋来，他的脸上第一次流露出关切的神情。

这个问题，还真不好回答。我可不愿让他认为，舒离或是我，是个随便的人。于是，我假装没听见。我把啤酒倒进杯子里，放在他面前。

"这啤酒，是我喜欢的，不知道你喝不喝得惯。"我喝了一大口，"你这次来深圳，会待几天？确定好之后，我给你安排酒店。"

我清楚他的来意，也明白，有旁人在场，他不会说他的事。看他尴尬的样子，我变态似的有股快感。

"如果你没事，来一趟也不容易，我就带你到处走走。这样吧，我打个电话，找个朋友开车——"我有点儿口无遮拦地说。

"那就没必要了，"方昆先是一愣，接着摇了摇头，苦笑道，"我哪有时间在这儿潇洒快活呢？我那儿子，在家里可不让人省心呢。"接着，他闭上了嘴，沉默肆无忌惮地横亘在我们之间。

午饭，我们没出去吃，叫了几个外卖，在家里边吃边聊。家里有足够的酒，啤酒、红酒，可以供我们喝上几天。

"我说句话，你别不乐意，"方昆压根儿没吃任何东西，只是不停地喝酒，很快舌头就大了，"对待女人，你得付出真心——"

"好了，别说我了，我知道你来是什么目的。"我打断他的话。舒离已离开餐桌，回卧室午睡了。我重又给他加满酒："说吧，要我怎么帮忙？要不，我打电话给宋小诗，约她出来？"

"那你错了，"方昆双眼迷离地望着我，"我真不是为她而来。这么多年没见，我只想跟你谈谈，谈谈心。首先，我问你一件事，你得如实回答。"

我很意外，但还是点了点头。

"你一直都很喜欢她？"

"谁？"

"你明白我指的是谁？"

"舒离？说实话，也谈不上喜欢。我对她，就像对待妹妹一样。"

"不，宋小诗。"

　　我有些愤怒了，我没想到方昆会如此揭我伤疤。但我尽力克制自己："那是老早的事儿了，我们彼此写过几封信。"

　　"你没跟我说过。只有一次，我记得，你好像写情诗给她，还被老师处罚了，叫了咱爹过去。"

　　"好像是……二十多年过去，我记不清了……是的，我给她写过诗，其实，那也算不上是诗，更算不上是情诗，那只是青春期少年的胡乱涂鸦而已。"

　　"后来你参军时，你们还保持着书信往来？"

　　我点点头："仅仅是书信往来。这次，如果不是她来找我，我差不多都忘记她的样子了。"

　　"你参军时，她也回去送你了？"

　　"都已经是多年前的事了……"

　　"但你从来都没告诉过我。我打电话告诉你，我爱上了她时，你应该如实告诉我你们之间的关系的，而不是鼓励我大胆表白！"

　　外面，日头开始偏西，方昆的脸，不知不觉间被阴影笼罩，他如醉汉般喃喃低语。

　　"我向来都后知后觉，许多事发生之后才知道原本不该是这样。"他手中的烟熄灭了，他又抽出一支，点燃，"很多时候，我羡慕你。你聪明，有主见，眼界开阔，每个人都喜欢你，又有远大理想……"

　　这让我彻底无语了。我一直认为，无论自己怎么努力，都无法摆脱方昆的阴影，可没想到，方昆也是如此感觉！

　　我突然同情起他来。

　　方昆继续往下说："婚前，我打电话给你，她说想见你一面，我以为那是咱们同窗多年的情谊……她父母也从深圳回去，给她准备婚事。我俩又是全镇唯一的本科毕业生，被人们称为‘天生的一对’……"

我的心底泛起苦涩，我想起少年时，我和她也被人们称为"天生的一对"。

"我全身心被浓浓的喜悦包围，根本就没注意她的表情……结婚那天，你连个道贺的电话都没打。傍晚，她催促我打给你，说出那句：‘方昆，你什么都不懂！’我这才意识到你俩间的感情……你瞧瞧，我是多么蠢笨！……我想到了退出，可刚结婚就离婚，肯定会掀起滔天巨浪的……"方昆接着说，表情痛苦，"后来，我这样安慰自己：这不恰恰证明了，咱们兄弟俩眼光一致吗？这样一想，我倒有点小得意，为自己能和你做出同样的选择而得意。现在回头看来，那是多么可怜的想法……"

"你喝多了，"我的眼眶湿湿的，一股不争气的液体模糊了我的视线，我无力地说，"我去烧水，泡点茶……"

"你不会相信，在那种想法下，我是多么喜爱她……是她，让我组建了一个甜美的家庭，让我在工作疲惫之余，有个可以舒缓心灵的港湾……你不要笑，我知道这是陈词滥调，但也是我当时最真实的感受，你能明白吗？她使我忘记工作与生活中所受到的任何创伤……"

我在厨房里，一边接水，一边嘀咕："可你还是背叛她了！"

把水放在灶上之后，我走出来，看到方昆的头上已长了许多白发。

"你一定打心眼儿里轻视我，"他抬起头，看了我一眼，含混不清地说，"其实，我该被你轻视的地方太多了。用她的话说，任何一个女人跟我在一起，都不会觉得有趣。我是这么无趣的一个人！"

"你喝多了，"我在他身边坐下，"其实，你们也并没发生什么大不了的事，还有机会挽回——"

"可我不想挽回，"方昆打断了我的话，"我不想生活在你的阴影之中，再也不想了！"

他双手做了个狠狠地推开的动作，好像要把往事狠狠地就此切断。

"这些年，我努力拼搏，终于被评为国家特级教师，全县、全地区，又有几人能获此殊荣？我希望能激起她对我的赞赏，能获得她的重视。可结果呢？没有，一点儿都没有，她连句恭喜的话都没说过……"

"就仅仅因为这点小事，你们就闹到非离不可的地步？"

"我辞去教职，开了个教培机构，很快，就在县里做到了首屈一指……我的应酬渐多，可越热闹越孤独。我不是你，能够享受孤独，我害怕它……"

我不自觉地抓起了方昆的手，苦笑着摇了摇头。兄弟俩生活在彼此的阴影中，竟缘于两人从来都不与对方沟通。这多么讽刺！

我无力地嘟哝道："我没想到事情会变成这个样子……"

"我以前很少主动和你谈话，也没资格责怪你。可你不知道，你在她心中的地位有多重要！不管任何时候，只要谈起你，她整个人就变了，变得柔情似水，连声音都打着战，仿佛她在情感上所受到的压抑，在胸腔里所憋着的委屈，只有当谈起你时，才能发泄出来——"

"别说了，快别说了！"我痛苦异常地制止了他继续说下去。

二十年前，当他告诉我喜欢一个女生时，我鼓励他大胆表白，可没想到，他说出的名字却是她！我痛苦万分，选择了退出。我认为，我成全了他们，可没想到，却又是导致他们分手的祸首！

如今想来，宋小诗一次次答应方昆，只是为了负气，为了激发我主动说出那三个字！

我现在终于能够体会，当她在婚礼那天对我说"方丁，你什么都不懂！"时心情该有多么的绝望……

方昆笑了，和我一样，声音里满是痛苦。

"她提出离婚，我不怪她，这似乎是最好的结局。可天地良心，如果她稍稍关心我那么一点点，把对你的思念稍稍移开那么一小会儿，哪怕是一句嘘寒问暖的话，我也不会沉陷于那种放荡的生活……"

他停住了，脸上浮现出非常疲倦的神情。或许，正如他所说，这样的情感生活让两人都辛苦异常，分手，可能是最好的办法。

我默默点燃一支烟，无声抽起来。

方昆突然抬起头，盯着我说："我知道你中意她，她一来深圳就投奔你，你别辜负她的这份感情。"

我刚要回答，水壶发出尖锐的响声，水烧开了，我站起身，走进厨房。待我泡好茶走出来时，他已躺在沙发上睡着了……

假期眨眼间便结束了。方昆也要回去了，我坚持将他送到了机场。

在机场外面的入口处，我们默默地抽烟，各自想着心事。

离飞机起飞只有半个小时了。我把烟蒂摁灭在机场门口的烟灰缸内，对他说："时间不早了，你赶紧办理登机吧。"

他往身后又望了一眼，嘴唇抖动了几下，却没说出话来。最后，他叹息一声："有时间回去看看。咱娘是真想你了。"

"行，哥，回去你告诉娘，过年，我回去过。"

方昆愣了一下。似乎听到这声"哥"，十分意外。但他什么都没说，只是点点头，进了闸口。

方昆走了，不管是带着遗憾还是满足，孤身一身离开了深圳。

我在机场门口又站了一会儿，似乎在等某个身影出现。但那个身影并没出现，我把烟头熄灭在烟灰缸里，朝地铁站走去。

假期结束后的第二天，宋小诗才来取行李。"享受假期，就别在假期里出门。"她得意地扬着眉毛说，"阳光很好，咱们出去走走吧。"

我的工作，原本就无须坐班，就和她连同舒离，一起去走了绿道。绿道是近两年刚建好的，串联了山、水、林、天、高尔夫等景致，被广大网友评为"最美绿道"。假期已过，绿道鲜有人至，未行多久，整条绿道便只属于我们三人了。

不知是由于舒离陪同，还是事隔两月，宋小诗心情好了许多，一路上她笑意盈盈，偶尔还会拿我小时候的糗事来开玩笑。

途经万亩荔枝林时，我说了三爷的事。她十分惊讶。

"三爷确实是好人，发生这样的事，每个朋友都很难过，不过，我想说的是他夫人，面对这件事的态度。"我看了一眼宋小诗，她静静地听着，一副若有所思的样子，继续说下去，"在感情上，三爷坚守一个错误的观点，认为爱情就如朝露，花堪折时直须折——"

宋小诗白了我一眼；"这不是你们每个男人都打骨子里渴望的吗？"

"不，丁哥才不是这样呢！"舒离为我辩驳道，"丁哥专一着呢！"

"哦，你个小丫头片子，你了解他？"宋小诗笑着问。

"他爱一个女人很多年，从不允许其他女人走进他的心里，这还不够专一吗？"舒离说。

"这是他对你说的？"宋小诗似笑非笑地看了我一眼。

"不，是三爷告诉我的！"舒离脱口而出道。随即，她紧紧地捂住了嘴巴。

我心中一颤。"这是怎么回事？"我问，"三爷什么时候告诉你的？"

舒离脸上写满了懊悔，但随即便呈现出一种豁出去的神情。

"以前，三爷就告诉我了。"她说，"他说，丁哥虽从没说过心中的女人是谁，但很显然，你是为了她，才不允许别的女人走进你心底。三爷说，你们两人，虽方式不同，但都是为爱疯狂的人……"

"是吗？"我无力自语道。

"三爷是真心对丁哥好，所以，他在公司里征求创意，让丁哥在金光寺之行中有所改变……我出了个主意……"

"你？"我瞪圆眼睛，觉得脑子不够用了，"你在三爷公司上班？"

"是的。我是去年毕业后入职的策划师。"

"那小镇上的酒店……"

"只要出一点钱，酒店老板才不介意我当他一会儿女儿呢！"舒离抿嘴笑了，"我这么乖巧，有女如此，谁都会乐得合不拢嘴！"

我还是不解："可你为什么要这么做？"

"笨，"宋小诗叹息一声，在我的胳膊上拧了一把，"她喜欢你呗！小丫头是爱上你了！"

我完全凌乱了。这都是什么事！

"是，我爱上你了！"舒离深吸一口气，对我说，"我要当你女朋友！"

"所以，国庆节偶遇，也是你设计好的？"我疑惑道。

"三爷的事故，让我意识到，有些事，有些人，不能一直等下去，我必须得主动行动……我问了贾大师你回来的方式。他成全了我……"

看来，所有人都知道舒离原本的身份，只有我一人蒙在鼓里。想到此，我苦笑起来。长期以来，我自诩观察力过人，但没想到，这次却栽了大跟头。

"既然你想当他女朋友，有没有征求过我的意见呢？"宋小诗笑意盈盈地问。

"丁哥的事，还须经过嫂子同意？"舒离满脸疑惑，随即，她的眼睛就瞪大了，"你就是丁哥心底的女人？老天，丁哥，你竟然爱上了自己的嫂子！"

"小丫头，乱说什么呢！"我轻轻地在她脑袋上敲了一下，"什么爱上了自个儿的嫂子！我爱她的时候，她还是少女呢！"

这话一出口，我感到全身轻松了许多。而宋小诗也嘴角上翘，笑了。

接着，我发现，自己要讲的话题，被她们岔到不知道何处去了。不过，无所谓了。

"我与大师聊了很久。其实，咱们所有人，都在以自己的方式朝圣。只是，对朝圣的理解不同而已。"我说。

宋小诗的头，微微倾向一侧。这是她沉思的表情。

舒离的脸上飞起了红晕，看来，她想起了红火星那晚的言论。

我接着说："多年前，我去过西藏，目睹过朝圣的人群，三步一叩，一路跪，一路行，直抵圣城。我也加入过其中。但在金光寺，在贾大师的引导下，对朝圣，我突然有了完全不同的理解。朝圣，就是遇到合适的人或事，将自己完全献给这人或事。所以，舒离的观点是对的，朝圣就是行动。若得正果，那自然圆满……"

有很长时间，我们三人都没说话。阳光穿过荔枝林，洒在我们身上，轻轻的，暖暖的。我抬头看了看天，觉得如顾城的诗那样，她们两个，离我都很近。

"长期以来，我觉得自己是城里姑娘，懂得比你多。但现在，刚好反过来了。在你面前，我渐渐变成什么都不懂的小丫头了……"宋小诗低声说，"你让我想起了我儿子，我从来都没像现在这样想过他……"

宋小诗离开深圳，飞回了豫东平原。她、潘帅、初夏、三爷、方昆、李正、陈志远，以及许许多多的人，都如一阵风，在我生活中打个圈就离开了。但我的生活，还将继续下去。工作、阅读、写作，一如以前，占据了我的全部。或许，空闲下来时，我会想起他们，想起与他们曾经有过的交集，也许，会唏嘘感慨一番。

在处理与舒离的关系时，我选择了顺其自然。她原本就是三爷公司的一名策划师，她的胆大，出其不意的创意，让她在公司里如新星一样冉冉升起。每到周末，她会过来与我相处，共同构筑我们所需的感情基础。在新年到来前的最后一天，我们去了民政局，办理了结婚登记。

然后，我带她飞往京城，参与电影《白痴之恋》的首映式。

我们彼此，对即将到来的婚姻生活充满了憧憬。

春运开始，我订了两张飞往老家的机票。在回去之前，我去了趟香港。宋小诗打来电话说，母亲的关节经常疼痛，要我去香港买些药。

在香港，我意外遇到了陈晓。我们在路旁咖啡店，坐了很长时间，详细谈了自分离之后所发生的事。

她如第一次见面时那样，化了一层淡妆，举手投足间，透露出优雅和高贵。她左手端着咖啡杯，右手拿着一只小勺子，不停地搅拌。等我说完发生在三爷身上的事，她没做任何评说，似乎三爷根本就与她无关。

"人生只有一次，"她忽然说，"我们允许别人犯错，理所当然，也该被允许犯错。当然，这有个限度，千万不可过火。"

她的目光穿过我的肩头，像在自言自语，"我曾有不少过火的行为，但都已成为往事。我现在明白了，爱是行动，结果好坏，都得面对。"

我不敢相信，曾经那么铭心刻骨的爱情，能这么轻松放下："爱情路上，你那么多年的朝圣——"

"结束了。"她古井无波地说，"中年妇女，不能再像小丫头活在梦中了。"

"可是，"我不甘心，又问，"你就一点也不想知道，三爷遭遇的车祸，是有人故意而为的吗？"

"我们卖掉了深圳的房子，"她答非所问，"我老公也回来工作了。以后，不会再过以往那种双城生活了。"

说到这里，她停顿了很久，直到把杯里的咖啡喝完，才又开口说："与三爷重逢后，我对爱情有了不同的看法。我觉得，爱，不仅要追逐，更需要守护……三爷用他的言行告诉了我爱的责任。"

我感到惊愕。但许多萦绕心头的疑问，渐渐清晰了：金光寺与她重逢，三爷体会到她的疯狂与执着，也清楚自己将因此要遭遇的危机，他没逃避，对后事做了安排后，选择了坦然面对……如今，她放下了，开始全身心投入自己的生活。

就如同，温柔乡的事发生后，潘帅从我心底被剔出去了。

也因此，三爷的遗嘱中才没出现她的名字。

我站起来，透过桌子，握住了她的双手。刚开始，她有点不知所措，但随即，她冲我笑了。

"对了，你不是要给你母亲买药吗？我知道有家药店，药品齐全，价格也很公道。就在这里不远，我带你去吧。"

"好的，谢谢你。"

我跟着她离开咖啡店。街头，寒风吹来，我跟在她身后，也像许多人那样，裹紧了大衣。

2015年初稿
2024年春定稿